우연의 자식들

우연의 자식들

초판 1쇄 발행 | 2018년 12월 8일

지은이 | 울사 마요르
펴낸이 | 박상두
편집 | 이현숙
디자인 | 고희민
마케팅·제작 | 박현지, 박홍준

펴낸곳 | 두앤북
주소 | 04554 서울시 중구 충무로 7-1, 506호
등록 | 제2018-000033호
전화 | 010-5355-3660
팩스 | 02-6488-9898
이메일 | whatiwant100@naver.com
© 홍세윤, 2018

값 | 14,800원
ISBN | 979-11-963592-4-9 03810

이 도서의 국립중앙도서관 출판예정도서목록(CIP)은 서지정보유통지원시스템 홈페이지(http://seoji.nl.go.kr)와 국가자료종합목록시스템(http://www.nl.go.kr/kolisnet)에서 이용하실 수 있습니다.(CIP제어번호 : CIP2018039089)

우연의 자식들

울사 마요르 지음

작가의 말

안녕하세요. 독자 여러분을 만나게 되어 반갑습니다.

우리 인간은 어디서 왔을까요? 지구상의 모든 생명체 중에서 어떻게 인간만 문명을 구축하면서 살게 되었을까요? 문명의 씨앗은 언제 어떻게 뿌려졌을까요? 아마도 많은 분들이 궁금해하실 줄 압니다. 저도 그렇습니다.

이 책은 이와 같은 화두를 중심으로 10여 년 만에 완성되었습니다. 이런저런 일로 글쓰기에 집중하기가 힘들었고, 잊고 살다가 다시 써보려 하다가 또 잊어버리는 과정을 겪었습니다.

제가 이 책을 쓰게 된 동기는 어찌 보면 단순합니다. 현대의 물질문명 속에서 잃지 말아야 할 가치에 대해 함께 생각해보고 싶었습니다. 성경을 바탕으로 쓰긴 했지만, 기독교의 교리가 진리라거나 기독교가 모든 종교의 최고봉이라고 주장하려는 게 아니라, 급속한 문명의 변화와 더불어 우리가 성경 속에서 새롭게 깨달아야 할 것들이 무엇인지를 함께 나누어보고 싶었습니다.

주지하시다시피 성경은 인류 문명의 씨앗이 뿌려진 곳으로 알려진 중동과 이집트를 배경으로 쓰인 가장 오래된 역사책으로, 시대에 따라 조금씩 다른 시각으로 해석되어왔습니다. 이 책에도 지금까지 종교계나 과학계에서 다루어지지 않았던 이야기들이 등장합니다. 다소 놀라울 수도 있고, 논란의 소지가 있을 수도 있습니다. 하지만 하나의 가능성으로 읽어주시기를 바라는 마음입니다. 과거에 그랬듯이 저의 이야기 역시 문명의 발전과 더불어 새롭게 정의될 것입니다. 분명한 점은 '아직'은 거짓이 아니라는 점입니다. 소설의 형식을 띠고는 있지만, 과학적 가정에 근거하여 보수적으로 상상의 날개를 펼친 결과물인 이 책이 우리가 가지고 있는 가치관들을 다시 확인해보고 다가오는 미래를 맞을 수 있게 해주기를 바랍니다.

이 책에서 저는 인간의 육체와 정신을 분리해서 생각해보았습니다.

육체와 정신 중 인간에게 더 중요한 것은 무엇일까요? 인간을 진정 인간답게 만드는 요소는 과연 무엇일까요?

저는 인간을 인간답게 만드는 것은 '이타적 사랑(Charity, Agape)'이라고 생각합니다. 그러면 사랑은 어떻게 드러날까요? 사랑의 모습은 '희생'입니다. 희생에서 나고 자라는 것이 사랑입니다. 문명이 아무리 발전하고 기계가 인간의 역할을 대신할 수 있다 해도 누군가를 위해 희생하는 모습은 상상하기 어렵습니다. 만일 로봇이 다른 로봇을 위해 자신(존재)을 희생할 수 있을까요? 어떤 영화의 한 장면처럼 설사 그것이 가능하다 해도 수리나 복제를 통해 로봇을 다시 가동시킬 수 있다면, 즉 탄생의 한계비용(Marginal Cost of Production)이 낮다면, 그 희생을 숭고하다고 할 수 있을까요? 희생은 자신의 모든 것을 던지는 것이고, 회생불능일 때 진정한 가치를 지니는 것 아닐까요?

그런 면에서 인간처럼 부모와 자식 간의 관계만큼 희생적이고 탄생의 한계비용(Marginal Cost of Reproduction)이 높은 존재도 없지 않을까 합니다. 데이트로 시작하여 관계를 맺을 때까지의 투자를 제외하고는 부모가 첫째 아이를 낳고 키우는 데 투자되는 시간과 비용이 이후의 아이들에게도 거의 똑같이 소요되기 때문이지요. 자식은 엄마의 몸에서 열 달을 있다가, 태어나서는 엄마의 젖을 먹고 자라 걷고 뛸 때까지 몇 년의 시간을 필요로 합니다. 하나의 생명체로 온전히 존재하기에 최고의 한계비용을 요하는 것입니다. 비록 최근의 유전공학이 그 한계비용을 낮추고 있다고 하지만, 엄마의 역할은 아무도 부정할 수 없겠지요. 이토록 비효율적인 생장 또는 번식의 의미는 무엇일까요? 저는 여기에 숭고한 사랑의 비밀이 담겨 있다고 봅니다.

성경에서 말하는 믿음, 소망, 사랑은 기계나 프로그램이 가질 수 없는, 오직 사람만이 가질 수 있는 3가지라고 생각합니다. 그중에서도 사랑이 으뜸이겠지요. 그것을 알게 하려고 자식으로 태어난 우리가 부모의 오랜 희생을 통해 오늘 여기에 존재하는 것입니다. 자식은 어릴 때부터 부모가 자신에게 베푼 사랑을, 희생을 직접 보고 느끼며 배웁니다. 그리고 부모에게서 체득한 사랑을 부모가 되어 자식에게 전해줍니다. 이러한 사랑이 나와 부모의 관계에 차고 넘쳐 온 사회에 가득하게 하는 것이 오늘날 우리가 다시금 깨닫고 전파해야 할 가장 중요한 가치가 아닐까요?

저의 졸고가 세상의 책이 되어 나올 수 있게 도와준 분들께 감사드립니다. 저의 가족에게 먼저 고마움을 전하고 싶습니다. 가족의 배려 덕분에 생각할 수 있었고 글을 쓸 수 있었습니다. 저를 낳고 길러주신 부모님께도 깊이 감사드립니다. 저의 정신적 물질적 기둥이 되어주신 분께도 감사의 말씀을 올립니다. 주변의 지인들과 출판사 두앤북에도 감사의 마음을 전합니다. 그리고 인류 문명의 진보에 큰 다리를 놓아준 동서양의 학자와 발견자, 발명가, 그리고 과학과 기술이 발전할 수 있도록 사회구조 속에 보상체계를 심어놓은 문명인들에게 감사합니다. 이분들이 없었다면 마취 없이 이를 뽑거나, 에어컨 없이 여름을 지내거나, 자동차 없이 이동하거나, 기계 없이 공장을 운영하거나, 약도 없이 질병과 싸우거나, 끝도 없이 인권을 유린당하거나, 인터넷 없이 지식을 찾아 헤맸을 것입니다.

재미있게 봐주시기를 바라며
생 울사 마요르 드림

차 례

그
의
이
야
기

아무 소리도 들리지 않았다. 아무것도 보이지 않았다.

눈과 귀로 들어오는 수많은 정보가 우리를 힘들게 했던 것일까? 빛과 소리가 사라진 고요한 암흑의 세계는 엄마의 뱃속처럼 편안한 느낌마저 주었다. 어쩌면 한 번도 가본 적이 없는 미지의 우주 공간 어디쯤이 이와 같을지도 모른다.

곧이어 정적을 깨는 아주 낮은 재잘거림 소리가 들려오기 시작했다. 각기 다른 말소리와 억양을 가진 사람들의 목소리가 소란스럽게 울렸다. 흡사 물건값을 흥정하는 사람들이 한데 모여 수백 명의 군중을 이룬 장터와도 같았다.

어떤 목소리는 분노를 이기지 못한 남자의 흥분이었고, 또 어떤 목소리는 슬픔에 젖어 흐느끼는 여인의 울부짖음이었다. 간혹 어린아이의 앵앵

거리는 울음소리도 들려왔다. 그 안에서 사람들에게 뭔가를 지시하는 낮고 울림이 강한 권위에 찬 음성도 들렸다. 그것들이 한데 엉키고 뒤섞여 어느 나라 말인지조차 분간하기 어려운 상태가 되었다.

어디선가 나의 의식을 집중시키는 색다른 소리가 났다. 누군가의 발자국 소리였다. 땅에 발을 내려놓는 순간, 세상의 모든 짐을 짊어져 무게를 감당하지 못하겠다는 듯 쿵! 쿵! 탁하고 둔한 소리를 냈다. 그와 동시에 정체를 알 수 없는 물체가 땅에 질질 끌리는 소리도 들려왔다. 그 소리들이 점점 더 커지기 시작했다. 바로 그때 한 줄기 빛이 들어왔다. 닫혀 있던 귀가 열린 귀머거리처럼 소리를 통해 그 세상을 어렴풋이 짐작했던 나는 이제 빛을 통해 잠겨 있던 시각을 열어 소리들의 실체를 지각했다. 빛은 점점 사방으로 퍼져나갔고, 나의 눈은 사람들의 옷과 건물, 길 등을 알아볼 만큼 적응하고 있었다.

한 무리의 사람들이 우르르 몰려나와 언덕 위의 길 주변에 늘어서서 웅성거렸다. 방금 들었던 소음의 주체들이다. 낯선 차림과 말씨 등으로 보아 이곳은 아주 오래전 중동의 어느 지방 같았다. 오래지 않아 나는 이곳이 이스라엘의 골고다언덕이라는 것을 알아차렸다.

모든 사람들의 시선이 무겁고 힘겨운 발소리를 내는 한 남자에게 쏠려 있었다. 커다란 십자가를 짊어진 그가 걸음을 뗄 때마다 나는 질질 끌리는 소리가 그의 정체를 말해주고 있었다. 바로 예수였다.

예수 옆에는 로마 병사들 몇 명이 함께 걷고 있었고, 길 양옆으로는 파도처럼 갈라선 사람들이 웅성거리며 고난의 예수를 지켜보고 있었다. 어떤 이는 하늘을 향해 두 팔을 들었다 놓았다를 반복하며 흥분한 상태로 소리를 질렀고, 또 어떤 이는 두 팔을 가슴께로 모은 채 눈물을 흘렸다. 예수는 곧 실신할 것처럼 보였다. 동공은 풀려 있었고 어깨에 멘 십자가 때문인지 자꾸만 무릎이 꺾이고 후들거렸다.

갑자기 내 몸이 붕 떠오르는 듯 시야가 넓어지면서 시점이 높아졌다. 하늘 위에서 그 광경이 하나의 점으로 내려다보이기 시작하더니 점점 멀어져 대기권 밖을 벗어났다. 이스라엘을 중심으로 지구 전체가 한눈에 들어왔고, 다시 지구를 포함한 광활한 우주가 눈앞에 펼쳐졌다.

문득 비발디의 합창곡 'Nulla in Mundo Pax Sincera RV. 630(세상에 참 평화 없어라)'의 아리아가 떠오른다. 아름다운 멜로디와 달리 진정한 평화는 없다는 의미의 노래다. 자유는 공짜가 아니듯(Freedom is not free) 희생 없이 지켜지는 평화는 없다는 말인데, 저 고요하고 평화로운 우주의 질서 역시 그냥 만들어진 것은 아니라는 뜻일까?

예수가 십자가를 지고 올라가던 골고다언덕은 그토록 시끌벅적했건만 무한대의 우주로 올라오니 한없이 조용하고 평화롭다. 지구는 생명의 기운이 넘실대는 살아 있는 별이라는 것을 실감한다. 우주라는 엄마의 뱃속에서 충만한 생명력으로 꿈틀거리는 아기….

"끼기기기긱… 쿠쿵! 두두두두… 카강!"

귀를 찢을 듯 요란하고 자극적인 굉음이 울렸다. 마치 엄청나게 큰 배가 기우뚱거릴 때 내부의 벽 등에 균열이 가는 금속성 소음과도 같았다. 지구와 그리 멀리 떨어지지 않은 우주 공간에 검은 공간이 새로 열리며 나는 소리일까? 매개체가 희박한 우주에서 어떤 전달체계에 의한 소리인지는 모르겠으나 여태껏 들어보지 못한 소리였다.

일종의 웜홀인 듯했다. 땅이 쪼개질 것 같았던 소리는 괴물의 입처럼 천천히 벌어지고 있는 검은 그것이 확장을 멈추었을 때 잦아들었다. 정확히 알 수는 없지만 그 크기는 어림잡아 작은 별 하나를 통째로 삼킬 수 있는 정도였다.

순간 확장을 멈춘 웜홀 안에서 휘황찬란한 빛의 점들이 쏟아지기 시작했다. 수백, 수천 개의 우주선들이 엄청난 속도로 암흑의 웜홀 내부에서 외부인 우주 공간을 향해 폭발하듯 흩뿌려지고 있었다. 수많은 밝은 빛의 직선들이 웜홀 밖으로 쏟아지는 모습은 SF영화에 나오는 광선검과 흡사했다. 웜홀 중앙에 뿌리를 둔 빛의 직선들의 끝, 거대한 우주선들이 멈춰선 곳은 지구의 대기권 바로 위였다. 우주선들과 인접한 공간들이 어른거리며 일그러지더니 주름처럼 접혔다가 다시 펴졌다. 중력과 같은 힘을 이용한 공간 조절이나 이동 능력 같았다. 그들은 상당한 문명의 소유자들임이 분명했다. 아마도 이들의 문명과 예수 시대의 인류 문명 사이에는 수천 혹은 수만 년의 갭이 존재할 것 같았다.

우주선들은 일사불란하게 움직였다. 가장 큰 우주선이 한가운데에 서고 나머지 작은 우주선들이 그 옆과 뒤로 움직여 대형을 만들고 있었다. 곧이어 진격을 시작하려는 것 같았다. 지구라는 별을 향해.

"웅… 우웅….."

모든 우주선의 엔진이 지구를 향해 튀어나가기 위해 가동을 시작한 듯했다. 바로 그때, 지구를 제외한 우주 전체가 시뻘건 빛에 휩싸였다. 함대는 이글거리는 화염 덩어리 속에 있는 듯 주변이 온통 붉은 빛을 띠었다. 그것은 넓게 펼쳐지며 흐릿해지더니 순식간에 사라졌다. 우주함대의 뒤에서 일그러졌다 펴지길 반복하던 공간도 아무 일 없었다는 듯 다시 평평해져 있었다. 소리도 진동도 더 이상 느껴지지 않았다. 엔진이 모두 꺼져버린 것 같았다.

그러나 붉은 빛이 아예 사라져버린 것은 아니었다. 함대와 지구 사이 어느 지점에선가 아지랑이 같은 붉은 빛이 아른거렸다. 조금 전 번쩍하며 온 우주에 나타났다 사라진 그 불빛이다. 실체는 없었지만 수면 위에 비춰진 랜턴 불빛처럼 잔잔하게 넘실거리고 있었다.

그 붉은 빛 위로 어렴풋이 하나의 형상이 만들어지기 시작했다. 사람과 같은 모습이었다. 처음에는 한 명이, 이어서 그를 중심으로 복제하듯 좌우에 여러 명이 나타나더니 13개의 붉은 형상이 떠올랐다.

일렬로 늘어선 사람 모양의 형상들은 이윽고 가운데의 형상부터 고개를 들기 시작했다. 자세히 보니 모두가 날개를 접어 몸을 감춘 상태에서 서서히 펴며 전신을 드러내는 것이었다. 놀랍게도 그들은 저마다 날개 속에 검이나 방패 같은 무기를 쥐고 있었다. 왜 그들이 고대의 투사 모습으로 우주 공간에 나타났는지 그 이유를 알 수 없었지만, 내 눈에는 붉고 반투명한 모습의 홀로그램 천사들처럼 보였다.

이상한 일은 함대가 멈추어 선 채 이들을 쥐 죽은 듯 가만히 지켜보고 있다는 것이었다. 분명 홀로그램 천사의 형상들과 함대 사이에도 문명의 갭이 존재하는 것 같았다. 천사들이 지닌 무기들은 신분이나 정체를 나타내는 일종의 상징인 듯했다.

잠시 후 함대의 대장으로 보이는 중앙의 그중 큰 우주선이 빛의 형상들 앞으로 천천히 움직였다. 움직임을 멈추었을 때 어찌 된 일인지 우주선의 앞부분이 투명과 반투명 사이를 오가더니 이내 투명 상태가 되었고, 그 안에 어떤 생명체가 서 있는 것이 보였다. 이윽고 아까와 마찬가지로 정체를 알 수 없는 소리가 들리기 시작했다. 처음에는 저음의 오르간 연주처럼 울려 퍼지더니 나중에는 분노한 사람의 연주처럼 빠르고 높은 음들이 들려왔다. 이 음들은 서로 결합하여 어떤 의미를 만들어내는 것 같았다. 인간계에서 사용되는 음보다 훨씬 복잡한 음들이 천사들을 향해 쏟아졌다. 그때마다 함선의 넓은 둘레 부분이 알록달록 빠르게 깜박거렸다. 그들의 소통 방식인 듯했다.

"비켜라."

함대의 대장인 듯한 존재가 선봉에 서서 먼저 말을 꺼냈다.

"여긴 너희들이 올 곳이 아니다."

천사의 모습을 한 붉은 빛이 대답했다. 화가 난 듯한 대장의 소리가 베이스였다면 천사들의 소리는 평화로운 메조소프라노 같았다. 그러나 붉은 빛의 말은 단호하고 경건하며 위엄이 넘쳤다.

"우리는 오래전 이 땅 위에 씨를 뿌렸다."

함대의 대장도 물러서지 않고 말했다.

"헛소리! 우린 그런 짓거리를 두고 '씨를 뿌렸다'고 말하지 않는다."

붉은 빛의 천사도 물러서지 않았다.

우연의 자식들

"우린 지구 생명체에 다양성을 부여했다. 그리고 3억 년을 기다려왔다!"

대장도 완강하게 말했다.

"책임이 따르지 않는 시도들은 모두 장난질이다. 그런 장난질을 가지고 다양성을 부여했다고 말하다니. 너희가 너희의 삶의 터전에서 했던 것과 같은 장난질을…, 쯧쯧. 더구나 3억 년이라니? 어느 우주, 어느 공간의 시간 흐름을 기준으로 말하는 것이냐? 이곳의 시간으로도 태양과 지구가 만들어진 지 46억 년이 되었는데, 너는 3억 년을 오래전이라고 말하는 것이냐?"

"우리를 과소평가하지 말라. 어쨌든 우리는 너무 오랫동안 기다렸다."

"상대를 목적으로 대우하지 않고 수단으로 대우하는 한 시간의 길이는 의미가 없다. 목적이 있는 행위만 의미가 있을 뿐이다. 너희가 너희 고향과 다른 행성들에 행했던 것들을 돌아보라. 너희는 도덕으로 지식을 인도하지 못했다."

"우리는 오랜 시간 떠돌이 생활을 해왔다. 이제 지구를 우리에 맞게 테라포밍(생존이 불가능한 어떤 별의 환경을 생존이 가능한 환경으로 바꾸는 작업)하겠다. 그것이 우리의 마지막 옵션이다!"

"불가능하다. 지구는 그분의 것이다."

"무슨 말이냐!"

"잘 보거라, 지구의 생명체들이 어떤 모습을 하고 있는지. 우리와 비슷하게 생긴 것을 모르겠느냐? 지금부터 내가 가리키는 곳을 잘 보거라."

우아하면서도 단호한 천사들의 음성과 화가 난 듯 우주선에서 흘러나오는 음성이 싸우듯 이어지더니 천사들이 가리키는 곳에서 한 장면이 나타났다. 골고다언덕이었다. 곧 십자가에 못 박힌 채 피를 흘리는 예수의 모습이 보였다.

한 무리의 사람들이 다가와 예수를 못 박은 십자가를 세우고 있었다. 또 다른 무리는 예수와 함께 다른 십자가에 달린 죄인 2명을 손가락질하며 욕을 퍼부었다. 예수를 바라보며 슬픔에 겨워 눈물로 흐느끼는 사람들도 있었다.

"주여, 어찌 저를 버리시나이까?"

십자가의 예수가 사람들을 내려다보더니 고통을 참으며 힘겹게 눈을 들어 하늘을 향해 읊조렸다. 그의 눈동자에는 우주에 떠 있는 천사 형상의 붉은 빛이 담겨 있었다.

"자기들끼리 싸우다 죽기 일보직전인 것 같은데, 왜 내게 저 장면을 보이는 것이냐?"

대장이 영문을 모르겠다는 듯 물었다.

"너는 저 죽어가는 생명체 때문에 지구를 가질 수 없고, 인간 또한 너의 노예가 되지 않을 것이다."

"무슨 말이냐? 우리가 기다려온 3억 년이 저 생명체 하나 때문에 헛수고가 되다니!"

"그렇다! 저 생명체는 그분의 아들이다!"

"자꾸 무슨 헛소리를 하는 것이냐? 그분의 아들이라니? 누구의 아들이라는 말이냐?"

분노에 찬 대장이 크고 길게 외치자 붉은 빛의 천사가 고개를 가로저으며 말했다.

"말귀를 못 알아듣는 미련한 것. 너는 지금 그분을 화나게 했다. 그분이 직접 오실 것이다."

"뭐, 뭐라고?"

당당하기만 했던 대장이 순간 당황하는 기색을 보였다. 그때였다. 13명의 천사들이 아까와는 반대로 좌우 끝에서부터 중앙으로 모여 하나가 되더니 수면 위에 붉은 빛의 흔적만 남기고 사라져갔다. 이윽고 그 빛마저 없어지자 함대가 다시 주변의 공간을 일그러뜨리며 지구를 향해 돌진할 것처럼 움직이기 시작했다.

그 순간, 갑자기 하얀 빛이 번쩍였다. 그와 동시에 함대 뒤의 일그러진 공간이 이전의 모습으로 돌아오고, 붉은 빛이 감돌았던 자리에 아주 고요한 순백의 빛이 아지랑이처럼 피어오르며 사람의 형상을 나타냈다. 이번에는 한 명이었다. 붉은 빛의 천사들이 갖고 있던 날개 대신 백색의 천으로 몸을 감싼 모습이었다. 얼굴은 보이지 않았고 성별도 알 수 없었다.

"이곳에 무슨 일로 왔느냐?"

하얀 빛의 사람 형상이 말했다. 거대하면서도 완벽한 화음의 소리였다. 더 이상 다른 음계가 들어설 수 없는 최상의 조화를 이룬, 성스럽고 아름다운 소리가 천상의 합창 같았다.

"아…, 어찌 이곳까지 직접…. 들으셨겠지만, 저희가 살 수 있게 지구를 테라포밍하겠습니다."

함대의 대장은 하얀 빛의 존재를 이미 알고 있는 듯 예를 갖추어 말했다.

"아니 된다."

"예? 저희의 작업도 오래전에 이 땅에서 시작되었습니다."

"작업이라고? 너희 때문에 곤충과 양서류가 필요 이상으로 많아져 내가 그것들을 정리해야 했다. 너희는 그동안 책임도 지지 못할 일들을 이 별, 저 별에서 벌이고 다녔다. 나의 질서를 깨뜨리는 짓을 하지 말라고 하지 않았더냐? 여기에서 1200광년 떨어진 별 2개도 너희들 때문에 진화가 늦어졌다."

"믿을 수 없습니다. 가디언들한테 들었지만, 저 별에 관심을 갖고 계시다는 것도, 지금 저곳에서 벌어지는 일도 도무지 믿을 수 없습니다."

대장이 가디언들이라고 한 존재는 사라진 붉은 빛의 천사들을 말하는 것 같았다.

"내가 저 별과 인간들을 특별히 사랑한다는 것을 믿지 않는단 말이냐? 그 어떤 우주의 존재도 내 허락 없이 저들에게 함부로 할 수 없다. 그들이 스스로를 지킬 수 있게 될 때까지 어떤 접촉도 용서하지 않겠다. 너희가 가진, 저들보다 앞선 문명조차도 내가 만든 시간의 갭 속에서 이루어진 것임을 잊지 말라."

다시 골고다언덕 위의 예수가 보였다. 흐릿한 의식으로 정신을 잃어가던 예수가 하늘을 올려다보고 있었다. 그의 눈동자에 하얀 빛의 사람 형상이 비쳤다. 예수의 눈에 서서히 희망의 빛이 감돌기 시작하며 안식과 기쁨의 감정들이 솟아나 생명의 기운을 잃어가던 가슴 안에서 일렁이고 있었다.

"아들아."

하얀 빛의 수면 위, 사람의 형상을 한 존재가 예수를 불렀다. 그 소리는 인간의 귀에 들리지 않는 음성이었다. 무엇인지 알 수 없는 신호가 우주 공간에서 예수의 뇌로 전달되어 마치 청각을 통해 들은 것처럼 인지되었다. 그 안에는 예수를 향한 사랑과 포용, 배려와 치하의 뜻이 짙게 배어 있었다. 위안의 하모니, 그것은 부름(calling)이었다.

예수는 더 이상 견딜 수 없는 육체적, 정신적 고통의 지경에 이르렀지만, 죽음의 고통을 잊게 하는 부름의 소리에 얼굴 가득 미소를 피워 올렸다. 몸과 마음이 평안해 보이는 안식의 미소였다.

그때 로마 병사의 날카로운 창이 예수의 옆구리를 쿡 찔렀다. 그의 생명이 다해가는 것을 알리기라도 하듯 붉은 피가 골반을 타고 허벅지와 종아리를 거쳐 발등에까지 흘러내렸다. 그러나 예수는 몸을 떨지도, 비명을 지르지도 않았다. 힘없이 고개를 떨군 채 자신의 발 아래로 흘러내리는 피를 허망하게 바라보았다.

"아버지, 부디 제 영혼을… 부탁하나이다."

죽음을 앞둔 예수의 입에서 유언과도 같은 마지막 한마디가 흘러나왔다. 서서히 꺼져가는 촛불처럼 그의 목소리가 잦아드는가 싶더니 이윽고 그의 의식이 완전히 사라지고 말았다.

이를 지켜보던 하얀 빛의 형상으로부터 가슴이 찢어질 듯 비통한 통곡의 음이 울려 나왔다. 우레와 같은 그 소리에 함대의 우주선들까지 흔들릴 정도였다.

함대의 대장이 놀란 눈에 양미간을 묘한 삼각형 모양으로 찌푸리며 다급히 말했다.

"저 피를 분석하라!"

예수의 발꿈치에서 흘러내리는 핏방울을 가리키며 한 말이었다. 함대는 목표물에서 반사되어 나오는 빛과 선(ray)만 보고도 그 목표물이 무엇인지, 무엇으로 구성되어 있는지 정확하게 파악할 수 있는 기술을 갖추고 있었다.

"대장님! 피에서 나온 그의 DNA와 RNA 코드에는 지구 생명체의 것도, 우리의 것도 아닌, 정체 불명의 요소가 있습니다!"

대장의 부하로 보이는 존재가 믿을 수 없다는 표정으로 황급히 보고했다.

"뭐… 뭐라고? 확실한 것이냐?"

"넷! 확실합니다."

"이럴 수가! 그럼 저 죽어가는 인간이 정말로…."

할 말을 잃은 대장이 무거운 표정으로 말끝을 흐렸다. 예수의 피는 3억 년을 기다렸다는 우주의 불량 생명체 집단에게 명확한 메시지를 전달했다. 이 우주에서는 찾기 힘든, 생명체가 서식할 수 있는 완벽한 환경을 가진, 우주의 꽃, 지구는 그들의 것이 아니라는 것을.

함대를 마주 보던 하얀 빛의 형상이 옆으로 돌아서니 또 다른 하얀 빛의 물결이 나타났다. 새로운 빛의 물결은 천천히 아래에서 뭉글뭉글 덩어리져 모양을 잡더니 곧 인간의 형상으로 완성되었다.

그 모습을 지켜보던 대장이 주먹을 움켜쥐며 바르르 떨었다. 새로 완성된 빛의 형상은 조금 전 육신의 생을 마감한 예수였다.

"아버지."

하얀 빛의 예수 형상이 그를 온화하게 바라보는 또 다른 빛의 형상을 부르며 다가가자 하얀 빛의 형상이 아들을 두 팔 벌려 따스하게 감싸 안았다. 헤어졌던 두 부자가 온갖 고난과 역경을 이겨내고 영혼의 세계에서 만났을 때 비로소 할 수 있는, 따스하고 감동적이며 아름다운 포옹이었다.

아버지 형상이 지그시 바라보자 예수는 그 눈빛에 담긴 아버지의 뜻을 알고 있다는 듯 고개를 끄덕였다. 곧이어 아버지 형상과 그 형상을 낳은 빛의 물결이 차례로 사라지고 홀로 남아 있는 예수가 몸을 돌려 함대의 대장을 향해 말했다.

"잘 보았느냐? 나는 아버지의 독생자로 저곳에서 저곳 생명체의 모습으로 태어나, 저곳에서 생을 살다가 저곳 사람들에게 죽임을 당했노라. 저 땅 위에는 나의 피가 뿌려져 있다. 아버지께서 나를 사랑하시듯 저 땅의 모든 인간들을 사랑하신다. 너희들은 돌아갈지어다. 모든 관심을 끊고 이제 너희들의 우주로 돌아가라."

낮고 단호한 하모니의 음이 울려 퍼졌다.

"안 돼!! 으… 안 돼…"

3억 년 기다림의 결과를 포기해야만 하는 대장은 몹시 괴로운 듯 고개를 좌우로 저으며 외쳤다.

예수가 대장에게서 시선을 돌려 지구를 바라보았다. 그러자 거짓말처럼 갑작스레 먹구름이 몰려와 하늘을 뒤덮고 땅을 가렸다. 앞이 보이지 않을 정도의 폭우가 쏟아지기 시작하면서 십자가에 달린 그의 육신에서 붉은 피를 씻겨냈다. 바람과 비는 더욱 거세게 몰아치며 천둥과 번개까지 요란하게 으르렁거렸다.

함대와 예수 형상이 있던 우주 공간에도 변화가 생겼다. 넘실거리는 하얀 빛의 수면 양쪽 끝에서 함대가 포진하고 있는 넓은 공간을 향해 2개의 백색 광선이 뻗어 나왔다. 왼쪽 끝에서 나온 빛은 함대의 왼쪽 끝 함선을, 오른쪽 끝에서 나온 빛은 함대의 오른쪽 끝 함선을 겨냥했다. 그 광경이 마치 예수를 중심으로 만들어진 부채꼴 같았다.

좌우로 뻗은 광선은 다시 위아래로 자기 복제를 시작했다. 좌우로 뻗은 광선과 위아래 광선이 수직으로 만나면서 백색의 그물이 만들어졌고 우주 공간에 흡사 벽과 같은 것이 세워졌다.

"무, 무슨 일이 일어나고 있는 거지?"

예수를 중심으로 뻗어 나온 2개의 하얀 빛, 아니 2개의 하얀 벽에 갇힌 함대를 보며 대장은 필시 좋지 못한 일이 벌어질 거라는 불길한 예감에 몸을 떨었다. 그 예감대로 하얀 빛의 벽 양쪽 끝이 펼쳐진 부채가 접히듯 서서히 닫히기 시작했고, 우주선들은 양손 안에 갇혀 꼼짝도 못하는 파리 신세가 되었다. 찰나에 가까운 아주 짧은 시간에 벌어진 일이었다. 이윽고 빛의 벽 양쪽 끝이 안쪽으로 닫히기 시작하자 벽과 닿은 우주선들이 요란한 소리로 폭발을 일으키며 산산조각이 나버렸다. 그들이 죽음의 순간에 내지른 비명이 우주 공간에 퍼지며 무모한 욕망의 결과가 어떠한지를 말해주고 있었다.

함대의 대장이 탄 우주선은 좌우에서 폭발하는 우주선들을 보고는 대적할 수 없는 힘의 존재를 깨달은 듯 급히 도망치기 위해 사력을 다했다. 처음에 왔을 때처럼 웜홀을 만들어 도망치려는 것이었다.

"끼기기기긱… 쿠쿵! 두두두두… 카강!"

웜홀이 만들어지자 대장이 탄 우주선부터 주변의 작은 함선들이 그 안으로 빠르게 사라지기 시작했다. 필사의 탈출이었다. 얼마 남지 않은 우주선들이 검은 구멍 속으로 사라지자 웜홀이 다시 거대한 쇳소리를 내며 닫혔다. 하얀 빛의 양쪽 벽이 한가운데에서 만나 하나가 되기 직전이었다.

모든 것이 사라졌다. 지구를 테라포밍하겠다며 큰소리치던 대장도, 촘촘한 그물처럼 벽을 이루었던 하얀 빛도 사라지고 우주 공간에는 오직 하얀 빛의 예수 형상만 남게 되었다.

"저와 함께했던 인간들과 마지막 작별 인사를 하고 저의 육신을 걷어오겠습니다."

예수는 아버지 형상이 사라진 쪽을 향해 조용히 말하고는 따스한 눈빛으로 지구를 바라보았다. 부모 된 자의 마음이 담긴 온유한 눈빛이었다. 한동안 지구를 바라보던 예수는 우주 공간을 떠나 골고다언덕으로 향했다.

하얀 빛의 예수 형상이 사라지자 언제 그랬냐는 듯 먹구름이 사라지며 비바람이 멈추었다. 먹구름에 가려졌던 하늘은 푸른 물이 뚝뚝 떨어질 것 같은 청명함을 드러냈고, 따사로운 햇살이 쏟아지며 비에 젖은 땅을 비추었다.

•

뜻밖의 만남

다시 우주 공간이 보인다. 지구를 탐내는 외계 생명체들이 다녀갔거나, 다른 종류의 인류 보호자들이 왔다 갔을지도 모르는 우주 공간은 그저 고요하고 평화롭기만 하다.

휘리릭! 휙! 휙!

저벅… 저벅… 저벅…

쇼쇼쑝!

푹! 팍!

뚜뚜뚜…

피숑… 피숑…

캐릭터 하나가 거침없이 주변의 적들을 제거하며 우주 공간을 헤쳐 나아가고 있었다. 그러나 한 번도 보지 못한 거대한 적들이 갑자기 캐릭터 주변을 에워싸자 고민에 빠졌다.

'으… 여기서 끝이야? 아니면, 처음부터 다시?'

키보드 자판을 톡톡톡 두들기던 기리는 차라리 장렬히 최후의 순간을 맞겠노라 다짐했다.

하지만 게임을 하면서 우주의 영웅이 되어 활약하던 순간은 얼마나 짜릿했던가! 이 정도의 기쁨과 좌절을 동시에 맛볼 수 있다니! 기리는 신기하기만 했다. 분명 현실이 아닌데 게임이라는 가상의 공간에서 희로애락의 감정을 느끼고 있다. 게다가 그런 감정들은 종종 현실을 뛰어넘는 그 이상의 행복으로 다가올 때도 있다.

'만일 게임 속의 완벽한 나와 현실 속에서의 나, 선택하라면 어떻게 해야 할까?'

바보 같은 생각일지 몰라도 그런 생각이 들었다. 현실 세계에서 힘겹게 살아가는 자신보다 게임 속에서 우주를 누비며 완벽한 영웅으로 활약하는 동안 더 희로애락을 실감하고 있었기 때문이다. 그것은 현실 세계에서 이루어야 하는 자아실현을 가상의 세계에서 이루고 있다는 말이기도 하다. 나아가 육체로부터 얻을 수 있는 기쁨 없이도 더 기쁘게 살 수 있는 세상이 있다는 말이었다.

'차라리 현실을 포기하고 가상의 세계에서 살 수도 있을까? 탄생이나 죽음의 의미는? 그런 것도 게임 속에서 찾을 수 있나? 그럼 두 세계에 살고 있는 나를 뭐라고 설명하고 또 존재의 이유를 뭐라고 해야 하지?'

문득 기리의 머릿속에 많은 생각과 질문들이 떠올랐다. 해답을 찾기 힘든 질문들이다. 오감을 통해 희로애락을 느끼는 것은 현실 세계를 구성하고 있는 요소들 중의 하나라고 생각했었다. 하지만 그것들을 모두 통틀어 이야기한다고 해도 자신이 느끼는 자존감만큼 중요하지는 않았다. 그것은 가상의 공간 속에서도 마찬가지다. 게임에서 당하는 명예훼손이나 모욕감, 그로 인한 자존감 상실로 현실에서 목숨을 끊거나 타인에게 몹쓸 폭력을 행사하는 일들이 심심치 않게 일어나고 있지 않던가.

그때였다. 모니터 화면 위에서 심상치 않은 일이 벌어졌다. 궁지에 몰린 기리의 캐릭터 앞에 정체 모를 지원 세력이 등장한 것이다.

'누구지?'

그들이 누구인지 모르는 기리는 당황했다. 처음 보는 형태의 군사들이 적군이 기리의 캐릭터에게 최후의 일격을 가하지 못하도록 막아섰다.

'템발이 장난 아닌데? 질게 뻔하니까 적들이 공격을 못하고 있어!'

기리는 게임 속의 지원군이 자신의 캐릭터 앞에 나타나 전쟁을 방해하고 있는데도 상대로부터 그 어떤 공격도 받지 않는 것에 헛웃음이 나왔다. 적군은 지원군의 존재감 자체만으로도 감히 기리의 캐릭터를 건드릴 생각도 하지 못하고 있었다. 지원군이 자신들보다 월등한 레벨에 공격력도 뛰어나며, 감히 대적할 수 없는 아이템과 스킬로 중무장을 하고 있어 패배가 불 보듯했기 때문이다.

'대단하다. 아무것도 하지 않지만, 결코 아무것도 하지 않는 것이 아니다. 존재하는 것만으로 누군가를 살리는 일종의 구원 행위를 하고 있다. 무자비한 게임 판에서 보통의 내공 없이는 이를 수 없는 경지야.'

기리는 감사한 마음이 들면서도 정체가 무엇인지 궁금해졌다.

그들의 닉네임을 확인한 기리는 게임 화면 UI(User Interface)에서 채팅 창을 열었다. 도움을 받았는데 모르는 척 지나가는 것은 매너가 아니었다. 자신을 구해준 세 명의 유저들에게 감사의 메시지를 전할 생각이었다.

"반가워요. 하마터면 죽을 뻔했는데 살았네요. 도와주셔서 감사해요."

첫인사 겸 감사의 메시지를 정중히 날렸다. 그러자 파티를 맺고 무리 지어 다니던 그들 중 한 명이 답장을 보내왔다.

"유 아 웰컴! 난 박수지라고 해요."

캐릭터명이 여성스럽긴 했지만, 설마 진짜 여자일 줄이야! 게다가 실명을 바로 가르쳐주기까지…. 뭐라고 답장을 보내야 할까 망설이고 있는데, 그들 중 또 다른 유저로부터 메시지가 왔다. 이번엔 자신의 실명이 강상승이라고 했고, 힘을 좀 더 키운 후 자신들의 길드에 가입하라는 권유까지 했다. 한 명의 캐릭터가 더 있었지만 그는 말이 없었다.

게임을 종료하고 컴퓨터를 끈 기리는 침대에 누워 잠을 청했다. 눈을 감았지만, 방금 전 게임상에서 자신을 도와준 유저, 게이머들의 생각을 지울 수 없었다. 그들과 함께 자신의 이름에 얽힌 아빠의 철학 때문에 피식 웃음이 났다.

이기리. 성은 이, 이름은 기리. 기운 '기'에 이로울 '리', 이로운 기운이라는 뜻이다. 이기지 않으면 돌아오지 않을 것 같은 '반드시 이기리'처럼 보여서 친구들로부터 놀림을 받곤 했었다. 아무래도 아빠의 작명 철학은 틀린 것 같다고 생각했다. 인생을 돌이켜보면 뭔가를 이긴 기억이 별로 나질 않기 때문이다.

서른다섯의 나이에 미혼이고 직장도 없는 기리는 성세대학교 천체물리학 박사학위를 취득한 후 박사후과정에 있는 포닥(Post Doctoral) 연구원이다. 박사학위를 따던 날, 일가친척들과 친구들 모두가 축하해주었다. 살면서 그때처럼 기뻤던 날이 또 있었을까? 지금은 자리도 나지 않는 교수라는 직업에 도전하다가 이대로 백수로 살다 끝나는가 싶어 애태우고, 장가도 가지 못해 걱정이 태산이다.

기리, 즉 이로운 기운은 그에게 없었다. 다행인지 불행인지 '세상은 왜 나의 이름과 반대로 가는 것일까?'라며 한탄하던 중 새 세상을 만났다. '게임'에 빠져든 것이다. 그곳이라면 세상에서 해보지 못한 일들을 할 수 있었다. 현재의 스트레스를 그렇게 게임 안으로 쏟아부었다. 그러다 오늘, 죽음의 문턱 앞에서 우연히 든든한 지원군을 만나 다시 살아난 것이다.

웰컴 투 동막골

'이렇게 좋은 날씨에 연구실에 죽치고 앉아 연구를 해야 하다니… <u>으그그그</u>.'

기리는 혼잣말로 투덜거렸다. 따스한 햇살이 창문을 넘어 연구실 내부까지 밝게 비쳐주고 있었다. 남들은 나들이도 가고 놀이공원이라도 찾아가 오늘의 화창한 날씨를 즐길 것이다. 어차피 연구 때문에 밖에 나가지 못하는 기리는 괜히 심통이 나 죽을 지경이었다.

'내 인생은 그냥 매일매일 소나기가 쏟아지는구나~. 에고 내 팔자야~.'

인생 자체가 비의 연속인 것만 같은 기리는 늦은 저녁시각 게임에 접속했다. 가장 먼저 자신을 도와줬던 지원군들의 로그인 상태를 확인해보았다. 세 사람 중 그날 말이 없었던 사람이 로그인 중인 것으로 나왔다.

"안녕하세요? 그날은 감사했어요."

좀 소극적인 사람일까? 그는 또 대답이 없었다. 어쩌면 예의가 없거나 나이가 많은 사람일지도 모른다. 아니면 대답을 할 수 없는 상태로 전투 중이거나 컴퓨터만 켜놓고 게임에 로그인한 채로 현실 세계의 다른 일을 하고 있는 중일지도.

'혹시 오토 유저?'

기리는 대답이 없는 텅 빈 화면을 보며 생각했다. 그래도 자신보다 나이가 많은 유저일 수도 있으니 실수하지 말자고 생각한 기리는 예의 바르게 메시지를 보냈다.

"어떻게 하면 그렇게 멋지게 캐릭터를 키울 수 있을까요? 좋은 전략 좀 공유해주세요."

"제 이름은 배유진. 제가 하는 것처럼 하면 돼요."

이번에는 짧은 대답이 돌아왔다. 기리는 자신도 모르게 '어쭈구리?' 하면서도 대체 어떤 사람일지 궁금증이 커졌다.

그때였다. 게임 속에서 친구로 등록해두었던 박수지와 강상승이 접속했다는 알림이 떴다. 반갑게 인사를 건네자 그들이 파티를 요청해왔다. 기리는 망설이지 않고 그들의 요청을 받아들여 함께 파티를 이루었다. 그리고 그들의 파티 대화를 채팅창으로 확인할 수 있었다.

주로 현실 세계의 이런저런 이야기가 쏟아졌다. 자신들의 지도교수에 대한 뒷담화가 구수하게 흘러나오는 것으로 보아 자신보다 어린 대학생들일 것으로 추측되었다.

게임 속에서는 나이가 많다는 것이 자랑은 아니다. 오히려 얼마나 게임을 오래했고, 캐릭터의 레벨이 얼마나 높은지와 아이템 수준이 어느 정도인지가 자랑거리가 된다. 그래도 자신보다 어린 게이머들이었다니! 기리의 마음에 여유가 생겼다. 게다가 배유진이 강상승과 박수지를 '언니', '오빠'로 부르고 있었다.

"헐? 뭐야? 막내였어? 그럼 나보다 훨씬 더 어리다는 거야? 괜히 쫄았잖아."

여유가 생겼지만 매너는 지키기로 했다. 나이는 어려도 자신보다 고랩(높은 수준)이고 뛰어난 아이템과 스킬을 갖고 있다. 나이도 물론 중요하지만 게임이라는 공간에선 경험치를 누적시켜 쌓은 상대의 레벨과 그에 맞는 아이템이 더 중요한 법! 함부로 무시할 수는 없다. 거기에 아무리 연하의 유저라고 해도 자신은 연장자인 데다 도움까지 받았으니 매너를 지켜야 했다. 이 가상의 공간에서조차 이.로.운.기.운.이 날아가면 얼마나 삭막한가.

"그동안 잘 지냈어요? 우린 대학생인데, 그쪽은요?"

박수지가 물었다. 이미 짐작하고 있던 일이었다.

"성세대 다니고 있고, 박사학위후 연구과정에 있어요. 포닥과정 중입니다."

자신보다 더 나이가 많은 사람은 없겠다고 생각한 기리는 편안한 마음으로 신분을 밝혔다.

"헐! 대박!"

"우와아! 성세대?"

"푸할, 그럼 선배님이시네요?"

파티 대화창의 스크롤이 갑자기 빨라졌다. 세 사람이 동시에 비명조의 충격을 담은 메시지를 띄우고 있었다. 놀란 것은 기리도 마찬가지였다. 대한민국이라는 나라에 대학이 몇 개던가? 그리고 대학생은 또 얼마나 많던가? 그런데 이 가상의 공간에서 같은 대학을 다니고 있는 후배들을 만나다니! 게다가 그들로부터 도움을 받는 선배가 되다니!

"전 생명공학 박사 중이고요, 상승이는 화학과 석사 중이에요. 유진이는 인류학 석사 중이고요."

박수지는 자신은 스물일곱 살이고, 강상승은 스물다섯, 배유진은 스물네 살이라고 밝히며 전공 과목까지 털어놓았다. 석사과정의 학생들이니 아주 어린 학생이라고는 볼 수 없다. 기리 자신보다 나이는 어려도 대학생들 세계에선 노땅으로 불리는 세대였다. 요새는 취업이 어려워 일부러 졸업을 미루고 학생 신분을 유지하는 사람들이 많은 편이다.

"와아… 이런 일이 있을 수도 있네요. 진짜 반가워요! 동문에 이제 게임 동지까지 되었네요? 내 목숨까지 살려줬는데 그냥 넘어가면 선배로서 체면이 안 서는데… 어때요? 괜찮다면 내가 삼겹살이라도 쏠게요!"

이런 놀라운 우연에도 그냥 있는 것은 용납이 되지 않는다. 기리는 그들에게 선배로서 감사의 마음을 전하고 싶었다. 물론 그들이 불쾌해하지 않는다면.

"저 많이 먹어요!"

"술도 사실 거죠?"

불쾌는커녕 오히려 좋아하는 듯 적극적인 대답이 돌아왔다. 겸손한 척 한 번쯤 거절할지도 모른다는 예상이 빗나갔지만 왠지 즐거운 만남이 될 것 같다는 예감이 들었다.

"좋아요! 대신, 이제 막 입문한 저한테 고수 후배님들이 내공을 전수해

쥐야 합니다! 하하.”

　기리는 남들보다 월등한 플레이와 스킬을 가진 그들이 때로는 경쟁하
고 때로는 협력하며 하나의 팀을 이룬 데에는 그만한 이유가 있다고 생각
했다. 그리고 말보다 행동의 가치를 높이 사는 멋쟁이들일 것 같다는 느
낌이 들었다.

　“웰컴 투 동막골.”

　말을 아끼던 배유진이 메시지를 띄워 대답했다. 기리는 그것이 자신의
번개만남 제안을 받아들이는 긍정의 메시지라는 것을 어렴풋이 짐작했다.

•

특
별
한 인
연

새침데기 같았던 배유진은 자신이 뭔
가 설명하기 시작할 때만큼은 다른 모습을 보였다. 손가락이 전광석화처럼
키보드 위를 날아다니는 듯 대화창 가득 그녀가 쏟아내는 대화가 스크롤
을 채웠다. 기리는 그녀의 모습에 놀라며 그들에 대해 조금 더 알게 되었다.

세 사람은 게임을 하면서 알게 되었지만, 온라인 동지로서 가상의 세계
에만 존재하는 이들은 아니었다. 연령대가 비슷한 이들이 친구가 될 수 있
었던 것은 서로의 관심사와 고민 등이 비슷했기 때문이었다. 덕분에 자연
스럽게 오프라인 만남까지 이어질 수 있었다고 한다.

원래 처음에는 그들의 길드 안에 다른 유저들도 있었다. 그러나 그들은
바쁘다는 핑계로, 또는 게임에 점점 흥미를 잃고 방황하다가 접속률이 떨
어지다 못해 아예 나타나지도 않는 유령 회원이 되어버렸다. 세 사람은 달
랐다.

그들은 지적(知的) 호기심을 바탕으로 진리를 탐구하고 팩트를 추구하는 이야기들을 주로 나누었다. 언론이나 SNS에 떠도는 가십거리, 쇼핑, 맛집 탐방과 같은 일상의 대화에 주로 관심을 보이는 이들과는 딴판이었다. 게다가 학교도 같아서 오프라인 만남을 갖는 것도 수월했다. 다른 학생들보다 더 친해지게 된 이유다.

그런데 이들에게도 문제가 있었다. 같은 대학교 학생들이다 보니 공통의 화젯거리가 많았는데 캠퍼스 내에서 자유롭게 나눌 수 있는 내용들이 아니었다. 낮 말은 새가 듣고 밤 말은 쥐가 듣는다더니 지도교수 흉이라도 볼라치면 도처에 깔린 눈과 귀를 살피느라 자유롭지 못했다.

그래서 정한 아지트가 학교 인근의 민속주점 '동막골'이었다. 그곳에서는 편하게 막걸리 한잔 기울이며 게임에 대한 이야기나 그들이 좋아하는 지적탐구활동도 할 수 있었다. 게다가 종종 지도교수에 대한 불만과 흉을 보면서 스트레스도 풀 수 있으니 그야말로 최적화된 비밀 아지트였다. 커다란 방처럼 생긴 구석진 안쪽 테이블은 대개 그들 차지였다.

기리는 배유진이 말한 '웰컴 투 동막골'의 의미가 무엇인지 그제야 깨달았다. 그들의 아지트인 동막골의 입성을 환영한다는 뜻이었다. 게임을 하지 않는 사람들은 공감하기 어렵겠지만, 그들만의 세상에 자신을 들여보내준 성의가 감사했다.

드디어 첫 만남의 날. 기리가 찾아간 동막골은 TV 사극이나 명문 양반가가 살았다는 한옥마을에서 본 고택처럼 솟을대문이 위풍당당하게 서 있었다. 손님에게 길 안내라도 할 듯 밝혀진 청사초롱 두 개가 입구를 비추었다.

잠시 후 게임 속에서 기리를 구원했던 세 사람이 나타났다. 한눈에도 그들이라는 것을 알아차릴 수 있었다. 무엇보다도 그를 놀라게 한 것은 박수지의 첫인상이었다. 환한 얼굴이 고생이라고는 한 적 없이 자란 엄친아 학생임이 분명했다. 밝은 브라운색으로 염색한 긴 머리가 그녀의 어깨와 등을 자연스럽게 흘러내리며 웨이브 진 모습은 우아했다. 팔과 다리는 모델처럼 길게 뻗어 있어 이국적인 매력을 발산했다.

강상승은 최근의 패션과 무관하게 살고 있는 인물이었다. 얼굴을 덮을 만큼 크고 둥그런 안경을 쓰고 있었고, 실험실에서 꼼짝도 하지 않은 것처럼 여성보다 하얀 피부를 가졌다. 섬세한 성격일 듯한 그는 커다란 안경 너머로 상대방이 풍덩 뛰어들고 싶을 만큼 크고 깊은 눈빛을 반짝였다.

강상승이나 박수지에 비하면 배유진은 조금 까칠하게 보였다. 양쪽 눈꼬리가 살짝 올라간 눈에 사감선생처럼 보이게 하는 날렵한 안경을 썼다. 또 피부는 까무잡잡했고 금색의 원형 귀걸이와 다리의 곡선이 그대로 드러나는 스키니 진, 무릎까지 올라오는 가죽 부츠, 같은 색의 가죽 라이더 재킷을 입고 있었다. 지금 막 오토바이를 타고 질주하다 온 것 같았다.

"성은 이, 이름은 기리입니다. 전통에 빛나는 전주 이씨 마징가파 38대 손입니다."

깔깔대며 모두 웃었다. 기리는 분위기를 띄우기 위해 아재개그로 운을 띄웠다.

"성과 이름을 함께 부르면 이기리가 되고 그 뜻은 승리하리라는 뜻이 되죠. 그래서 제가 초등학생 때 아빠에게 물었어요. '나는 뭘 이겨야 돼?' 하고요. 아빠는 한참을 고민하더니 무식을 이기라고 하더군요. 그때는 어려서 무슨 말인지도 몰랐지만 지금은 어렴풋이 짐작이 가는 것 같아요. 저희 아빠는 중학교를 졸업하고 농사일만 하셨거든요. 그게 마음의 한으로 남아 있었을 것 같아요. 그래서 자식인 저만은 공부를 계속 끝까지 해서 당신의 한을 제가 대신 풀어주었으면 하는 바람이었던 거죠."

아빠가 가진 한을 이야기했기 때문일까? 갑자기 분위기가 엄숙해졌다.

"아아, 이 분위기 내가 책임져야겠네! 원샷!!"

기리가 벌떡 일어나 잔을 높이 들었다. 다시 세 사람이 키득거리며 웃더니 배유진이 번개처럼 자리에서 일어났다.

"우리는 지식의 개척자들, 무식을 이기리!"

그 모습에 모두들 술잔이 흔들릴 만큼 웃음이 커졌다. 기리는 당돌한 그녀 모습에 벌써 취했나 싶었지만 신입 멤버를 열렬히 환영해주는 것이라는 생각이 들어 마음이 따뜻해졌다.

"두 사람은 잘 알지만 선배님은 모르니 제 소개를 해야겠네요. 이름은 박수지고요 성세대학교 생명공학 박사 4년차에 있어요. 곧 학위논문을 써야 해서 매일 바쁜 나날을 보내고 있답니다. 앞으로 잘 부탁해요."

박수지가 자리에서 일어서며 말했다. 해맑은 미소의 그녀는 마음도 착할 것 같았다. 다만 엄친아로 평탄한 생활을 하며 자랐을 테니 남들과 공유할 공통분모가 적을지도 모른다는 생각이 들었다.

"언니! 에이~ 바쁘긴 뭐가 바빠? 논문은 통과했다고 봐야 하는 것 아니야? 박사학위도 이미 받았다고 봐야지!"

수지의 소개를 듣고 있던 배유진이 코밑으로 흘러내려온 안경을 슬쩍 손가락으로 올리며 소리쳤다.

"박사학위가 뭐야? 이미 성세대 교수님이 되었다고 봐야지. 아이고, 박 교수님~."

이번에는 강상승이 배유진의 말을 받으며 외쳤다. 순간, 기리는 마음 한 구석이 서늘해지며 술기운이 달아나는 것 같았다. 자신도 교수라는 직업을 갖기 위해 애쓰고 있는데 자신보다 어린 수지에게 교수가 된 것을 축하한다고 하니 기분이 묘했다.

'뭐야? 그냥 아부인 줄 알았는데… 뭔가 있는 거야?'

어쩌면 진짜 이미 교수직에 내정된 사람일 수도 있겠구나 싶었다. 연구 실적이 뛰어나거나 든든한 뒷배경이 있어 낙하산을 탔다면.

"지금 연구 중인 학생인데, 이미 교수가 되었다는 말이 무슨 뜻이야?"

기리는 의문을 거두지 못하고 유진에게 물었다. 하지만 그녀는 허탈하게 웃기만 할 뿐 대답이 없었다.

"하긴… 알 리가 없지. 모르셨죠? 언니 아빠가 우리 학교 이사장이에요. 언니가 이사장님 외동딸이라고요."

배유진이 기리의 옆구리를 쿡쿡 찌르며 말했다. 기리는 빈대떡을 찢고 있던 젓가락을 조용히 내려놓고, 막걸리병을 들어 수지의 잔에 가져갔다.

"한 잔 받아요."

기리가 자신도 모르게 두 손으로 술을 따르고 있는데 옆에서 강상승이 자기소개를 위해 일어났다.

"저의 이름은 강상승이라고 해요. 기리 형이 나보다 나이가 많으니까 형이라고 부를게요. 나중엔 말 편하게 해도 되죠?"

"응응, 얼마든지."

기리가 웃으며 대답했다.

"저는 성세대학교 화학과 석사과정 중에 있어요. 제대 후 복학했는데 요즘 취업 전쟁이잖아요? 다른 친구들도 취업이 잘 되지 않고 있어서 저는 그냥 학업에 인생을 걸어보려고요. 올해 박사과정 들어갑니다. 빨랑빨랑 박사학위 취득하고 성세대 교수 되는 게 꿈이에요. 누나, 맞지? 깔깔."

기리는 깨달았다. 그래서 강상승이 수지에게 착 달라붙어 있었던 것이다. 생김새도 꽤 괜찮은 동생이 깍듯이 누나 대접하며 살갑게 굴었을 테니 수지도 그의 친절함을 마다하지 않았을 것이다. 게임상에서도 그는 수지의 모든 요구를 수족처럼 들어주지 않았던가.

이제 자기소개를 하지 않은 사람은 배유진만 남았다. 자신의 차례라는 것을 알았는지 그녀도 자리에서 슬슬 일어날 기색이었다. 기리는 왠지 그녀가 좀 무서웠다. 목소리가 크고 표현에 거침이 없는 학생이다. 그녀가 혼자 목소리를 높이면 수지와 상승은 잘했다고 칭찬하며 기분을 맞춰주고 있었다. 막내지만 리더 같았다.

"저는 배유진이라고 하고요, 성세대학교 인류학 석사 1년차 학생입니다. 참고로 저는 남들이 말하는 페미니스트고요, 사회에서 여자가 차별받는 일은 없어야 한다고 생각합니다. 그래서 '남자와 여자가 어디서부터 이렇게 갈리기 시작했나?'에 관심을 갖게 되었고, 그러다 보니 전공을 아예 인류학으로 결정하게 되었습니다. 공부를 하면 할수록 더 공부해야 할 것이 많은 것 같아서 앞으로도 계속 쉽지 않을 것 같네요. 그러나 저는 할 겁니다. 왜 남자들이 지금의 사회적 위치를 향유하고, 여자들은 유리천장을 경험해야 하는지 꼭 밝혀낼 거고요. 앞으로 여성을 위한 사회 건설에 앞장 서겠습니다."

기리는 이게 웬 선거유세인가 싶어 배유진의 얼굴을 다시 쳐다봤다. 자신이 가졌던 그녀에 대한 첫인상이 맞아떨어졌다고 생각했다. 배유진은 삶의 목표가 분명했다. 꿈을 이루려는 강한 의지와 열정으로 살아가는 사람은 그 자체만으로도 빛을 발한다. 기리는 당찬 모습의 그녀가 멋지다고 생각했다.

각자 자기소개를 마치자 넷은 더욱 가까워진 느낌이었다. 모두들 다시 한 번 우애를 다지자며 원샷을 외쳤다. 특별한 인연, 특별한 학생들이다. 세 사람과의 만남이 무척 소중한 시간이었다고 생각한 기리는 온라인으로 다시 만날 것을 기약했다.

성추행 사건

배유진은 역시 행동파 여성이었다. 그것을 증명할 수 있는 사건이 생겼다.

며칠 전 교내에서 성추행 사건이 발생했다. 교수가 제자를 밤늦은 시간에 불러내 술시중을 들게 하더니 자신의 연구실로 데리고 가서 스킨십을 시도한 사건이었다. 유진이는 그렇지 않아도 남성들의 가식과 허세 등에 대해 진절머리를 내고 있었는데 교수가 직분을 이용하여 강압적으로 제자에게 스킨십을 시도했다는 사실에 참을 수가 없었다.

유진이는 먼저 수지에게 대응을 요구했다. 수지의 아버지가 학교 이사장이므로 수지가 아버지께 사건을 잘 설명드리면 이사장이 나서서 일을 잘 마무리할 것으로 예상했다. 유진이로부터 이야기를 들은 수지가 아버지에게 말을 꺼냈다.

"아빠, 우리 학교 정치학과 육지검 교수님이 제자를 상대로 성추행을 했대요. 응분의 조치를 취해주세요.”

수지가 이사장인 아빠에게 화가 난 목소리로 말했다.

“육 교수가? 육 교수는 그런 육갑을 떨 사람이 아닌데?”

“무슨 말씀이세요. 피해를 당한 학생이 울고불고 난리인데요. 이런 사람
은 교육자가 아니라 고문자예요. 우리 성세대의 수치라고요. 신상필벌이
아빠 평소 신념이잖아요? 이번 경우를 통해 우리 학교 내에서 유사 범죄가
일어나지 않도록 본을 보이셔야죠.”

“그래, 그건 네 말이 맞다. 알았어. 근데 무슨 증거라도 있어야 하지 않
겠니? 피해 학생이 성추행 장면을 녹취나 녹화를 한 것이 있니? 아니면 증
인이 있니?”

“아이 아빠~! 밤늦게 교수가 제자를 자신의 연구실로 데려갔는데 증인이
어디 있어요? 그리고 갑자기 당한 일이라 녹음이나 녹화를 할 겨를도 없었
어요. 학과 건물 입구에 달려 있는 CCTV에는 육 교수님과 제자가 함께 입
구를 통과한 모습만 나온대요.”

“음… 그것 참…, 그 정도의 영상만 가지고는 범죄 혐의를 입증하기 어
려울 텐데….”

“에이, 아빠도 참… 육 교수님을 옹호하시는 거예요? 알았어요. 일단 친
구들과 함께 이야기해보고 제가 알아서 행동할 거예요!”

수지는 그렇게 말하고 밖으로 나갔다.

“원, 녀석도 참….”

박 이사장도 수지의 뜻을 모르는 것이 아니었다. 어쩌면 육 교수가 그런
행위를 했을지도 모른다. 그러나 말뿐이 아닌 증거를 찾아 제대로 진상을

조사한 후에 조치를 취해야 할 일이었다. 감정만 앞서다 보면 반대로 무고죄의 고발을 당할 수도 있는 문제다.

박 이사장은 관계자들에게 제대로 진상을 조사하라는 지시를 내렸다. 그렇게 1차 조사를 진행했으나, 예상대로 육 교수는 그날 저녁 피해 학생과 다시 연구실에 들어와 그냥 연구 지시만 내렸고 지시를 받은 학생은 얼마 안 있어 나갔다고 말했다. CCTV에도 두 사람이 연구실에 들어가고 몇 분 후 학생이 혼자 걸어 나오는 장면만 있었다. 그것은 학생들이 말하는 것처럼 육 교수가 상당 시간 성추행을 저지른 것이 아니라는 사실을 짐작케 하는 것이었다. 박 이사장은 그 짧은 시간에 무슨 일이 있었는지 추후 조사를 지속한다는 방침을 내렸다. 또한 해당 교수에게는 일정 기간 근신하라는 조치를 취했다.

피해 학생과 다른 학생들의 입장에서 보면 육 교수에 대한 학교의 처분은 너무 관대한 것이었다. 학교 측이 사건에 대해 사실관계 조사에서부터 그에 대한 처벌까지 분명 감추고 있는 게 있다는 의혹까지 일었다. 그러나 그런 의혹에 대해 학교는 아무 답변도 하지 않았다.

그러자 배유진은 뜻이 맞는 학생들을 모으기 시작했다. 본 사건에 대한 진상조사에서 처벌까지 모든 진행 과정을 낱낱이 투명하게 밝히라고 촉구하기 위한 것이었다. 다다익선이라고 하지 않는가. 집회는 뜻을 함께하는 이가 많으면 많을수록 영향력이 커지게 된다. 그러므로 가능한 한 많은 수의 사람을 모아야 한다.

"여보세요?"

"오빠, 저 유진이에요."

기리에게 전화가 걸려온 것은 그즈음이었다. 핸드폰 저쪽에서 뜻밖에도 유진의 목소리가 흘러나왔다.

"오우, 헬로우. 잘 있었어?"

"아뇨."

"엉? 왜?"

"교내 여학생 한 명이 자신의 지도교수로부터 성폭력을 당했어요. 근데 이 학생이 학교 행정처에 신고를 했음에도 불구하고 학교는 아무 조치를 취하지 않은 것 같아요. 가만히 있을 수가 없어요."

배유진의 분기탱천한 목소리를 들은 기리는 뭔가 심상치 않은 예감을 받았다. 설마… 포닥인 나 같은 노땅 선배에게 도와달라는 말은 아닐 거라 믿고 싶었다. 그때 기리의 머릿속에 떠오르는 사람이 있었다. 그 사람이라면 반드시 도움이 될 것이다.

"그래, 그것 참 안됐구나. 그런 일이 있어서는 안 되는데, 참 안타깝다. 수지 아버님이 이사장님인데 수지에게 좀 말을 해보지 그러니?"

"언니에게 이야기했고 언니도 이사장님에게 말씀드렸다는데 학교 측에서는 결정적인 증거가 없다며 그냥 뭉개고 있어요."

"그것 참… 쯧쯧. 딱한 이야기네. 근데 가만히 있을 수 없다는 말은 네가 뭐라도 해보겠다는 거니?"

낭패감이 들었다. 학교 이사장이 그러고 있다면 학생들이 할 수 있는 일은 거의 없다고 봐야 한다. 그런데 배유진은 왜 자신에게 전화를 걸었을까?

"네, 내일 오후 2시부터 5시까지 학교 정문 한쪽 옆에서 피켓을 들고 뜻이 맞는 사람들과 서 있을 거예요. 학생, 교직원 등이 이 사건을 제대로 알아야 하니까요."

"그것 참 좋은 생각이구나. 역시 유진이는 생각이 올바르다니까. 그럼 열심히 해라."

기리는 자신의 예감이 맞았다는 것을 알고 서둘러 전화를 끊으려고 했다.

"오빠, 내가 왜 오빠에게 전화했는지 아세요?"

"몰라. 왜?"

"오빠는 4시까지 나오세요."

"왓 아 유 토킹 어바웃? 내가 쏘샬뽀다구가 있지, 나이도 많은 포닥이 그런 곳에 나가 서 있는다는 게 말이나 되니? 패기 넘치는 학부생들 데리고 수고 좀 해주거래이~."

"수지 언니와 상승 오빠도 도와주기로 했어요. 오빠가 진정 동막골의 일원이라면 나오셔야 해요. 알았죠?"

수지도 나온다고? 음… 생각해보니 살면서 좋은 일을 해본 적도 별로 없는 것 같았다. 어쩌면 이번에 좋은 일 한 번 할 수도 있을 것 같고, 기왕 이렇게 된 이상 주도적으로 뛰어들어야겠다고 생각했다.

다음 날 오후 4시 학교 정문 옆, 피켓을 든 20여 명의 무리가 큰소리로 구호를 외치며 '성폭력'과 '근절'이라는 단어가 쓰인 피켓을 번갈아 올렸다 내렸다를 반복하고 있었다. 기리도 쭈뼛쭈뼛 동막골 사람들을 찾아 끼어들었다. 그리고 목청 높여 성폭력 근절을 따라 외치기 시작했다.

기리는 저쪽에서 똑같이 구호를 외치고 있는 수지를 보았다. 그녀도 자신을 쳐다보는 눈길을 의식했는지 고개를 돌려 기리에게 눈으로 인사했다. 기리는 수지와 눈길이 맞닿자 더욱 목청 높여 구호를 외쳤다.

많은 사람들이 그들 앞을 지나가며 피켓을 보기도 하고, 사건의 전말을 써놓은 대자보를 읽기도 했다. 대중에게 성폭력근절운동을 홍보하는 효과를 얻고 있었다.

슈퍼히어로

피켓을 들고 한 시간가량 성폭력 근절을 외쳤을까, 20명가량으로 시작된 집회는 수업 참가 등의 이유로 인원이 조금씩 줄더니, 이제는 동막골 멤버들을 포함하여 총 8명으로 여자가 넷에 남자가 넷이 되었다.

조금 시간이 지나자 학생들 앞으로 웬 남자 셋이 걸어왔다. 이들은 인상으로 보나 옷 입은 것으로 보나 일반인들이 아니었다. 특히 눈썹에 힘을 주고 있는 한 남자는 소매를 걷어올린 팔뚝에 용의 머리가 문신되어 있었다. 보나마나 팔꿈치 위부터 어깨까지 용이 그려져 있으리라. 기리와 비슷한 서른 살 안팎으로 보이는 이들은 집회 현장 앞에 얼굴을 찡그리며 멈춰 섰다.

"어이! 이제 그만 좀 해. 시끄러워죽겠어!"

일행은 움찔했지만 유진은 놀라지 않고 당당하게 맞섰다.

"아저씨! 여기는 학교 정문 앞이고, 또 차들이 다니는 대로 앞이라 차 소리로 가득한 열린 공간인데 뭐가 시끄럽다는 말이죠? 아저씨가 무슨 권리로 하라 마라 하는 거예요?"

"아니, 요 쪼그만 게 어따 대고 말대꾸야! 이제 그만해!"

유진은 바른 말을 하고 있었다. 기리는 이들이 시비를 거는 이유가 무엇인지 생각했다. 마음 한쪽에 찜찜한 구석이 있었다. 혹시 성폭력을 자행한 교수 측에서 고용한 주먹들 아닐까? 미심쩍었던 그는 유진에게 다가가 귓속말을 했다.

"어차피 시간도 다 되었고 날도 어두워지니 그만 정리하고 돌아가자."

순간, 유진이 고개를 확 돌려 기리를 쏘아보았다. 그녀의 매서운 눈빛에서 차갑고 서늘한 바람이 쌩 하니 휘몰아치는 것 같았다. 그때 사내들 중 한 명이 나섰다. 그는 유진이 앞으로 콧방귀를 뀌며 다가왔다.

"요 눈이…, 너 뭐야?"

유진의 이마 한가운데를 손가락으로 툭툭 밀며 그가 말했다. 그렇게 당할 유진이 아니었다. 유진이 사내의 손을 냅다 떠밀며 악악거리기 시작했다.

"이게 어따 손을 대?"

눈을 부라리며 달려드는 유진을 보고 사내가 움찔했지만 순순히 물러날 것 같지는 않았다. 그는 유진의 멱살을 잡고, 꺼지라고 외치며 거칠게 밀어뜨렸다. 바닥에 쓰러진 유진이 왜 사람을 밀치냐고 악을 쓰며 달려가 삿대질을 퍼부었다. 사람들 사이에 고성이 오가는 가운데 실랑이가 벌어지며 현장은 순식간에 난장판이 되고 말았다.

그러나 학생들이 깡패를 물리치기란 쉬운 일이 아니었다. 깡패들은 피켓을 빼앗아 무릎에 내리치고는 기둥을 꺾어버리더니 땅바닥에 패대기쳤다. 그들의 힘에 밀려 학생들도 뒤로 물러섰다. 그들의 위압적인 모습을 본 기리는 혼란스러워졌다. 아무리 좋은 뜻과 의지를 갖고 행동해도 무력 앞에선 어쩔 수 없다니! 힘에 떠밀린 여자들을 지켜주지 못한 것도 자존심 상하는 일이었다. 또한 주변에서 불쌍하고 안타깝다며 혀를 차는 구경꾼은 많아도 누구 하나 도와주는 이가 없는 현실이 절망스러웠다.

그때 몸집이 꽤 크고 온화한 인상의 한 아저씨가 무리를 젖히고 앞으로 걸어 나왔다. 눈은 부리부리하게 컸고, 반곱슬의 머리가 귀를 덮었으며, 햇빛에 그을린 구릿빛 피부의 중년 남자였다.

기리는 그가 이웃집 아저씨처럼 푸근하고 온화한 인상이면서도 몸매가 탄탄한지라 영화 속의 슈퍼맨과 비슷하다고 생각했다. 그가 시위대를 바라보며 다가왔다.

"이제 그 정도 했으면 됐으니 돌아가세요. 모두 정리하고 돌아갑시다."

그가 시위대와 깡패들의 중간 어디쯤에 멈추며 말했다. 깡패들은 갑자기 나타난 그를 보고는 인상을 찌푸렸다.

"어이, 형씨. 후 아 유여? 우리 방식대로 정리하고 갈 테니 형씨는 쪼까 꺼져버리쇼잉~."

"아니, 아니. 지금 모두 정리하고 헤어집시다."

"뭐야 이 씨부렁이는! 사태 파악이 안 되는 놈은 다치고 나서야 깨닫는 법이지. 어디서 이상한 놈이 나타나서 감히 우리에게 감 놔라 배 놔라 하고 있어! 확!"

휙! 퍽! 바람을 가르며 깡패의 주먹이 남자의 얼굴을 향해 날았다. 하지만 남자는 여유 있게 고개를 살짝 비틀어 피했고, 그와 동시에 몸을 비틀며 다리를 들어 올리더니 무릎으로 깡패의 복부를 정확하게 찼다. 바닥에 나가떨어진 깡패는 배를 움켜쥔 채 몹시 고통스러운 표정을 지었다. 그 모습을 본 다른 깡패 둘이 한꺼번에 달려들었다.

휘휙!, 퍼벅!

그들이 쓰러진 것은 단 두 번의 공격에 의해서였다. 한 명에 단 한 번의 공격! 기리를 비롯한 다른 사람들은 놀라움을 금치 못했다. 깡패들은 남자의 정확하고 예리한 공격에 땅바닥에 데굴데굴 구르며 아예 일어날 생각조차 하지 못하고 있었다.

기리와 일행은 갑자기 나타난 슈퍼히어로가 더할 나위 없이 고마웠다. 아무도 나서지 못하고 있을 때 정의감을 가진 사람을 만난 것이 한편으로는 반갑기까지 했다.

"너무 감사해요!"

유진과 수지는 남자에게 다가가 감사의 인사를 전했다. 바닥에서 구르고 있던 깡패들은 일어설 힘이 생기자 슬슬 눈치를 보며 도망치기 시작했다. 비틀비틀 절름발이 걸음으로 삼십육계 줄행랑을 치는 그들의 모습은 강자에겐 약하고 약자에겐 강한 비겁함을 그대로 보여주고 있었다.

"감사받을 일이 아닙니다."

정중히 인사하며 그곳을 떠나려는 남자에게 유진이 다가가 연락을 드리고 싶다며 명함을 요구했다. 그는 난처해하다가 유진의 간절한 눈빛을 보고는 하는 수 없다는 듯 명함을 건네주고는 조용히 떠났다.

유진을 비롯, 명함을 본 그들은 모두 몸이 굳었다.

'제일교회 부목사 김세인'

약속이라도 한 것처럼 네 사람은 서로의 얼굴을 쳐다봤다. 깡패들을 한 번의 공격으로 제압할 만큼 날렵한 남자가 목사였다니! 그들은 문득 그의 과거가 궁금해졌다.

이
사
장
의 수
술

수지가 며칠째 게임에 접속하지 않았다. 유진이와 상승이도 수지에게 무슨 일이 있는지 모르고 있었다. 아무리 논문에 열중하고 있다고 해도, 지금까지 그랬던 것처럼 가끔 스트레스 해소 겸 게임에 접속하는 것이 보통이다. 그녀에게 호감을 갖고 있던 기리는 괜한 걱정에 문자를 보내기로 했다.

"요새 뭐 하느라 코빼기도 안 보이냐? 논문 쓰니?"

그러자 얼마 후 그녀로부터 답장이 왔다.

"오빠, 우리 아빠 수술하셨어. 아직 의식이 돌아오지 않았고, 난 지금 병간호 중이야."

기리는 마음이 무거워졌다. 학교의 이사장이 아니라 수지의 아빠라서 마음이 좋지 않았다. 더구나 수지는 이혼 후 혼자가 된 아빠와 단둘이 살고 있어 곁에서 의지가 되어줄 사람이 없었다.

"걱정이 많겠구나. 성세대부속병원에 있겠네? 몇 호실이지?"

"901호실. 난 힘들진 않아. 그냥 아빠가 불쌍해 보여."

"그래, 마음 좀 추스르고, 힘내라."

"고마워."

기리는 문자를 마치자마자 다른 멤버들에게 수지의 소식을 알렸다. 그러자 상승이와 유진이가 모임을 대표해 먼저 문병을 다녀오라고 부탁했다.

다음 날, 기리는 분주히 움직였다. 빈손으로 문병을 가는 것은 실례라고 생각한 기리의 머릿속에 문득 김이 떠올랐다. 그의 어머니가 병원에 입원해 계셨을 때 입맛이 없던 중에도 김만 있으면 밥을 잘 드셨던 기억이 났다. 그는 선물용으로 나온 넓고 커다란 선물세트로 만들어진 김을 들고 병원으로 향했다.

병실은 내부가 호텔처럼 꾸며진 특실이었다. 혹시 환자가 잠들어 있을지도 모른다는 생각에 기리는 조용히 문을 열었다. 수지는 기리가 온 줄도 모르고 병상을 지키고 있었는데, 가끔 고개를 숙이며 어깨를 들썩이는 것이 울고 있는 것 같았다. 기리가 선물세트를 벽에 기대어 놓고 헛기침을 하며 인기척을 내자 그제야 눈물을 닦으며 고개를 돌려 그를 보았다.

여자의 눈물이 이렇게 애절할 수 있구나 생각한 기리의 가슴 밑에서 뭔지 모를 묘한 감정이 솟구쳐 올라왔다. 눈물이 그렁그렁하게 맺힌 얼굴로 돌아보는 수지를 지켜주고 싶다는 강한 보호 본능이었다.

그때였다. 울고 있던 수지가 기리를 보자마자 달려와 와락 기리의 품에 안기더니 오열하기 시작했다. 학교 재단이사장의 딸, 소위 엄친딸이라는 그녀다. 그런 그녀가 기리를 껴안으며 감추었던 감정을 폭발시킨다는 것은 놀라운 일이었다. 기리가 수지에게 의지할 수 있는 대상이 된 것일까?

"너무 걱정하지 마. 네가 옆에 있으니까 곧 좋아지실 거야."

수지는 아무 말 없이 조용히 흐느꼈다. 기리는 그녀를 따뜻하게 안아줄 수 있는 시간이 영원했으면 좋겠다는 생각이 들었다.

얼마 후 수지가 울음을 그치고 기리의 몸에서 떨어졌다. 기리는 어색함을 달래기 위해 그녀에게 가져온 선물세트를 안겼다. 수지의 얼굴에 미소가 번지더니 참을 수 없다는 듯 웃음을 터뜨렸다.

"이거 뭐야? 이렇게 큰 것을 사가지고 왔어? 벽걸이형 TV인 줄 알았네."

"헉! TV… 쩝. 이건 김이야. 엄마가 아프셨을 때 밥을 잘 못 드셔서 김을 드리니까 잘 드시더라고. 뭘 사가지고 올까 고민을 하다가 엄마 생각이 나서 산 거야. 아버님 정신 드시면 밥이랑 같이 드시라고 말씀드려."

"어머! 오빠 완전 센스 있다. 나는 이런 사람이 좋아. 맨날 같은 것만 들고 오거나 돈 주는 사람보다 생각을 하는 사람, 그런 사람이 좋아."

부족함 없이 자라서일까, 아니면 정신적으로 성숙해서일까? 물질보다는 마음을 알아보는 수지가 기특했다. 기뻐하는 수지를 보며 선물을 잘 골랐다는 생각에 마음이 뿌듯해졌다.

수지와 함께 얼마간 시간을 보낸 후 병실을 나온 기리는 지하철역을 향해 걷는 동안, 지금 수지의 상황을 가장 잘 이해할 수 있는 사람이 자신일지 모르겠다는 생각이 들었다. 기리의 엄마도 몹쓸 병으로 오랜 병원생활 끝에 돌아가셨다. 곁에서 지켜본 기리는 수지가 어떤 마음일지 충분히 알 수 있었다.

불현듯 기리의 머릿속에 인생, 삶, 죽음, 희망, 사랑, 믿음, 의학, 종교 등과 같은 것들이 떠올랐다. 평소에는 한 번도 생각해보지 못한 것들이었다.

'왜 이런 생각을 한 번도 못했을까?'

'나는 왜 세상에 태어났을까?'

'나로 인해 세상은 조금이라도 좋아졌을까?'

기리는 지금, 존재의 이유를 스스로에게 묻고 있었다. 또한 삶의 가치에 대해 깊이 생각해보고 싶었다.

목사님, 목사님

띠 뚜 또 띠 띠 따 띠 뚜 띠 따….

기리의 손가락이 핸드폰 위를 날아다녔다. 상승과 유진에게 병문안 다녀온 이야기를 알려주기 위해 메시지를 보내는 중이었다. 두 사람은 기리에게 고마워했고, 조만간 짬을 내어 병실에 들르겠다고 했다. 비록 온라인게임에서 만난 사이지만, 오프라인에서 우정을 나누는 모임으로 발전한 것이 뿌듯했다. 어떤 이유로 알게 되었건 만남 그 자체가 중요한 것이 아니라 무엇을 함께 하느냐가 더 중요한 것이라고 기리는 생각했다.

수지는 틈틈이 학교에 나와 수업을 보조하면서 논문도 썼다. 하지만 대부분의 시간은 아버지의 병실에서 지냈다. 그곳에서 아버지를 돌보며 책도 읽고, 논문도 쓰며 자신이 할 일을 계속했다.

일주일 후, 기리는 두 번째 병문안을 갔다. 아빠의 병세가 호전되지 않아 수지가 많이 힘들어하고 있었다. 기리는 오빠이자 선배로서 자신이 해줄 수 있는 것이 병문안 외에 없는 것이 안타까웠다. 병실에 가서 마음을 위로한다 한들 수지의 마음속에 자리 잡고 있는 어두운 그림자까지 지워줄 수는 없었다. 이럴 때 정신적으로 의지가 될 만한 사람이 없을까? 거기에 생각이 미치자 불쑥 떠오르는 사람이 있었다. 학교 앞에서 성폭력근절운동의 일환으로 시위를 하고 있을 때 깡패들의 폭력과 위압에서 구해주었던 슈퍼히어로! 그러면 수지의 슬픈 마음을 위로해줄 수 있을 것 같았다.

하지만 선뜻 전화를 걸 용기가 나지 않았다. 자신을 기억할지도 모르겠고, 느닷없이 수지를 위로해달라며 부탁하기도 겸연쩍었다. 어떻게 해야 할지 망설이고 있을 때 아버지가 자신에게 해주었던 말이 떠올랐다.

"생각이 딱 멈추는 곳에서 행동의 바다로 몸을 던지는 거야!"

기리는 명함을 받은 유진으로부터 전화번호를 알아내어 전화를 걸었다.

'나 같은 죄인 살리신 그 은혜 놀라워~.'

'어메이징 그레이스(Amazing Grace)'가 들려왔다. 목사님다운 컬러링 선택이라는 생각이 들었다.

"여보세요?"

목사님의 목소리가 들려왔다. 그러나 속삭이듯 아주 작은 목소리였다. 기리도 기어들어가는 목소리로 대답했다.

"혹시 김 목사님 되시나요?"

"네, 맞습니다."

"아아… 안녕하세요? 저 지난번에 성세대학교 앞에서 뵌 이기리라고 합니다. 잠시 통화 괜찮으세요?

"네, 그런데 제가 지금 장례식장에 와 있습니다. 이 번호로 1시간 후에 전화를 걸어도 되겠습니까?"

"아, 죄송합니다. 그렇게 해주시면 감사하겠습니다."

목사님이 누군가의 장례식에 간 모양이었다. 기리는 목사라는 직업도 매우 바쁘게 살아야 하는 직업임을 깨달았다.

한 시간쯤 후 그에게서 연락이 왔다.

"저, 김세인입니다."

"안녕하세요? 일전에 성세대 정문 앞에서 목사님 덕분에 위기를 면한 학생입니다. 그중 제일 나이가 많은 남학생요."

"아, 그래요? 얼굴은 기억하지 못해도, 그때 그 일은 정확히 기억하고 있습니다."

얼굴을 기억하지 못한다고 하니 망설여졌지만 힘들어하는 수지를 생각하자 다시 용기를 낼 수 있었다.

"목사님, 다름이 아니고 당시 함께 있었던 여학생이 아버님이 편찮으셔서 매우 힘들어하고 있습니다. 제가 도움을 줄 수 있는 것에 아무래도 한계가 있는데 목사님께서 한 번 저희를 만나 힘이 되는 말씀을 해주실 수 있으신가 해서 전화를 드렸습니다. 갑자기 얼토당토않은 부탁을 드려서 죄송합니다."

"그래요? 그럽시다. 나는 아무래도 저녁시간 이후가 편한데 괜찮겠어요?"

"괜찮고말고요. 상관없습니다."

"좋아요. 그럼 내일 저녁 8시에 내 명함에 있는 약도를 보고 교회로 오세요. 교회로 들어오면 이정표들이 있어요. 이정표를 보고 기도실로 오세요. 기다리고 있을게요."

"네, 목사님 감사합니다. 내일 뵙겠습니다."

어려운 부탁인데 흔쾌히 받아주다니… 기리는 참 다행이라고 생각했다. 하지만 수지가 어떻게 생각할지 몰라 다시 걱정이 앞섰다.

'걱정이 앞설 때는 행동으로!'

기리는 곧장 병원으로 향했다. 병실에 도착한 그는 일부러 더 큰 소리로 수지에게 인사했다. 그녀의 기운을 북돋워주기 위해서였다.

"안녕? 잘 있었니?"

"어머, 오빠 왔어? 그래도 아는 사람 얼굴 보니까 힘이 나네. 어서 와."

"내가 누군가에게 도움이 된다고 생각하니까 오히려 내가 힘이 나는데?"

"진짜? 그럼 매일 올 수 있어?"

"하하, 물론 그럴 수 있지. 근데 내가 너에게 힘이 되는 것은 한계가 있을 것 같아. 너에게 아빠같이 힘이 되는 존재는 없을 테니까. 지금 너의 가슴에 뚫린 구명을 채워줄 존재는 아무도 없어."

"오빠가 내 마음을 아네? 뭔가 말로 표현하기가 힘들어. 그냥 다 안 좋아. 소화도 잘 안 되고. 우리 아빠는 나에게 보통 아빠가 아니야. 나의 아빠이자 선생이자 친구이자 왕자이자 연인 같은 존재야. 나보고 항상 말괄량이 공주라고 불렀었는데… 지금은 아예 눈을 뜨지 못하시네. 현실 같지가 않아. 꿈을 꾸고 있는 것 같아."

수지는 눈물까지 글썽였다.

"그래, 맞아. 그래서 나도 생각을 해봤어. 너를 도와줄 방법이 무엇일까 하고."

수지는 기리를 지그시 쳐다보았다. 자신을 위해 기꺼이 고민해주는 기리가 고마웠다.

"혹시 지난번 성폭력근절 시위 때 생각나? 그때 깡패들 물러가게 했던 목사님 있었잖아."

"아… 그때, 그 덩치 크고 잘생긴 목사님?"

"그래, 맞아. 그 목사님이야. 내가 너에게 희망의 메시지를 전해줄 수 있는 사람이 혹시 있을까 생각하다가 그때 우리를 도와주셨던 김 목사님을 떠올리게 됐어. 위험을 무릅쓰고 생면부지의 우리를 도와주신 정의로운 분이라면 너에게 도움이 되는 말씀을 해주시지 않을까?"

"그래? 오빠가 그렇게 이야기하니까 그럴 수도 있을 것 같네. 바람도 쐴 겸 그 목사님께 감사의 인사도 드릴 겸 함께 가볼까?"

"그러자. 그럼 내일 8시에 만나기로 했으니까 내가 7시까지 병실로 올게. 저녁식사 먼저 마치고 있어."

"알았어. 그리고 고마워."

"아니야, 네가 너무 힘들어 보여서 그런 거니까 힘 내."

병실에서 나와 집으로 향하는 기리의 발걸음이 가벼웠다. 수지가 고맙다고 한 말이 계속 귓가를 맴돌았다.

살아 계신 아버지

　　　　　　　　제일교회는 대형교회라고 할 수는 없었지만 건물이 규모 있게 보였다. 뾰족한 지붕을 제외하면 일반 건물의 약 5층 정도 되는 높이였고 바닥 면적은 150평은 족히 되어 보였다. 건물 외벽은 석재로 만들어졌는데 석재의 빛깔과 마모된 정도를 보았을 때 50년은 된 것 같았다. 오래된 건물이었지만 색깔이 어두울 뿐 더럽지는 않았다. 오히려 담쟁이 넝쿨이 타고 올라가 건물 외벽을 덮고 있어 보는 이로 하여금 운치를 느끼게 했다. 그러나 건물 외벽의 아름다움도 교회 마당에 비하면 별것 아니었다.

　마당에는 큰 소나무가 열 그루 정도 있었고, 벚꽃나무들과 목련들도 보였다. 그리고 잔디가 있는 쪽에 돌로 만든 작은 분수를 따라 좁은 길이 나 있었다. 사람들의 모습은 보이지 않았고, 인적이 없어선지 매우 조용했다.

　입구에 들어서니 본당으로 향하는 층계가 보였고 옆으로 복도가 나 있었다. 교회의 시설들을 가리키는 화살표들이 이정표처럼 서 있었는데, 기도실은 복도를 따라 끝까지 가야 나오는 곳이었다.

기리와 수지는 화살표를 따라 복도를 걸어갔다. 지하로 이어지는 곳에 도착하자 비로소 기도실이라는 안내 문구가 보였다.

반지하에 있는 기도실 문을 열고 들어가니 반원형으로 의자가 나열되어 있었다. 대학 강의실같이 중앙은 벽면으로 구성되어 있고, 그 앞으로 반원형의 바닥에는 접어서 이동할 수 있는 철제 간이의자들이 놓여 있었다. 반지하이다 보니 천장과 벽 사이에 밖으로 향하는 창문이 가로로 길게 나 있었다. 창문 밖으로 교회 마당의 잔디와 풀들이 보였다. 그 너머로는 교회 주변의 카페, 세탁소, 꽃집, 사진관 등의 자그마한 동네 상가들이 보였다.

중앙 벽면에 거대한 나무로 만들어진 십자가와 그 위에 예수상이 보였다. 블랙월넛, 즉 거대한 호도나무 한 그루를 잘라서 만든 십자가와 그 위에 매달린 예수의 조각상이다. 십자가나 그 위의 예수나 모두 거대한 하나의 나무 기둥을 내부로 깎아 들어가면서 조각하여 완성한 작품이었다.

마음속의 고민과 번민이 잠시 사라지고 누군가에게 나 자신을 온전히 맡길 수 있을 것 같았다. 그래서일까? 기도실에 들어온 것 자체만으로도 포근함, 안락함, 보호받는 느낌이 들었다. 수지와 기리는 기도실 내부의 아늑하고 편안한 분위기에 매료되고 있었다.

이때 김 목사가 들어왔다.

"안녕하세요, 목사님? 혹시 저희 기억하시나요?"

기리가 먼저 인사를 건넸다.

"아… 이제 기억이 나요. 이름이 뭐였죠?"

목사는 기리를 보고 기억이 나는지 반갑게 맞이했다.

"저는 이기리라고 합니다. 이쪽은 박수지입니다."

"그래요. 기리 씨하고 수지 씨가 성세대학교 정문 앞에서 좋은 일하고 있었는데 불량배들이 괴롭혔었죠?"

"네, 그때는 너무 경황이 없어서 제대로 인사도 못 드렸는데 다시 한 번 감사의 말씀을 드립니다. 목사님이 도와주시지 않았다면 지금쯤 어디 한 군데 부러져 있을지도 모릅니다. 하하."

"허허, 나에게 감사하지 말고 주님에게 감사하세요."

"아, 예."

"내가 그 시점에 그 장소를 걸어가고 있었다는 것은 우연이 아니니까요."

"예? 우연이 아니었나요?"

"네, 우연이 아닙니다."

"그럼 주님으로부터 그곳으로 가라는 지시를 받으신 것인가요?"

"하하, 지시하는 분의 음성을 듣는 것을 말하는 것인가요? 아니면 핸드폰 문자로 온 것을 눈으로 보는 것을 말하나요? 그렇다면 지시는 아니에요. 그날 내가 그곳으로 가게 된 것을 굳이 표현하자면 하나님의 인도하심이 있었다고 해야겠죠. 인간은 자신이 모르는 영역의 일은 모조리 우연이라고 쉽게 말하지만, 상황을 잘 살펴보면 우연이 아닌 것을 깨달을 때가 많아요. 그리고 알면 알수록 우연이 아니라 필연인 경우가 많지요."

기리와 수지는 고개를 끄덕이면서도 김세인 목사의 말이 잘 이해되지 않는 얼굴이었다. 그러자 김 목사는 웃으며 이야기를 이어갔다.

"내가 비록 목사라는 직함을 가지고는 있지만 그렇다고 해서 하나님과 같은 깊은 지혜를 지니고 있지는 않아요. 나도 무엇이 우연이고 무엇이 필연인지 신과 같은 판단력을 가지고 있지는 못하죠. 그러나 내가 원인을 모른다고 해서 그 일들을 모두 우연의 영역으로 밀어넣고 운이 좋았느니, 나빴느니 말하지는 않아요. 대신, 알고 보면 필연이지만 그것을 깨닫지 못한 채 우연이라고 말하는 많은 일들을 하나님의 은혜로 생각하고 감사의 기도를 하지요. 그 일이 나에게 도움이 되었건 손해가 되었건 간에요."

"손해가 되어도요?"

"그렇죠. 무조건 모두 감사 기도를 드리죠. 더 깊이 생각해보면 손해라고 생각한 일들이 사실은 도움이 되는 일들인 경우가 허다하거든요."

"아, 그렇군요. 아직 어려서 그런지 저희가 빨리 이해를 못하는 걸 이해 부탁드립니다."

"허허허, 나는 기리 씨가 이해를 못하는 건지, 이해하기 싫은 건지 확신이 서지 않는데요? 허허허."

"예리하시네요. 저희는 아직 학생이라 증명이 되지 않는 영역을 학문과 지식으로 간주하지 못하거든요. 또 보지 못하는 것은 믿지 못하다 보니 목사님의 말씀이 빨리 이해되지 않는 것 같습니다. 이렇게 말씀드려 죄송합니다."

"괜찮아요. 이해합니다. 오히려 안 그러면 그것이 더 이상하죠. 허허허."

"고맙습니다. 사실 오늘 저희가 온 것은 제 옆에 있는 박수지 양 때문입니다. 아버님께서 많이 편찮으셔서 수지가 아버님 병수발을 하며 의욕이 떨어져 많이 힘들어하고 있어서요. 목사님께서 좀 힘이 되는 좋은 말씀을 해주시면 감사하겠습니다."

"허허, 이것 큰일 났구먼. 내가 수지 양에게 삶의 희망을 줄 수 있을지 모르겠네. 허허허."

김 목사는 특유의 너털웃음을 웃었다. 얼굴에 미소를 띤 채 두 사람의 대화를 듣고 있던 수지는 그제야 마음이 좀 편안해졌는지 말문을 열었다.

"목사님, 부담 갖지는 마세요. 마음이 많이 답답하고 힘들어서 이런저런 이야기를 듣고 싶어 찾아 뵙게 된 거예요. 아무래도 목사님은 저와는 다른 시각으로 세상을 보고 계시니까 편하게 하시는 말씀들도 저에게는 도움이 될 것 같아요."

"그래요. 누군가의 이야기를 들어주기만 해도 말하는 사람의 속이 풀리는 경우가 있죠. 나와의 대화도 그런 식으로 편하게 나누면 찾고 있던 열쇠를 찾을 수도 있을지 몰라요. 내가 도와줄게요."

"말씀만으로도 감사합니다."

이때 기도실 문이 열리며 웬 할머니께서 차와 카스텔라가 담긴 쟁반을 들고 들어오셨다. 조용히 미소 짓는 할머니의 인상이 따뜻하고 포근한지라 기리는 돌아가신 엄마의 모습이 떠올랐다. 모든 것을 포용하며 감싸줄 것만 같은 눈빛, 미소가 피어난 얼굴과 입가… 근심과 걱정에서 벗어난 온화한 모습이었다.

"저녁 예배 후 기도하시고 돌아가시는데 내가 두 사람이 온다고 차 좀 끓여서 주십사 부탁을 드렸어요. 흔쾌히 응하셔서 지금 우리에게 주시고 집으로 가시는 거예요."

"아, 정말 감사하네요."

우연의 자식들

기리가 할머니에 대한 고마움을 담아 대답했다.

"나에게도 두 사람보다 나이 많은 동생들이 있는데 내가 편하게 이야기해도 될까?"

"물론이죠. 얼마든지 말을 놓으셔도 돼요, 목사님."

기리와 수지는 기다렸다는 듯 김 목사에게 웃으며 대답했다.

"그래, 수지는 지금 많이 힘들지?"

"네, 목사님. 저는 집에서 외동딸이었어요. 어렸을 적부터 아버지는 저를 눈에 넣어도 아프지 않다고 하시며 아껴주셨지요. 사정이 생겨서 어머니와 이혼을 하신 후부터 제게는 아버지밖에 없었어요. 지금은 병원에 누워 계시니 세상에서 혼자가 된 느낌이에요. 왜 이런 병이 우리 아버지에게 생기나 원망을 많이 해요. 나에게만 불행이 닥친 것 같아요. 세상이 공평하지 않은 것처럼요."

말을 마친 수지는 침울한 표정으로 고개를 숙였다. 김 목사는 고개를 끄덕이며 수지의 이야기를 듣고 있었다.

"그렇구나. 듣기로, 수지는 지금 박사과정 중인 학생이라지? 지금 무슨 공부를 하니?"

"저는 생명공학을 공부하고 있어요."

"그래, 어려운 공부를 하고 있구나. 첨단의 과학 지식을 많이 접하며 살겠네. 나는 생명공학에 대해 알지는 못해도 그쪽 분야에 대해 많은 것을 생각하면서 살고 있단다."

"목사님께서는 신학을 공부하신 분이잖아요? 그런데 생명공학과 관련된 것들을 생각하신다는 말이 무슨 말씀인지요?"

수지가 이해하기 어렵다는 얼굴로 물었다.

"신학은 요새 많은 도전을 받고 있어. 특히 과학이 문명의 발달을 가져오는 과정 속에서 신학을 경시하는 풍조가 만들어졌지. 미국에서는 창조론과 진화론의 대립이 있었고, 학교에서는 학생들을 대상으로 창조론을 가르쳐야 할지, 진화론을 가르쳐야 할지, 아니면 둘 다 가르쳐야 할지 등에 대해 이해관계자들 사이에서 법적인 소송이 벌어지기도 했었지. 나는 신학을 공부했지만 그렇다고 과학을 신학에 대립하는 학문으로 생각하지 않아."

기리와 수지는 고개를 갸우뚱했다. 김 목사는 신학과 과학의 관계를 일반 사람들이나 다른 목사들과는 조금 다른 각도에서 이야기하고 있었다.

"그럼 목사님은 무엇이 맞고 무엇이 틀린 것이라고는 생각하지 않으신다는 말씀이세요?"

기리가 물었다.

"응, 그런 셈이지. 만일 창조론을 신학, 진화론을 과학이라고 일반화한다면 아까 말했듯이 나는 어느 한쪽이 맞고 어느 한쪽이 틀린다고 생각하지 않아."

"그럼 둘이 공존한다는 말씀이세요?"

기리는 김 목사의 대답에 상당한 흥미를 느끼며 물었다.

"당연하지. 나는 신학과 과학을 목적과 수단의 개념으로 이해하거나 서로 보완관계라고 생각하지. 둘은 상호 보완관계이고 공생하는 관계야. 그리고 인간 생활에 꼭 필요한 조건을 형성하고 있다고 봐야지."

"저는 이제까지 둘을 대립관계로 보았고 신학은 옛날의 귀신 씻나락 까먹는 소리로 간주하고 살았는데요. 앗! 죄송합니다!"

기리는 속된 표현을 쓴 것에 대해 사과했다. 목사님 같은 분 앞에서 믿음, 이론, 학문 등을 비하하는 것은 실례라고 생각했다.

"하하하. 그것은 조금 이야기가 길어질 수 있으니까 다음에 함께 이야기해보자. 오늘은 수지가 세상에서 혼자가 아니라는 것과 정말 세상이 공평하지 않은지에 대해서 이야기하는 게 좋을 것 같아."

김 목사는 기분 좋은 웃음으로 받아들이며, 자리에서 일어섰다.

"우리 함께 나가 걸으면서 이야기해볼까?"

몇 그루의 나무에 매달린 코팅한 종이들이 달빛을 받아 반짝였다. 김 목사는 최근에 있었던 행사에서 교인들이 각자의 희망이나 기원 등을 적은 것이라고 했다.

"수지야."

"네, 목사님."

"세상에 이제 혼자가 되었다는 느낌이 들지?"

"네."

"그래, 아버지는 이 세상에서 제일 큰 존재지. 세상이라는 곳으로부터 나를 지켜주는 무지무지하게 큰 존재. 아버지께서 계시는 한 나는 혼자가 아니지."

"그렇죠."

"나도 혼자가 아니야."

"아버님이 어디서 사시는데요?"

"돌아가셨어."

"예? 돌아가셨으면 혼자가 되신 거 아닌가요? 왜 혼자가 아니라고 하세요?"

수지는 걸음을 멈추고 김 목사를 바라보았다. 혼자인데 혼자가 아니라니, 잘 이해되지 않았다. 그러자 김 목사가 웃으며 수지 곁에 서서 하늘을 가리켰다.

"저 위의 밤하늘을 봐라. 별들이 보이지? 저 별들 중 하나가 우리 아버지이셔. 저 별들을 보면 아버지가 나를 지켜보고 있다는 것이 느껴져. 그래서 평소에 나에게 하셨던 말씀들이 모두 생각나."

"목사님!"

그때 김 목사의 이야기를 조용히 듣고 있던 기리가 흥분하며 큰 소리로 외쳤다.

"목사님과 저는 천생연분이에요!"

"응? 진짜? 반가운 이야긴데, 왜 그렇게 생각하지?"

"저희 아버지도 제가 어렸을 때 저랑 같이 별들을 보면서 여러 가지 이야기를 해주셨거든요. 저도 별들을 보면 그때 이야기가 기억이 나요. 저의 아버지는 지금도 생존해 계시지만요."

"좋은 분이구나. 근데 어쩌지? 너랑 나랑은 천생연분은 아닌 것 같다. 나는 아버지와 함께 별을 본 적은 없어. 그냥 내가 혼자서 별을 보며 아버지를 느끼는 거야. 너는 아버지와 함께 별을 본 적이 많으니 나보다 훨씬 행복하게 어린 시절을 보냈구나."

"그런가요? 갑자기 아버지와 별 이야기가 나오니까 제가 흥분을 했나 보네요."

"하하, 그랬구나. 나의 아버지는 당신이 언젠가 사라질 존재라는 것을 이미 알고 계셨어. 그래서 종종 어린 내게 좋은 말씀을 많이 해주시면서 미리 대비하신 거야. 아버지가 세상에 없어도 아들이 홀로 외롭거나 힘들지 않게. 살면서 때때로 그 말씀들이 생각난다는 것은 아버지가 살아 계시다는 의미야. 그래서 눈에 보이지 않을 뿐 마음속에서는 항상 함께하고 있으니까 난 혼자가 아니라고 생각해."

김 목사는 아버지를 느끼는 듯 자신의 가슴에 살포시 손을 얹으며 말했다. 기리와 수지는 그에게서 아버지를 사랑하는 마음을 느낄 수 있었다.

"그 말씀은 아버지가 살아 있다는 의미가 단지 육체적 의미만이 아니라 정신적인 의미도 있다는 뜻 같은데… 맞나요?"

수지는 김 목사의 이야기에 새로운 느낌을 받으며 물었다. 살아 계시다는 의미가 육체적인 존재를 떠나 그의 존재를 느낄 수 있다는 것만으로도 성립된다는 것은 그동안 생각하지 않았던 부분이었다.

"예를 들어볼까? 아버지가 지구 반대편의 어떤 오지에 계셔서 나와 가끔 전화만 할 수 있다고 생각해보자. 내 눈에는 아버지가 보이지 않아. 그러나 내 귀에는 아버지의 말씀이 들려. 그럼 눈은 아니지만 귀에는 아버지의 목소리가 들리기 때문에 아버지가 나와 함께한다고 생각하겠지. 또 다른 어떤 이의 아버지는 똑같이 지구 반대편의 오지에 있지만 전화도 되지 않아서 연락할 방법이 없어. 즉, 눈에도 귀에도 아버지가 인식되지 않아. 그럼 아버지는 안 계신 것이라고 할 수 있을까? 두 사람을 비교해봐. 전화로 아빠의 목소리를 들은 아이는 전화를 끊자마자 아빠를 잊고 살고, 전화조차 되지 않은 아이는 매일 아빠의 이야기를 기억하면서 살고 있어. 누구의 아빠가 자식에게 더 살아 계신다고 말할 수 있을까?"

김 목사가 보다 확실하고 분명한 어조로 말했다. 수지가 그의 말을 듣고 알 것 같다는 표정을 지으며 대답했다.

"첫 번째 아이에게 아빠는 육체적으로는 계시지만 정신적으로 안 계시는 것 같고, 두 번째 아이에게 아빠는 육체적으로는 확인이 안 되지만 정신적으로는 확실히 계시네요."

"그렇지? 근데 첫 번째 아이의 경우 아빠가 사실 돌아가셨지만 생전에 녹음한 것을 일방적으로 전화로 들려주고 끊었다면 아빠가 육체적으로 계시다고도 말 못하겠지. 아이만 그렇게 믿을 뿐이니까. 그렇다면 아빠의 존재는 그 아이의 믿음의 산물이야."

"맞아요. 그렇겠어요."

김 목사의 말을 들은 수지는 눈이 반짝였다. 기리도 그의 말에 고개를 끄덕였다.

"맞아. 그러니까 이렇게 한번 생각해봐. 돌아가신 분이라서 눈과 귀, 또는 다른 감각기관으로는 접할 수 없지만, 마음과 기억 속에 살아 계시다면 어떨까? 과연 아버지가 나와 함께 있지 않다고 말할 수 있을까?"

기리와 수지는 말을 잇지 못했다. 김 목사의 질문에 선뜻 답을 하기 어려웠지만 한편으로는 김 목사의 말에 공감하고 있었다.

"혼란스럽지? 하지만 모든 육체적 세계와 정신적 세계를 포함한 개념에서 본다면 함께하시지 않는다고 말할 수는 없을 거야. 확실히 인간의 감각기관이 가진 능력만으로 살아 계신지 아닌지 정의 내리기에는 한계가 있어. 생전의 목소리만으로 살아 계신다고 할 수 없는 것처럼. 그래서 그 감각기관의 능력만으로 아빠가 존재하는 것인지 존재하지 않는 것인지를 정의할 수는 없단다."

"음… 네, 말씀을 듣고 보니 제가 너무 좁은 시각으로 생각했던 것 같네요."

수지가 조용히 대답했다. 김 목사가 다시 차분하게 말을 이어나갔다.

"진짜 어려운 질문 하나 해볼까? 만일 육체적으로 살아 있는 아빠, 그리고 정신적으로 살아 있는 아빠, 둘 중에 하나만 선택할 수 있다면 너에게는 무엇이 소중하겠니? 다시 말해 어딘가에는 살아계시지만 전혀 아빠를 생각하지 않고 사는 것이 소중할까, 아니면 어디에도 계시지 않지만 항상 아빠를 생각하고 사는 것이 소중할까? 그리고 아빠는 무엇을 원하실까?"

목사는 비장하게 물었다. 유형의 존재와 무형의 존재를 놓고, 존재감을 느끼고 살아가는 것과 그렇지 않고 살아가는 것의 중요성을 묻고 있었다.

"…"

기리와 수지는 대답을 하지 못하고 생각에 잠겨 있었다.

"이러한 질문은 세상살이를 하면서 수도 없이 많아. 질문을 만들지 않고 살거나 만들어도 합리적인 답을 추구하지 않은 채 자기가 믿고 싶은 것만 믿으려는 사람들이 많은 것이 문제지. 질문은 반드시 수없이 존재해. 세상에 자원은 유한하고 삶은 선택과 집중을 잘해야만 보상이 주워지기 때문이지. 항상 이러한 질문을 자기 자신에게 던지고 답하며 살아야 해. 그래야 무엇이 다른 무엇보다 얼마나 더 중요한지를 알고 살 수 있으니까. 그러한 질문과 답이라는 고민의 사이클 속에서 인간은 성숙하는 거야."

"고민의 사이클이군요… 알 것 같아요. 고민의 경험이 적다면 선택과 집중의 경험이 적은 것이므로 나의 판단과 행동의 결과는 실패할 가능성이 크겠네요."

"그리고 그게 정의로운 사회지. 고민하고 사는 사람에게는 고민하지 않고 사는 사람보다 좋은 결과가 주워져야 정의로운 사회야. 우리는 흔히 인풋과 관계없이 아웃풋이 동일하게 주워지는 것을 정의라고 생각할 때가 많지만."

"음… 그건 그렇네요. 학문도 선택과 집중이 되지 않으면 목표 설정이 이상한 곳으로 되어버리죠. 방향 설정이 잘못되었는지도 모르고 그 방향으로 밤낮으로 달리기만 하면 엉뚱한 곳에 와 있죠."

수지가 나직이 자신의 경험을 김 목사에게 이야기했다.

"바로 그거지. 그것은 양적인 최선일 뿐 질적으로는 꽝이니까."

기리와 수지는 잠시 생각에 잠겼다. 우리 사회는 판단과 노력을 동일시하는 사회가 아닌지, 노력만 하면 모든 것을 인정해주려는 사회는 아닌지 생각해보았다.

"수지야, 지금 어떤 소리들이 네 귀에 들리니?"

"어… 가장 크게 들리는 것은 자동차 소리, 멀리서 들리는 어떤 집의 문 닫는 소리, 사람들 소리, 그리고 바람에 흔들리는 나뭇잎들이 서로 부대끼는 소리요."

수지는 지그시 눈을 감고 모든 감각을 귀에 집중시킨 채 자신이 들을 수 있는 모든 소리들을 김 목사에게 이야기해주었다.

"그래? 그 소리들이 지금 우리 주변에서 수지와 함께 존재하는 소리들이구나."

"네, 그런 것 같아요."

"그 외에 다른 소리들은 존재하지 않을까?"

"너무 작은 소리들은 존재하지만 제가 들을 수 없겠죠. 이를테면 개미가 응가하는 소리는 제가 들을 수 없을 뿐이지 존재하잖아요. 그리고 아까 수지가 말한 소리들보다 볼륨이 크거나 같은데도 불구하고 귀에 들리지 않는 소리도 분명 존재하지 않아요?"

기리가 불쑥 대화에 끼어들었다.

"확실하니?"

"네."

김 목사는 의문이 담긴 표정으로 물었고, 기리는 자신의 생각이 옳다고 확신하며 대답했다.

"그럼 우리 같이 확인해볼까?"

김 목사가 핸드폰을 꺼내 두 사람에게 내밀었다. 화면에는 앱(app)이 하나 열려 있었는데, 스피커 모양의 그림 우측에 볼륨을 키울 수 있는 드래그(drag) 버튼이 있었다. 기리와 수지는 앱의 볼륨이 최대로 키워져 플레이되고 있는 것을 확인했다.

"이것은 강아지 호루라기라는 앱이야. 지금 여기서 엄청 큰 소리가 나오고 있어. 볼륨이 최대로 되어 있지? 볼륨이 엄청 큰데도 너희들은 듣지 못하는 거대한 소리지. 그 아래에 있는 것은 알다시피 소리의 주파수야."

"15킬로헤르츠네요."

"그래. 그럼 이 상태에서 버튼만 좌측으로 밀어서 7킬로헤르츠에 맞춰볼게."

"네."

김 목사는 핸드폰 화면의 버튼을 움직였다. 그의 말대로 7킬로헤르츠에 맞추자 귀가 찢어지는 듯한 소리가 울려 퍼졌다. 공포 영화에서 나오는 벽을 손톱으로 긁는 소리와 비슷했다.

"목사님, 귀청이 찢어질 것 같아요."

수지가 못 참겠다는 듯 김 목사에게 말했다.

"그렇지?"

김 목사는 다시 화면에 손가락을 대고 균형추를 15킬로헤르츠 있는 곳으로 올렸다. 소리가 점점 작아지더니 15킬로헤르츠 있는 곳에 도달하자 거짓말처럼 아무 소리도 나질 않았다.

"인간에게는 귀가 들을 수 있는 소리의 주파수 영역, 그러니까 가청영역이 따로 있다는 것은 알고 있지? 지금 내 핸드폰에서는 가청영역 밖의 소리가 강하게 나오고 있는 거야. 인간은 아무 소리도 듣지 못하지만 강아지들은 가청영역 밖의 소리에 반응해. 자, 이제 수지에게 다시 한 번 물어보자. 지금 이 세상에는 어떤 소리가 존재하니?"

"제가 말씀드렸던 소리들하고 엄청나게 큰 강아지 호루라기 소리요."

김 목사는 대답하는 수지의 눈을 지그시 쳐다보았다. 수지는 뭔가를 알았다는 듯이 말했다.

"목사님의 말씀이 무슨 뜻인지 알겠어요. 우리의 제한된 감각기관으로 인식하지 못한다고 해서 존재하지 않는다고 말할 수 없듯이 아버지가 눈을 감고 말씀을 못하신다고 해서 함께하지 않는 게 아니라는 말씀이시죠?"

"그렇지. 그것뿐만 아니야. 지금 수지 옆에는 나도 있고 기리도 있어. 수

우연의 자식들

지 아버지 같지는 않겠지만 아버지께서 수지에게 뭐라고 이야기하고 싶으실지는 대충 짐작이 가. 분명 수지를 좋은 길로 인도하시고자 하는 말씀들이겠지. 최소한 나와 기리는 그러한 이야기를 대신해줄 수 있잖아? 그럼, 아버지의 메신저가 옆에 있으니까 수지가 결코 혼자라고 말할 수 없는 거란다."

"그렇다면 아버지가 옆에 계셔도 계신 것이고, 계시지 않아도 아버지의 말씀을 마음에 그릴 수 있거나, 또 그 말씀이 기억나지 않아도 아버지의 말씀을 대신해줄 수 있는 사람이 옆에 있으면… 결국 아버지는 계신 거네요?"

"그렇지. 어쩌면 수지를 사랑하는 아버지의 마음이 나에게 전달되어 아버지가 수지에게 해주고 싶은 말을 지금 내가 대신 전달하고 있는 것인지도 몰라. '마음의 전달' 같은 것은 아직 과학으로 증명할 수 없으니 그런 것은 세상에 존재하지 않는다고 사람들은 말하겠지만."

"만일 아버지가 나를 낳으시고 바로 세상을 떠나셨다 하더라도 주변에 좋은 말씀을 주시는 분들이 계시다면 아버지가 계시다는 말씀이세요?"

수지의 눈이 더욱 커졌다. 김 목사는 그녀를 따뜻한 시선으로 바라보며 대답했다.

"그렇지. 아버지가 태어날 때부터 안 계셔도 나의 인생에 결정적인 역할을 하는 천, 지, 인, 즉 시간, 장소, 사람 중 이미 시간과 장소는 부모님이 주신 거야. 내가 2018년에 대한민국에서 태어난 사실은 인생에서 중대한 결정적 요소지. 부모님이 옆에 계시지 않아도 인생에서 가장 결정적인 요소 두 가지는 이미 주신 것이야. 그리고 남은 요소는 사람인데, 아버지가 계시지 않아도 성장할 때 아버지처럼 좋은 말씀을 주실 분들이 있을 거야. 그걸 아버지의 말씀이라고 생각하고 받아들일지, 아니면 그냥 나와 관계없는 사람의 잔소리라고 생각하고 잊어버릴지는 자신의 선택이야. 아직 수지에게 여기 있는 기리나 나는 아버지 같은 존재가 되지는 못하겠지만 서로 믿음과 이해가 깊어진다면 어느 수준까지는 수지가 신뢰할 수 있는 사람들이 될 수 있을 거야. 최소한 어려울 때 서로 도와줄 수 있는 그런 사람들. 수지는 혼자가 아니야."

"무슨 말씀이신지 잘 알 것 같아요. 하지만 목사님은 저희들과 그런 신뢰를 쌓기도 전에 큰 도움을 주셨잖아요? 잘못하면 크게 다칠 수도 있는 위험한 상황이었는데…."

신뢰가 쌓이는 과정, 그것을 통해 결국 서로 도울 수 있는 관계가 될 수 있다는 말에는 수지도 수긍했지만 성폭력근절운동 시위 때 그런 과정이 없었던 김 목사의 행동이 궁금했다. 김 목사가 다시 진지하게 대답했다.

"왜냐하면 그러한 일을 하는 것이 내가 살아가는 이유거든."

"살아가시는 이유요?"

"허허허, 그래. 나 같은 종교인의 사명이라고 할 수 있지. 그리고 아까 수지는 세상이 불공평하다고 했지?"

"네."

"맞아. 지금은 너무도 세상이 불공평하고 왜 수지에게만 이런 일이 생기는지 이해가 가지 않을 거야. 근데 타인의 삶을 조금만 들여다보면 좋겠어. 예를 들어 바로 옆에 있는 기리는 어떠니? 기리는 부모님이 모두 계시니?"

김 목사가 기리를 바라보며 물었다.

"아뇨, 제가 열 살 때 어머니가 돌아가셨어요."

"음, 미안하구나. 모두 계시는 줄 알고 물어보았는데."

"괜찮아요, 이제는. 근데 어릴 때는 거의 한 달 이상 매일 울었어요."

"그렇구나. 열 살짜리 아들에게 엄마는 이 세상 전부였겠지."

"맞아요. 그땐 저도 수지처럼 왜 나에게만 이런 일이 일어나는지 몰랐어요. 사실은 지금도 조금은 그렇게 생각해요. 부모님이 모두 계시는 친구들을 보면."

"그럼 수지에게 물어보자."

"네."

"수지는 세상으로부터 기리에 비해 불공평한 대우를 받았다고 생각하니?"

"음… 그렇게 말할 수는 없겠네요. 기리 오빠는 벌써 어머님을 잃었으니까요."

"그렇지? 솔직히 말해서 수지는 기리보다 어쩌면 더 행복한 삶을 살고 있다고 생각해. 기리는 어린 나이에 어머니를 잃었지만, 수지는 이제 어엿한 성인이잖아. 상황을 보다 넓게 이해할 수 있지 않을까?"

수지는 기리의 입장에서 생각해보았다. 열 살의 기리가 어머니를 잃고 울고 있는 모습을 떠올리자 가슴이 아파왔다.

"그리고 아프셨던 그분들의 입장에서도 생각해봐. 어린 아들을 보며 눈을 감으신 기리 어머님의 마음은 어떠셨을까? 엄마 없이 세상을 어떻게 살아갈 수 있을지 근심과 걱정을 마음에 품고 돌아가시지 않았을까? 아마 잘 먹이고, 번듯한 학교에도 보내고, 직장도 얻고, 장가도 보내야 하는데… 이런 것들을 보지 못하고 눈을 감아야 하는 마음이 무거우셨을 거야. 하지만 수지 아버님은 많은 것들을 베풀어주시고 이제는 딸 시집 보내는 일만 남았다고 생각하실 수도 있지 않을까?"

"그것도 그러네요. 세상에 저 혼자만 덩그러니 남는 것도 아니고, 저에게만 불행이 닥친 것도 아니라는 생각도 들어요."

수지는 마음이 가벼워지는 느낌을 받았다. 매우 놀라운 일이었다. 비로소 자신만 불행하다는 생각이 지워졌고 큰 깨달음을 준 김 목사에게 깊이 감사한 마음이 들었다.

"그 외에도 수지는 세상에서 오히려 복을 받은 사람이라고 생각할 요소들이 많단다. 예를 들어 지금 수지 아버님은 좋은 병원에서 최고 수준의 치료를 받고 있다고 했지? 세상에는 아픈 가족이 있을 때 치료를 위한 경제적인 지원을 못하는 사람들도 많아. 치료비를 구하지 못해 밤낮으로 뛰어다니거나 계속 치료를 하지 못하게 될 때 남은 가족의 마음은 어떠하겠니? 지금 수지가 상상도 할 수 없는 고통의 마음을 오랜 기간 가지게 돼."

"목사님 말씀을 들으니 세상이 나에게만 불공평한 것 같지는 않아요."

"그래, 그렇게 생각해주니 고맙구나. 일단 오늘은 이만큼만 이야기하자꾸나. 너무 늦지 않게 들어가야지."

사위는 이미 어둑해져 있었다.

"오늘 말씀 정말 감사합니다. 마음이 한결 편해졌어요. 다음에 또 이야기 나누고 싶을 때 연락드려도 되죠?"

"물론이지. 아마 계속 번민과 시련이 올 수도 있어. 한 번에 이러한 중차대한 일이 해결되는 법은 없으니까. 아무 때고 연락해라."

기리와 수지는 김 목사에게 고개를 숙이며 진심으로 감사함을 전했다. 김 목사도 자신의 이야기에 귀 기울여준 두 사람을 웃으며 배웅했다.

기리는 병원으로 향하는 수지의 얼굴빛이 밝아졌다는 것을 알았다. 그녀의 발걸음 또한 가벼워져 있었다. 김 목사와의 만남을 주선했던 것이 헛된 노력이 아니었다는 것을 깨달은 기리는 마음이 뿌듯했다.

"오빠, 오늘 고마웠어. 덕분에 머리가 맑아진 느낌이야. 아직 더 많은 생각들을 해봐야겠지만, 그래도 오늘 깨달은 것들이 많아. 진짜진짜 고마워."

"아냐, 내가 뭘 했다고. 네가 더 기운을 냈으면 좋겠어. 목사님 말씀처럼 네 곁에 내가 있고 또 좋은 친구들이 있다는 거 절대 잊지 마."

수지가 고개를 끄덕였다. 긴 하루였지만, 많은 것을 배우고 깨달은 소중한 하루였다. 그녀는 지금 자신의 곁에 있는 소중한 이들을 생각하며 김 목사와의 인연을 이어준 기리에게 진심으로 감사했다.

A Change from Within

놀라운 변화

수지로부터 아버지 박상득 이사장의 상태가 많이 호전되었다는 소식이 들려왔다. 수술 후 의식불명 상태로 모두를 안타깝게 했지만, 이제 의식이 돌아와 수지와 눈을 맞추며 대화할 수 있게 되었다고 한다.

물론 아직 기뻐할 수만은 없었다. 수지의 아버지는 대장암 환자로, 암이 발생한 대장의 일부분에 대한 제거 수술을 실시했지만, 워낙 암세포가 전이된 곳이 많아 완치는 불가능했다. 하지만 위험한 순간은 넘기고 누워서 사람들과 이야기할 수 있는 상태가 되었다.

수지와 목사의 만남이 있던 다음 날, 상승이와 유진이가 병실을 방문했다. 두 사람은 수지의 얼굴이 핼쑥하고 어둡다는 말에 걱정하고 있었는데 아버지의 회복으로 밝아진 그녀의 모습에 안도했다.

우연의 자식들

아버지가 의식을 회복한 것이 수지를 기쁘게 한 것은 분명하다. 그러나 바로 전날 김 목사와 나눈 대화 속에서 희망을 본 것도 확실한 이유였다. 수지는 목사님의 식견에 크게 감탄하며, 아버지를 둘러싼 자신의 시각에서 벗어나 더 크고 높은 경지의 인식에 대한 갈구함이 생겼다. 목사님을 만난 바로 다음 날 아버지가 의식을 찾으신 것도 길조이자 행운이라고 생각했다.

수지는 어제 있었던 김 목사와의 대화를 두 사람에게 들려주었다. 상승이는 화학을 공부하는 학생이고 유진이는 인류학을 공부하는 학생이지 않은가? 둘 다 학문에 뜻이 있음은 물론, 과학적인 사고방식을 소유한 학생들이었다. 그들은 수지가 목사님이라는 분과 대화를 나누고 감동을 받았다는 말을 한 귀로 듣고 한 귀로 흘려들으며 대수롭지 않게 여겼다.

하지만 이들의 이야기를 흥미롭게 듣고 있는 이가 있었으니 바로 수지 아버지, 박 이사장이었다. 그는 수지의 이야기에 상당한 흥미를 보였으며, 힘들어하는 그녀에게 목사님을 소개한 기리에 대해서도 관심을 가졌다. 물론 딸을 둔 아버지라면 누구라도 그랬겠지만.

목사님과의 만남을 감동에 젖어 이야기하는 수지를 상승이와 유진이는 잘 이해하지 못했다. 그들은 서로의 눈을 쳐다보며 평소와 다른 그녀의 모습에 놀라워하고 있었다. 수지가 존재의 유무를 판단하는 자신의 기준이 얼마나 주관적이었는지 말할 때는 그냥 그런가 보다 했는데, 시간이 지날수록 호기심에 가득 찬 그녀의 이야기에 점점 귀를 기울이게 되었다.

"언니 이야기를 들으니까 나도 지금까지 깊이 생각하지 않았던 부분이 많네. 우리야 뭐 그냥 살라면 살고, 죽으라면 죽고, 시키면 시키는 대로 하

고 사는 사람들이니까. 호호호. 근데 언니 이야기는 일리가 있어. 다음에 목
사님 만나러 또 갈 거야? 나도 일전의 일에 감사를 제대로 못 드려서, 인사
도 드릴 겸 같이 가고 싶어."

"그래, 그거 좋은 생각이다. 나도 갑자기 목사님께 물어보고 싶은 것이
생겼어. 우리 같이 가자. 상승이도 물론 같이 가겠지?"

"어이고 누가 말씀하시는데. 당연히 같이 가야지."

옆에서 듣고 있던 상승이도 그녀들과 함께 하기로 동의했다. 함께 하겠
다고 나서는 그들의 마음 씀씀이에 수지는 더 큰 힘과 용기를 얻었다.

"좋아. 기리 오빠보고 동막골 부대원 전체가 목사님께 제대로 인사드리
러 간다고 해야겠다. 오늘은 너무 늦었으니까 들어가. 나도 이제는 기쁜 마
음으로 희망을 가지고 아빠 병간호를 할 수 있을 것 같아."

"그래 언니, 수고해요. 이사장님도 몸조리 잘하시고요."

이사장은 힘이 없는지 조용히 손을 흔들어 인사했다. 그래도 자신을 찾
아 병실까지 와준 그들을 흐뭇한 마음으로 보내줄 수 있었다.

상승이와 유진이는 병원을 나서며 수지에 대한 이야기를 나누었다. 유
진이는 수지의 감정 상태가 좋아진 것도 놀랍지만, 목사님과의 대화로 세
상을 보는 관점이 바뀐 것은 아닌지, 또는 아픈 사람이 옆에 있어서 몸과
정신이 약해진 나머지 종교의 힘에 기대려는 것은 아닌지 의아해했다. 상
승이는 수지가 밝아진 것이 좋을 뿐 그렇게까지 깊이 생각하지는 않았다.

박 이사장도 수지의 열정적인 모습에 적잖이 놀라고 있었다. 수지가 자
신이 아닌 다른 사람들과 평소에는 상당히 이성적으로 이야기하는 성격인

우연의 자식들

데, 목사와의 만남에 대해서는 그렇게까지 열정적이라니! 자기 딸이지만
이제까지 보지 못한 수지의 모습에 놀라워하며 김 목사에 대해서도 관심
을 갖는 계기가 되었다.

Their Plot

•

그
들
의
음
모

동막골 부대원들은 온라인게임 안에서
모여 제일교회 방문을 구체화했다. 기리가 김 목사와 연락하여 방문 날짜
와 시간을 받고, 교회의 근처 지하철역에서 함께 모여 출발하는 것으로 정
했다.

"내가 케이크라도 사갈까? 잘 아는 수제 베이커리가 있어."

수지는 빈손으로 방문하는 것은 실례라고 생각하며 말했다. 첫 번째 만
남이 예상치 못하게 갑자기 이루어지는 바람에 아무런 준비도 하지 못했
던 것이 마음에 걸렸다.

드디어 약속한 날이 되었다. 학교 연구소에 있었던 기리는 수지와 함께
출발하기 위해 병원에 들렀다. 그는 손에 들고 있던 두 권의 책과 함께 어
깨의 백팩을 내려놓고는 이사장에게 인사를 드렸다.

"혹시 자네가 우리 딸을 교회로 전도한 것인가?"

기리의 인사를 받으며 이사장이 물었다.

"아뇨. 그런 것은 아닙니다. 저희가 성폭력근절운동을 했던 것 기억하시죠? 그때 나쁜 건달들에게 봉변을 당하고 있었는데 김 목사님이 구해주셨거든요. 그래서 감사의 인사를 드릴 겸 찾아 뵙기로 했습니다. 지난번에 수지에게 좋은 말씀해주신 것도 있고요."

"그런 일이 있었구면. 우리 수지에게 좋은 말씀도 해주시고…. 자네도 수고가 많네."

이사장은 두 사람에게 잘 다녀오라고 말하고는 다시 잠을 청했다. 그러면서도 기리를 눈여겨보았다. 외모, 태도, 말씨 등을. 그러다가 독한 약 기운에 취한 듯 순식간에 깊은 잠에 빠져들었다. 이사장이 잠든 것을 확인한 기리는 내려놓았던 백팩을 다시 둘러메고 수지가 준비한 케이크 상자를 들고는 병실을 나왔다. 책을 깜빡한 채로.

두 사람이 교회 근처의 지하철역에 도착했을 때 유진이와 상승이 기다리고 있었다. 그들은 곧 있을 목사님과의 만남에 설레는 표정이었다. 거의 교회에 도착했을 즈음, 교회 안 마당에서 한 무리의 사람들과 이야기를 나누는 김 목사가 보였다. 동막골 부대원들은 방해가 되지 않게 조금 떨어진 곳에서 대화가 끝나기를 기다렸다.

김 목사와 함께 있는 사람들은 세 명이었고, 그중 한 사람이 주로 이야기했다. 그들의 모습은 사뭇 진지했고 김 목사는 난처하다는 표정을 지으며 연신 고개를 절레절레 흔들었다. 그러자 이야기를 하던 사람이 얼굴을 찡그리며 삿대질 비슷한 행동을 일삼았다. 다른 두 사람은 뒤에서 인상만 쓰

그들의 음모

고 서 있었다. 이윽고 이야기가 끝났는지 세 사람이 교회를 나섰다.

"아직 들어가지 말자."

"그래, 언니. 아무래도 분위기가 좀 그래."

수지는 김 목사의 난감해하는 표정을 차라리 못 본 것으로 하고 싶었다. 기리 일행은 김 목사를 조금 더 기다리기로 했다.

"이제 들어가도 되겠어."

기리가 말했다. 그들이 들어서자 김 목사는 아무 일도 없었다는 듯 환히 웃으며 동막골 부대원들을 맞이했다.

"목사님, 안녕하셨어요? 저 혹시 기억하세요? 예전에 학교 앞에서 깡패들로부터 목사님의 구원을 받은 배유진이라고 해요."

"하하, 뭘~ 구원까지. 기억하지. 내가 명함도 주었잖아. 불량배들 대하는 것 보니까 정신이 제일 살아 있던데? 하하."

유진과 김 목사가 인사를 나누었다. 그는 유진을 알아보았고 명함을 준 일도 기억하고 있었다.

"안녕하세요. 그때 함께 있었지만 별로 도움이 되지 못했던 강상승이라고 합니다. 그땐 제대로 인사도 못 드렸는데 오늘 인사하게 되네요."

"그래요. 어서들 와요. 기리랑 수지도 잘 지냈고?"

"안녕하세요. 실례를 무릅쓰고 또 찾아 뵈러 왔네요. 목사님 드리려고 케이크 하나 사가지고 왔어요."

수지는 김 목사에게 수줍게 웃으며 케이크 상자를 내밀었다.

"고마워. 다 같이 먹자."

"안녕하셨죠? 오늘 시간 내주셔서 감사해요."

기리가 인사를 드렸다. 일행을 환대해주는 김 목사에게 고마운 마음이었다.

"뭘, 내가 고맙지. 하나님께도 감사드려야겠는데? 이렇게 똑똑하고 촉망받는 젊은이들을 내게 보내주셔서, 하하. 자 같이 들어가자."

일행은 김 목사를 따라 기도실로 들어갔다. 지난번에 차를 주셨던 할머니가 오늘도 교회에 계셨다. 할머니는 수지가 사온 케이크와 차를 쟁반에 담아 가져다주셨다. 여전히 인자한 눈빛과 상냥한 미소를 머금은 표정이었다.

"목사님, 교회에 들어오면서 보니까 웬 사람들이 목사님께 인상을 쓰면서 이야기하던데요. 괜찮으신 거죠?"

수지가 먼저 물었다.

"응, 아무것도 아니야. 우리 교회에 관심이 아주 많은 사람들이지. 현재 우리 교회의 담임목사님께서 외출 중이셔서 내가 이야기를 듣고 있었어. 담임목사님께 전달해드려야지."

"관심이 많다고요? 멀리 있어 자세히 보지는 못했지만 전혀 교인들같이 보이지 않던데요?"

기리는 무슨 뜻인지 몰라 의아했다.

"하하, 신앙과 관련된 관심이 아니고 교회 건물을 자기네 것으로 만들고 싶어 하는 관심이지."

"에? 자기네 것으로요? 그럼 교회를 뺏어가려 한다는 말씀이에요?"

"간단히 말하자면 그렇지. 건설시공업자야. 나머지는 그의 보조 요원들이고."

"그들이 왜, 그리고 어떻게 교회를 뺏어가려 한다는 말씀이세요?"

"제일 나이가 많아 보이는 사람이 건축에 관련된 일을 하는 사람인데 이 지역 국회의원인 반인구 의원의 일을 도와주고 있어. 반 의원이라는 사람은 포퓰리즘을 잘 이용하는 정치인이야. 그때그때 사람들이 좋아하는 것을 가져와서 더 크게 떠들고 입법화하려고 하면서 자기 잇속을 챙기려는 사람이지."

"맞아요! 정치하는 사람들은 대개 표심에만 관심을 갖지요."

김 목사의 말을 듣고 있던 유진이 맞장구를 치며 나섰다. 그녀는 정치인들의 속내를 익히 알고 있는 듯했다.

"맞아. 자기가 하는 일이 내일, 일 년 후, 십 년 후 어떤 결과를 가지고 오게 될지는 아무 관심도 없어. 지금은 자기 잇속을 챙기기 위해 우리 교회를 부수고 구민복지회관을 만들자는 거야. 오늘은 자기와 잘 아는 시공업자를 시켜 교회를 다른 곳으로 옮기라고 협박하고 갔어. 물론 반 의원의 욕심은 아래층은 구민복지회관으로, 위층은 개인 용도로 쓸 빌딩을 만드는 것이겠지. 그리고 십 년 정도 후에는 복지회관을 옮기고 모두 자기 것으로 만들겠지."

"내가 그럴 줄 알았어요. 그 사람들 눈빛이 야비하고 안 좋게 보였거든요. 힘 있는 사람에게 아부하다가 힘이 없어지면 멀리하고, 이용 가치가 있다가 없어지면 팽개치고…. 그러면서 강자에겐 약한 모습 보이고, 약자에겐 갑질 하는, 뭐, 그런 사람들이죠."

"하하하, 그러니? 기리가 사람 보는 눈이 있기는 있구나."

김 목사는 기리의 말에 고개를 끄덕이며 웃었다.

"그래도 목사님이 훨씬 힘이 좋으시니까 다 혼내주세요."

유진이가 대화에 끼어들었다. 그녀가 생각하기에 성폭력근절운동 시위 때 보았던 김 목사의 능력이라면 충분할 것 같았다.

"하하, 나의 육체적 힘은 한계가 있어. 하지만 걱정하지 마. 나의 정신적 힘은 한계가 없으니까. 우리 같은 사람들은 정신으로 살아가고 있지. 타협할 수 없는 선들이 마음속에 분명히 존재하고 있어."

"멋있어요. 목사님. 이 시대의 살아 있는… 살아 있는… 뭐랄까, 돈키호테 같아요."

이번에는 상승이 환호하며 말했다.

"상승아! 그렇게 비유할 게 없니? 돈키호테가 뭐야 돈키호테가. 이 시대의 살아 있는, 어… 살아 있는 예수 같아요."

상승이를 나무랐지만 기리는 한술 더 뜨고 있었다. 그의 너스레에 김 목사는 괜히 기분이 좋아졌고, 모두가 웃음을 터뜨렸다.

"하하. 아마도 내가 들을 수 있는 칭찬 중에서 최고의 칭찬을 기리가 해준 것 같구나. 솔직히 말해서 오히려 내가 너희들에게 배운 것이 많단다. 그때 성폭력 근절을 위해 함께 나서는 모습을 보고, 우리 사회에 정신이 살아 있는 젊은이들이 아직 많이 있다는 사실에 엄청 들떴거든. 내가 힘을 보태줄 수 있는 일이 뭐가 있을까 하고 생각하는 와중에 깡패들이 눈에 들어온 거야."

"목사님, 그럼 오늘 우리는 영혼이 살아 있는 사람들의 만남이라고 말할 수 있겠네요?"

"오늘은 정말 좋은 사람들과의 만남이 된 것 같구나. 하하하."

유진의 말에 모두 웃는 얼굴이 되었다.

"그건 그렇고, 오늘 멋쟁이들이 어찌 우리 교회에 방문을 다 하셨을까? 그냥 고맙다는 인사만 하기 위한 것 같진 않은데?"

김 목사는 네 사람을 번갈아 바라보며 물었다. 그러자 부끄러운 듯 수지가 나서며 대답했다.

"사실 제가 인도한 거예요. 얼마 전 목사님과 이야기를 나누고, 깊은 수렁에서 누군가의 손을 잡은 것 같은 느낌을 받았거든요. 희망이 없던 세상에서 빛을 보았다고나 할까요? 제가 세상을 보는 관점이 다른 사람들과는 다를 수 있다고 생각했어요. 또한 목사님의 이야기가 종교적인 듯 하면서도 과학적이라서 또 뵈러 가야겠다고 했더니 이 친구들이 감사의 인사를 할 겸 같이 뵙고 싶다고 했어요. 우리 넷은 스스로 동막골 부대원들이라고 불러요."

"하하하. 동막골 부대원들이라고? 하하하. 어쨌든 이곳에 와보기로 한 것은 잘한 일이다. 교회의 문은 항상 그리고 누구에게나 열려 있어."

"목사님도 아시다시피 저는 생명공학, 기리 오빠는 천체물리학, 상승이는 화학, 유진이는 인류학을 전공하는 학도들이에요."

"어이쿠! 동네 노벨상 후보들이 다 오셨네. 하하."

김 목사는 네 사람의 전공에 놀란 듯 웃으며 말했다. 수지도 웃으며 다시 목사에게 말을 건넸다.

"근데 목사님 말씀이 마음에 와닿는 이유가 역설적이게도 우리가 이제까지 학문을 하면서 가졌던 생각과 다른 말씀을 하시기 때문인 것 같아요. 그래서 맨날 온라인에서 게임하면서 신변잡기에 관한 이야기만 할 것이 아니라 보다 근본적인 이야기를 하고 싶다는 생각을 하게 되었어요."

"그렇구나. 우리 모두는 인생의 어느 시점에서인가 그런 생각을 하는 순간이 오지. 그게 언제냐가 문제일 뿐."

"목사님, 지난번에 제가 왔을 때 진화론과 창조론이 서로 보완관계에 있는 공생체계라고 하셨잖아요? 사실 저희는 모두 진화론을 믿어요. 그리고 창조론은 기독교인들의 신앙에서 발생한 비과학적인 이야기로 들려요. 목사님은 어떻게 생각하세요?"

"우리 수지, 기억력 하나는 알아줘야겠구나. 그래, 우리가 그런 이야기를 나누었었지."

"평소에도 궁금해하던 것인데 목사님께서 말씀하시니까 갑자기 호기심이 발동했어요. 호호호."

"지적 호기심, 그거야말로 아주 중요한 것이지. 성경으로 말하자면 인간의 시작이야. 인간을 인간되게 하는 것, 그것이 지적 호기심이지. 아담과 이브가 에덴동산에서 따먹었다는 과일이 지혜의 과일이고, 우리나라에서는 선악과라고 불리는 건 알지? 그것을 손대면서 인간이 지금과 같은 삶을 살게 되었지. 과일을 따도록 만든 것, 그것이 지적 호기심이야. 인간은 지적 호기심이 강하기 때문에 인간인 것이지.”

“맞아요. 궁금한 건 정말 못 참겠어요. 정도의 차이는 있지만, 우린 그게 다른 사람들보다 강한 것 같아요. 그래서 과학도가 되었는지도 모르겠어요.”

김 목사의 말을 듣고 수지가 말했고, 다른 사람들도 동의하는 듯 고개를 끄덕였다. 김 목사는 이야기를 이어나갔다.

“그렇지. 그리고 지적 호기심 없이는 진리의 탐구도 없고 아무것도 없어. 동물들도 약간의 호기심은 있지만 거의 없다고 말해도 될 정도로 미미해. 먹을 것이 어디 있나, 숨을 곳이 있나 하고 쳐다보는 정도로 생존 본능에 가까운 호기심이니까. 인간은 호기심이 그 정도 선에서 멈추질 않고 더 나아갔기 때문에 인간이 된 거야. 하나님이 인간에게 주신 선물 중 하나지. 대신 호기심과 지혜에는 책임이 따르니 이를 신중하게 다루라는 신의 메시지가 선악과야. 그 과일에 대한 우리말의 표현처럼 꼭 선이냐 악이냐라는 궁극의 이분법적 논리에서 인간이 악을 선택한 것은 아니란다.”

김 목사는 기리를 포함한 네 명의 얼굴을 보며 말했다. 모두들 고개를 끄덕이고는 있었지만, 공감까지 하고 있는 것 같지는 않았다. 다른 목사들이 인간이 선악과를 따서 먹은 것은 용서되지 않는 악을 행한 것으로 이야기하는 것을 들었던 경험들 때문이었다.

"그럼 내가 한 번 물어보자. 너희들은 진화론은 믿고 창조론은 믿을 수 없다고 했는데 왜 그렇지?"

"제가 알고 있는 한 진화론은 과학으로 증명된 사실이에요. 과학에서 그냥 만들어지는 것은 없다고 봅니다. 반드시 인과관계를 규명하고 증명해야 과학으로 인정받잖아요."

화학도인 상승이가 대답했다.

"그렇지. 그럼 진화론은 과학이니?"

"당연히 진화론은 인과관계를 규명하려고 노력하니까 과학이죠. 최소한 창조론과는 이런 점에서 다르죠."

"그러니? 나는 반대로 생각했는데."

"네? 반대요?"

이번에는 기리가 놀란 눈으로 말했다. 다른 사람들도 기리처럼 눈이 휘둥그레져 있었다.

"먼저 창조론에 대한 나의 생각을 말해볼게. 어떤 과학적 이론이 아닌데 그렇게 부르는 것 자체가 조금은 어색하지만. 창조론은 어떤 마술사가 지팡이를 휘둘러 필요할 때마다 무엇을 만들어내거나 변화시키는 것을 말하는 게 아니야. 창조론은 진화의 점진적 개념으로 설명할 수 없거나 현재의 지식 수준으로 증명할 수 없는 영역, 즉 어떤 커다란 갭이나 도약이 있다는 의미야. 물론 인간이 모르기 때문에 그런 것이지만. 그것이 정말 누군가의 창조로 만들어진 것일 수도 있고, 또 다른 수준의 지식에서만 이해가 가능한 진화일 수도 있어."

김 목사의 이야기에 모두들 침묵했다. 그가 하는 이야기가 생소했고 과학을 전공하는 그들이 수긍하기도 힘들었다. 하지만 진화론 속에서도 분명 연결되지 못한 고리 같은 부분이 있다. 그것을 해결하는 것이 과학도인 자신들의 임무가 아닌지 생각해보고 있었다.

"어쨌든 현재의 진화론으로 설명이 불가능한 세계지. 나는 단지 현재의 진화론으로 설명이 불가능하기 때문에 창조론을 포함해서 진화론 영역 밖에 있는 모든 것들을 그냥 신화나 소설의 영역으로 내몰고 비웃는 것을 거부하는 거야. 즉, 과학 영역 밖의 영역은 인과관계가 없는 우연이 아니라 연구해서 밝혀내야 하는 또 다른 영역이라는 말이지. 이 영역을 밝혀내야 하는 수단이 바로 과학이야. 창조론도 과학으로 풀어가야 할 미지의 영역이지. 세상만사는 모두 과학으로 풀어가야 하고 그렇게 하기 위해 인류는 진리를 추구해야 해. 다시 말해 과학이 해결한 영역은 진화론, 과학이 아직 풀지 못한 영역은 창조론이라고 명명할 뿐, 그 둘의 근본적인 차이는 없어. 창조론은 목적이고 진화론은 수단이라고 말할 수도 있겠지. 또는 믿음은 목적이고 의심은 수단이라고 할 수도 있고. 믿기 위해 의심하는 거야. 의심하기 위해 믿는 것이 아니고. 조금 말이 어려워졌나?

"아…, 그럼 목사님은 하나님이 지팡이를 휘둘러서 팡! 팡! 뭔가를 만들어내셨다고 말씀하시는 것이 아니군요."

기리가 김 목사가 했던 말들에 조금 이해가 가는 듯 끄덕이며 말했다.

"응, 뭔가를 만들어내셨다고 생각하는 사람이라면 오히려 그 의미가 무엇이었을까, 그 이유가 무엇이었을까와 같은 질문을 스스로에게 던져가며 그분의 의도를 파악하려고 고민해야 한다는 것이지. 신의 영역을 우리의 영역으로 빼앗아와야 해. 과학의 힘을 빌어서. 자식이 아비의 고민을 빼앗아와야 아비가 될 수 있듯이. 우리는 이미 가만히 자연에 순응하며 살지 않고 도전과 창조를 통해 자연을 이해하고 극복하는 존재가 되겠다고 선악과를 따먹은 거야."

"그러면 아까 진화론은 과학이고 창조론은 과학이 아니라는 저희의 말에 목사님은 그 반대라고 말씀하신 의미는 무엇인가요?"

"진화론에서 말하는 것이 우연이고 창조론에서 말하는 것이 필연이니까 오히려 인과관계는 진화론보다 창조론에 더 있지 않을까? 진화론에 따르면 그냥 오래 있다 보니 우연히 지구가 탄생했고, 또 더 오래 있다 보니 우연히 지구에 생명체가 탄생하게 되었고, 또 시간이 흘러 우연히 인간이 나왔다는 식이잖아? 오히려 인과관계를 부정하려는 속성이 강하지 않느냐는 말이야. 진화론은 통계와 확률에 근거하는데 운이 좋다 나쁘다만 이야기할 뿐 일의 원인과 결과를 밝혀주지는 않잖아. 물론 미래의 일들은 알 수 없으니 통계와 확률에 근거해 예측하고 행동을 취해야겠지만 과거의 사실들은 제대로 원인과 결과를 밝혀야 한다는 말이야."

"그럼 목사님은 생명체의 탄생도, 인간의 탄생도, 문명의 탄생도 모두 하나님의 뜻이라고 생각하세요?"

유진이가 물었다.

"그렇지. 근데 생명체를 따지기 전에 우주의 탄생부터 생각해보는 게 맞지 않을까? 참! 기리가 이 분야의 박사 아니니? 우주의 탄생에 대해 한번 말해줄 수 있겠니?"

"네, 제 전공의 가치를 확인시켜드리죠."

기리가 어깨를 으쓱하며 으스댔다. 그것이 진지한 분위기에 여유를 만

우연의 자식들

들어주었다.

"먼저 눈을 감고 제 이야기를 들어주시면 좋겠어요. 왜냐하면 우주의 시작은 빛이나 힘, 소리, 열, 진동도 없는, 다시 말해 시간도 없고 공간도 없는 무(無)에서 시작했으니까요. 있기는 있었지만 말로 표현하기 어려운 작은 점에서 시작했죠. 이제부터 모두 머릿속으로 그때의 모습을 상상하면서 들어주세요."

모두 기리의 요청대로 눈을 감았다. 그러자 빛이 차단 된 암흑의 세계가 머릿속에 그려졌다. 그들은 기리의 말처럼 그것이 우주라고 생각하고 귀를 기울였다.

아무것도 없는 상태, 무의 우주다. 시공이 정의되지 않은, 아무런 일조차 일어나지 않는 공간이다. 아니, 그 공간조차 없다고 봐야 하는, 말 그대로 무의 상태다. 시간도, 공간도 없다. 그곳은 빅뱅이라는 거대한 에너지의 폭발이 시작되려는 찰나에 있었다.

아마도 인간이 인지하고 있는 이 세상의 모든 폭발 중 가장 크고, 가장 이해하기 힘든, 역사상 딱 한 번 있었던 폭발이었으리라. 모두의 머릿속에 빅뱅의 이미지가 그려지면서 기리의 설명이 시작되었다.

"우주는 빅뱅이라는 폭발로 시작되었죠. 빅뱅 이전에 무엇이 있었는지는 아직 알 수 없으나, 그 이후는 우리가 흔히 이야기하고 들어서 익숙한 빅뱅의 가설이 가장 유력해요. 바늘 구멍보다도 한참 작은 점 하나가 폭발을 해서 현재의 우주를 만들었죠. 머리로는 상상하기가 어렵지만 여러 과학의 원리들을 수학적으로 역산해서 만든 가설이고 그 가설을 하나씩 증명해 보이고 있으니 지금까지는 우주 탄생을 설명하는 가장 설득력 있는 설명이에요."

"오호."

김 목사가 맞장구를 쳤다. 빅뱅 이론에 대해 잘 알고 있는 수지와 유진, 상승도 고개를 끄덕였다.

"빅뱅의 과정을 몇 단계로 말씀드릴게요. 먼저 첫 번째 단계는 플랑크 시기라고 하죠. 독일 과학자 막스 플랑크의 이름에서 따온 이름이에요. 복잡한 이야기는 통과할게요. 폭발이 있은 후부터 10^{43}분의 1초까지예요. 1초도 짧지만 이것은 1초의 10^{43}분의 1이라는 시간이니까 어느 정도로 짧은 시간인지 감이 잘 안 올 겁니다. 분모에 있는 숫자가 1 다음에 영이 43개 있어요. 어쨌든 이 시기는 아직 설명이 잘 안 되는데요, 중력과 같은 뭔가의 힘이 탄생했을 수가 있어요. 이때 우주의 온도는 섭씨 10^{32}도 정도 됩니다. 1 다음에 영이 32개 붙은 숫자만큼 뜨거운 시기죠."

"기리 오빠가 돌파리 박사는 아닌가 보네. 큭큭. 재미있는데?"

수지가 짓궂게 끼어들었다. 그녀의 말처럼 기리의 설명은 명료하고 알아듣기 편했다. 모두들 그의 전공 지식에 감탄하며 빠져들기 시작했다.

"그다음은 10^{43}분의 1초에서 10^{35}분의 1초 사이예요. 이 짧은 시기를 대통일 시기라고 불러요. 물리학에서는 네 가지 기본 힘이 있는데, 중력, 전자기력, 강력, 약력이에요. 중력은 물체 간 끌어당기는 힘, 전자기력은 분자와 원자를 만드는 힘, 그리고 강력과 약력은 원자보다 작은 세계, 즉 원자핵이나 전자 사이에서 일어나는 힘들인데, 이 힘들 중 중력을 제외한 나머지 힘들이 하나로 통일된 형태로 존재했을 것으로 추측하기에 대통일 시기라고 불러요. 이때 우주의 온도는 섭씨 10^{27}도쯤 되고요. 빛과 입자의 원료들이 녹아서 뒤섞인 형태의 에너지만 존재했어요. 뜨거운 수프 같은 상태라고 생각하시면 됩니다."

모두들 머릿속에 부글부글 끓고 있는 수프를 떠올렸다. 재미있는 표현을 쓰며 이해를 돕는 기리의 설명에 최면에 걸린 것처럼 빠져들었다.

"이때에도 우주는 빛보다 빠른 속도로 10^{50}배 정도 커져요. 전자나 쿼크 같은 물질이 양전자나 반쿼크 같은 반물질보다 많아지기 시작하는데, 이 과정을 중입자 생성이라고 해요. 전자나 쿼크 같은 것은 원자보다 작은 입자로 원자를 이루는 입자들이니까 모르셔도 돼요. 훗, 이런 것까지 다 알면 저나 상승이가 설자리가 없어져요. 하하."

"그건 그렇다 치더라도 물질과 반물질? 그럼 이 세상에 우리가 보고 만지고 느낄 수 있는 물질에 반대의 성격인 뭔가가 있었다는 이야기야?"

유진이 기리에게 물었다.

"맞아! 그것을 반물질이라고 불러. 뭔가의 이유로 물질과 반물질이 경합을 이루었고, 그 경합에서 물질이 승리해서 지금의 우주를 만들고 있는 것이지. 만일 반물질이 승리했다면 지금의 우주는 어떤 모습을 하고 있을지 아무도 몰라. 그것을 입증하면 너도 노벨물리학상 탈 수 있어."

"쳇! 물리학 전공이면서 인류학 하는 나한테 웬 노벨물리학상 타령이람?"

"하하. 그 다음은 10^{35}분의 1초에서 10^{32}분의 1초 사이의 시기로 급팽창의 시기라고 해요. 이 짧은 시기에 우주는 지름으로 볼 때 10^{43}배, 부피로 볼 때 10^{129}배가 커지죠. 이때를 대통일력에서 강력이 빠져나오기 시작한 시기로 봐요. 그다음 10^{32}분의 1초에서 10^{12}분의 1초까지를 전자기

약 시기(Electroweak Epoch)라고 해요. 대통일을 이룰 만큼 모든 에너지를 하나로 녹였던 우주의 온도가 우주가 팽창하면서 점점 식게 되는데, 온도가 내려가면서 아까 빠져나오기 시작한 강력이 완전히 빠져나옵니다. 이로써 대통일 대칭은 깨지지만 전자기력과 약력의 대칭은 깨지지 않고 남아 있었기에 전자기약 시기라고 해요.”

“엄청나게 짧은 시간 속에서 무지무지한 일들이 벌어진 거네. 빅뱅을 눈앞에서 목격해도 그런 것들을 볼 수나 있었을까 몰라.”

상승이도 놀라며 기리에게 말했다.

“그렇지. 지금 이렇게 설명하고 있지만, 순식간에 벌어진 일이라 실제로는 눈으로 보긴 힘들었을 거야. 10^43분의 1초를 1초 정도의 시간으로만 보려고 해도 시간을 10^43배 늘려야 하니까 상상이 안 되지. 아무튼 그다음엔 드디어 쿼크 시기예요. 10^12분의 1초에서 10^6분의 1초까지를 말하죠. 에너지만 이야기하다가 드디어 무지하게 작은 입자의 형태를 이야기할 수 있는 시기가 된 거죠. 빅뱅 후 천억 분의 1초와 백만 분의 1초 사이의 시기를 말하는데, 뭔가 감이 오는 것 같지 않아요? 현재 우리의 문명 속에서 천억 원이다, 백만 원이다 하는 식으로 천억이나 백만은 우리에게 조금 익숙한 단위니까요.”

“알긴 아는 데… 뭐 만져보긴 힘든 돈이지. 구경이나 해봤으면 좋겠네.”

눈을 감은 채 기리의 설명을 듣고 있던 유진이 말했다. 그녀의 말에 수지가 키득거렸다. 기리는 살짝 눈을 흘기고는 다시 설명을 이어갔다.

“뭐, 어쨌든 우주의 온도가 비로소 모든 에너지가 각각 튀어나올 수 있을 정도로 낮아지면서 기본적인 상호작용들이 현재의 모습으로 정립되기 시작해요. 하지만 아직도 쿼크들이 뭉쳐서 뭔가의 강입자를 형성하기에는 온도가 너무 높은 상황입니다. 그래서 쿼크 시기라고 하고요. 다음에 오는 10^6초에서 1초 사이는 드디어 강입자, 즉 하드론(Hadron)의 시기입니다. 하드론과 렙톤(Lepton)이 형성되죠. 원자를 구성하는 입자를 물질입자와 매개입자로 구분할 때 물질입자는 무거운 입자, 즉 하드론과 가벼운 입자, 즉 렙톤으로 구분됩니다. 하드론에는 중입자(Baryon)와 중간자(Meson), 렙톤에는 전자, 중성미자, 뮤온입자, 타우입자 등이 있지만 모르셔도 돼요. 그냥 우리가 이제 알 수 있는 기본적인 원자인 수소나 헬륨을 형성할 수 있는 재료와 여건이 형성되었다고 보시면 됩니다."

"캬~, 그 짧은 시간에 머리가 팽팽 도는 무지무지한 일들이 벌어졌네. 그러나 이제야 비로소, 우주의 수프에서 물질이 형성되기 시작하는 환경이 조성된 거구나."

상승은 그래도 화학도이기 때문에 수소, 헬륨 등의 이야기가 나오면서 이제 뭔가 자신도 감이 생긴 모양이었다.

"맞아, 그거야. 빅뱅 후 1초에서 10초 사이는 앞에 말한 시간들보다 상대적으로 무지무지하게 긴 시간인데 렙톤의 시기라고 합니다. 강입자 시기의 막판에 대부분의 강입자와 반강입자가 서로 대부분 소멸되고 렙톤과 반렙톤이 우주의 지배 물질로 남아요. 어쨌든 몇 차례 물질과 반물질의 대결을 통해 현재의 우주에 남아 있는 물질이 승리를 거두는 과정이에요. 그리고 이제 빅뱅 이후 1초에서 20분까지를 핵합성 시기라고 불러요. 렙톤과 겹치는 시간이 있지만 어쨌든 이 순간에 드디어 우주에서 가장 많이 볼 수 있는 원소인 수소가 만들어집니다. 우주에 양성자가 풍성해지고,

공간이 팽창하면서도 온도는 낮아져 수소들이 핵융합을 통해 합쳐지거나 중성자 등을 얻게 되고요. 또 이것들은 헬륨, 중수소, 삼중수소 등이 됩니다. 빅뱅 후 20분이 지나면 우주의 온도와 밀도가 떨어져 더 이상 핵융합이 지속되지 못하죠."

"이제야 비로소 원소주기율표에 나오는 수소가 처음으로 만들어졌단 말이지? 수소가 1번인 이유는 구조도 구조이겠지만 시간적으로 제일 먼저 생겼기 때문이구나."

상승은 반갑다는 듯이 말했다. 기리는 그에게 손가락으로 동그라미를 그려 보이며 기분 좋게 씨익 웃었다.

"자, 이제는 드디어 엄청나게 긴 시간으로 들어가게 됩니다. 빅뱅 이후 20분 정도가 지나면 그때부터 빅뱅 이후 38만 년까지를 전자기파 시기라고 해요. 입자와 반입자의 상호 쌍소멸의 결과 입자가 남게 되는 시기예요. 간단히 말해 입자와 그 반대 성격을 지닌 반입자가 서로 충돌하여 사라지면서 광자를 발생시키죠. 근데 입자가 반입자보다 많아서 살아남은 것은 입자뿐이라는 말이에요. 여러 파장의 빛, X선, 적외선, 자외선, 전파 등이 혼재되어 있지만 아직도 세상은 암흑 세계고요. 빛이 온도와 압력에 갇혀 있어서 밖으로 나오지 못하는 상태입니다."

"빅뱅이 가수인 줄로만 알았던 요즘 애들이 들으면 기절하겠어."

유진은 자신의 전공이라지만, 이렇게 전문적인 지식을 쉽게 풀어내 이해를 돕도록 하는 기리가 대단해 보였다. 유진이 혀를 내두르며 한마디 했고, 빅뱅이 가수라는 말에 수지가 웃음을 터뜨렸다.

"진짜 그러네. 빅뱅이라는 말만 들으면 가수를 떠올리지 누가 우주 탄생을 생각하겠어?"

수지가 한마디 보탰다. 빅뱅이라는 단어가 어느 새 가수의 이름으로만 여겨지게 된 현실이 우습기도 했지만, 한편으로는 이번 기회에 우리 존재가 어떻게 탄생된 것인지 알게 되는 계기가 되었으면 좋겠다는 생각이 들었다.

"정말 그래. 언제부터인가 빅뱅을 가수로만 생각하게 되었지만, 사실은 우리가 존재하게 된 비밀이 그 안에 있는 거지. 어쨌든 전자기파 시기에서 약 7만 년이 되는 시기부터는 물질지배 시기라고 하는데 비상대론적인 물질, 원자핵과 상대론적인 방사, 즉 광자가 동일한 형태로 존재합니다. 물질과 빛이 동일하다는 의미죠. 초기 팽창 시에 광자의 수가 우세했기 때문에 이 시기에 광자가 무자비하게 입자들을 지배하는 광자주도 시대예요. 그러나 적색편이(redshift)에 의해 광자들의 에너지가 줄면서 1만 년 후에는 물질주도의 시대가 열립니다. 적색편이라는 것은 빛의 파장이 길게 늘어나 보일 때 붉은색으로 치우쳐 보이는 현상으로, 공간 자체의 팽창으로 인해 그 공간을 달리는 빛의 파장이 늘어나거나 강한 중력장에서 빛이 빠져나올 때 에너지를 잃기 때문에 파장이 늘어납니다. 그 반대로 빛의 파장이 줄어들어 푸른빛을 더 내는 경우를 청색편이(blueshift)라고 하며, 빛을 내는 물체가 관측자에게 더 가까워지거나 빛이 중력장 안으로 들어갈 때 빛의 파장이 줄어들어 보이는 현상을 말합니다. 그리고 나서 38만 년 정도 지나면서 우주는 더욱 팽창하고 온도는 더욱 내려가면서 원자핵과 자유전자가 결합할 수 있게 되고 수소보다 무거운 원자들이 만들어지기 시작해요. 재결합의 시기라고 하죠. 이제 점점 우주가 투명해지기 시작하는데요, 무엇보다 중요한 것은 비로소 빛이 세상에 나오기 시작했다는 겁니다. 즉, 빛은 빅뱅이 있은 후 38만 년 정도 흐른 후 처음 우주에 등장해요. 그동안은 암흑의 시대였던 거죠. 이때 나온 빛이 우주 마이크로파 배경이라고 불리는데, 최근에 미국의 과학자들이 이러한 이론의 세계에 존재했던 원시 빛을 실제로 발견하기 시작했어요."

"아멘."

기리의 길고 긴 설명이 끝나자 가만히 듣고 있던 김 목사가 나지막이 외쳤다.

"갑자기 이 순간에 목사님께서는 왜 아멘이라고 하시는 거죠?"

기리가 물었다. 과학으로 본 우주의 탄생에 대해 김 목사가 아멘을 외친 것이 신기했다.

"빛이 비로소 나왔잖아. 성경의 맨 처음은 하나님께서 세상을 만드신 과정이 기록되어 있어. 창세기라고 알지? 그 창세기의 시작은 다음과 같아. '태초에 하나님이 천지를 창조하시니라. 땅이 혼돈하고 공허하며 흑암이 깊음 위에 있고 하나님의 영은 수면 위에 운행하시니라. 하나님이 이르시되 빛이 있으라 하시니 빛이 있었고 빛이 하나님 보시기에 좋았더라.' 즉, 하나님이 처음 인간에게 주신 말씀은 본인이 세상을 어떻게 만들었고 그 첫째 날에는 무엇을 했다고 말씀하시는 것인데, 하나님도 세상이 창조되는 시점과 빛이 창조되는 시점을 구별하셨고 빛이 나중에 생긴 것임을 말씀하셨지. 진화론에서는 이러한 이야기도 옛날 이야기 중 하나가 우연히 일치한 것을 두고 확대 해석하지 말라고 하겠지만, 이 말씀이 인류 역사에서 언제부터 존재했을지 상상하면 참으로 경이롭구나."

"예수님이 오신 다음의 글이 신약이고 이전의 것은 구약에 나오는 이야기니까 이 이야기가 인간 세계에서 돌고 있을 때는 최소한 수천 년 전이라고 봐야겠네요?"

인류학을 전공하는 유진이가 말했다.

"창세기 1장부터 11장까지는 언제인지 알 수 없는 시기부터 BC 2,116년까지의 천지창조와 관련된 이야기라고 알려져 있으니 수천 년 전의 이야기가 맞지. 심지어 석기 시대부터 회자되었던 이야기일 가능성도 있어. 언제부터 글로 남겼는지는 몰라도."

"그 당시 인류의 문명은 지금의 문명과 엄청난 차이가 있을 텐데, 세상이 만들어지는 상황을 시적으로 표현한다면 정말 성경에 나온 표현 비슷한 작문이 이루어질 수 있겠는데? 38만 년이 걸렸건 어쨌건 빛이 세상에 튀어나오기 전에는 흑암이 오랫동안 세상을 지배했었잖아. 과학적으로 봐도 빛이 세상에 나올 수 있는 환경이 조성되니까 나중에 빛이 튀어나왔다는 말인데, 이를 표현력이 지금 같지 않았던 옛날에 문자로 표현하려면 성경책에 쓰인 것 같은 표현으로 기록했을 가능성이 있겠어. 그 옛날 인간들이 분수를 알겠어, 지수를 알겠어? 또 원자를 알겠어, 그보다 작은 입자를 알겠어? 아라비아숫자 자체를 쓰지 않았을 수도 있으니까 무조건 일정 시간이 지난 것은 그냥 '하루가 지나가고 다음 날이 왔다'고 표현할 수도 있겠는데? 안 그래?"

김 목사가 유진이를 지긋이 쳐다보았다. 그리고 기리가 이어서 이야기를 계속했다.

"맞아, 충분히 그렇지. 어쨌든 이야기의 끝을 맺어야겠네. 빅뱅 후 약 38만 년이 지나고 그 후 1억 5천만 년 사이는 다시 암흑의 시기예요. 최초의 빛이 튀어나왔지만 그것뿐이었어요. 아직 별이 만들어지지 않았기 때문이죠. 현재의 가설로는 별과 우주가 빅뱅 이후 1억 년 이후부터 서서히 형성되기 시작하는데, 우주에 있는 거의 모든 수소와 헬륨이 별빛으로 다시 한번 이온화되는, 그러니까 빅뱅 이후 약 5억 년이 되는 시점까지 지속돼요. 빅뱅 후 1억 5천만 년이 지난 시점부터 10억 년이 되는 시점까지는 재전리 시기로서, 중력이 무너지면서 최초의 별과 퀘이사들이 생기기 시작합니다. 이들이 주변 우주에 쏟아내는 엄청나게 강한 방사선이 주변을 다시 이온화시키는데요, 이때부터 우주는 거의 플라스마 형태로 존재합니다. 이 시기를 포함해서 대체로 빅뱅 후 3억 년이 지나고부터 항성, 은하, 성운, 행성 등이 만들어져 오늘까지 이르고 있고요. 그리고 우주의 온도가 30K(켈빈 온도. 절대온도로서 273을 빼면 섭씨가 됨. 30K는 약 섭씨 영하 243도)까지 떨어지면서 원시의 불덩이가 겪었던 양자적 요동의 결과로 퀘이사와 은하, 초대형 성단이 만들어졌어요. 항성 내부에서는 탄소, 산소, 질소 등의 비교적 가벼운 원자들이 합성되었고 초신성의 형태로 폭발하는 항성은 철보다 무거운 원소를 합성하고 우주로 흩뿌렸죠. 빅뱅 후 65억 년이 되면 정체를 알 수 없는 암흑에너지가 작동하면서 감소하던 우주의 팽창 속도가 다시 빨라지기 시작하고, 빅뱅 후 약 80억 년이 흐르면 우리가 살고 있는 태양계까지 형성돼요. 오늘은 빅뱅이 있은 후 138억 년쯤 지난 시점이죠."

갑자기 분위기가 조용했다. 아무도 눈을 뜨지 못했다. 기리의 요약 능력과 그것을 전달하는 방식이 보통의 능력이 아니라는 것을 깨닫고 존경심까지 생겼다.

"와우! 기리 오빠 대단한걸! 오빠의 설명만 들어도 머릿속에 엄청난 우주의 탄생이 그려져. 정말 대단해!"

"맞아. 나도 세상을 이루는 물질들이 어떻게 형성되었는지 대충이나마 그려져."

상승이까지 나서서 기리에게 엄지를 들어 보였다. 누구보다 수지의 감동이 컸다. 그녀는 마치 아름다운 환상의 세계에 빠져 있다 돌아온 사람처럼 몽롱한 눈빛으로 기리를 바라보았다.

"오빠에게 들으니까 배워서 알고 있는 건데도 생생하게 그려져! 진짜 실감나네. 꼭 꿈을 꾼 것 같아."

"그러게. 기리가 정말 수고 많았다. 아주 수준 높은 전문지식을 쉽게 배울 수 있었던 것 같아. 덕분에 우리 모두 큰 공부가 되었다."

동막골 부대원들에 이어 김 목사의 감탄이 이어지자 기리는 마음이 흐뭇했다. 지금까지 공부해온 것이 이렇게 쓰일 수 있다는 사실에 보람까지 느꼈다.

"그럼 다시 우리가 우주의 탄생에 대해 이야기해본 이유를 돌아봐야겠지? 우주의 창조를 성경에 어떻게 시적으로 표현했는지, 또 그것이 얼마나 오래전에 쓰여졌는지는 우리가 이해할 수 있는 영역 밖에 있어. 그렇다고 해서 하나님이 세상을 만드셨다고 말하지는 않을게. 대신, 지금 기리가 이야기한 우주 탄생을 과학적으로 설명해보자. 진화론은 모든 것을 통계와 확률로 설명하려 하지? 예를 들어 생명체가 만들어진 과정, 수상생물이 육상생물로 진화하는 과정, 원숭이가 인간이 되는 과정은 수많은 어떠한 시도가 있었고, 그 시도가 수도 없이 많으니까 어쩌다가 그중에 돌연변이가 생겼고 그 돌연변이가 환경에 적응하는 것은 물론 기존의 개체들보다 우월한 존재들이어서 이들의 생존 확률이 더 높아져 다시 그 개체가 주어진 환경에서 번창하게 되는… 식으로 설명하겠지. 그럼 몇 번의 시도가 있어야 원하는 방향의 진화가 이루어질 수 있을까?"

"글쎄요. 아마 수도 없이 시도하고 수도 없이 죽고 했을 것 같은데요? 수상생물이 수면 위로 올라와 공기 호흡을 하고 지느러미가 발이 되는 데까지 수도 없는 생명체가 상상하기 힘든 오랜 시간 동안 시도했을 것 같아요."

유진이가 대답했다.

"그래. 그래서 진화도 숭고한 것이지. 그렇다면 지금 기리가 말한 우주의 탄생을 보자. 우주의 빅뱅은 몇 번의 시도가 있었기에 현재의 우리를 탄생시켰을까? 지금 우리를 탄생시킨 우주의 빅뱅은 딱 한 번이었지. 최소한 우리의 우주에서는. 그리고 빅뱅의 첫 단계는 몇 초가 흘렀다고? 10^{43}분의 1초야. 10^{45}도 아니고 10^{40}도 아니고 10^{43}이야. 이것은 어떤 의미가 있을까?"

"어차피 빅뱅의 과정을 거칠 운명이었다면 10^{40}분의 1초나 10^{45}분의 1초나, 0이 3개 빠지나 2개 더해지나 거기서 거기 아닐까요?"

이번에도 유진이었다.

"그럴까? 예를 들어 열 달이 되어야 태어나는 아기가 어차피 태어날 거 아홉 달 있으나 열한 달 있으나 아무 상관없이 나오기만 하면 된다고 이야기할 수 있을까?"

"음… 그럴 순 없죠. 적시적소에서 화학적 반응이 일어나는 것은 매우 중요하거든요. 목사님께서 왜 그런 말씀을 하셨는지 조금 알 것 같네요. 빅뱅과 빅뱅 이후 우주가 태어나는 과정은 단 한 번의 시도에서, 또 상상이 불가능할 정도의 세밀한 시간에 이루어졌다고 과학은 말하고 있잖아요? 그렇다면 진화로 설명하기가 쉽지는 않을 것 같아요. 그러려면 지금의 성공적인 우주 탄생까지 수많은 빅뱅의 과정이 있어야 하는데, 우리 우주는 단 한 번의 빅뱅으로 이루어진 거니까요. 그리고 138억 년이 지나 지구라는 별에 우리가 살기까지 아무런 힘이 작용하지 않았다고 상상하기가 힘드네요. 운이 좋았다면 그 운은 확률적으로 어떤 숫자가 될까요?"

이번엔 화학을 전공하는 상승이 대답했다. 유진이는 아무것도 아닐 것 같은 짧은 순간이 우주와 생명체의 탄생 과정에서 큰 의미가 될 수 있다는 것을 알 것 같았다.

"멀티버스라는 말 들어봤지? 지금 우리가 속하고 있는 우주, 즉 유니버스도 끝없이 넓은데, 우리의 우주도 하나가 아니고 수없이 많은 우주가 있다는 이론이 있듯이 앞으로는 또 다른 어떤 설명이 가능해질지도 모르겠어. 하지만 지금까지의 이론으로 본다면 우주의 탄생은 딱 한 번의 폭발로 지금까지 왔고, 그 과정은 상상하지 못할 정도의 짧은 시간과 긴 시간의 조합이었다는 점, 그리고 우주가 성숙해지는 데 필요한 환경이 제때 만들어져야지만 우리가 지금 존재할 수 있다는 점은 확실하지?"

"정말 그래요. 만약 그렇지 않았다면 지금의 인간은 존재하지 못했을 수도 있어요. 아니면 다른 어떤 모습일 수도 있고요."

인류학자 유진이는 김 목사의 말에 수긍하며 말했다. 그들은 화제는 같아도 자신의 전공 분야에 맞게 받아들이며 이해하고 있었다.

분위기는 사뭇 조용했다. 그동안에는 별 생각 없이 진화론은 진리이고 창조론은 비과학적인 믿음에서 나온 스토리라는 생각을 하고 있었다. 그런데 오늘 김 목사와의 만남으로 다시 한 번 창조론과 진화론에 대해 진지하게 생각해볼 수 있었다. 침묵이 이어지다가 기리가 입을 열었다.

"목사님 말씀을 듣고 보니, 창조론이 새롭게 느껴져요. 지금까진 부정적이었는데 약간 긍정적인 시각으로 바뀌었다고나 할까요? 근데 과학도라서 그런지 창조론이라는 이름 자체가 귀에 거슬리긴 해요. 아까 말씀하신 것처럼 현존하지 않는 뭔가를 뚝딱 만들어내는 마법처럼 보이거든요. 필연론이 어떨까 싶어요. 진화론은 모두 우연이니까 우연론! 음, 말하고 나니까 좀 이상하네요. 진화론이 우연론이라…."

"형! 나도 세상을 예전과 다르게 보게 되는 것 같아. 그리고 나는 창조론은 환경론, 진화론은 적응론으로 부르고 싶어. 진화론은 어떤 환경이 만들어지면 그 환경에 적응하는 과정으로 설명하니까."

"너희들은 이해가 빠르구나. 내가 말하고 싶은 것이 바로 그것이란다. 나는 확률이 거대한 숫자가 되면 필연, 적은 숫자가 되면 우연, 또는 그 반대라고 말하는 것은 아니야. 단지 생각을 하면서 살자는 이야기야. 해외여행을 가서 오로라를 보더라도 그냥 손가락 벌리며 인증샷만 찍지 말고, 적어도 그게 어떻게 만들어진 현상인지 알아보고. 오로라를 만들어내는 지구의 자기장이 없었다면 지구상의 생명체가 존재할 수 없었다는 사실을 되새겨봐야 하지 않을까? 생명의 거룩함, 나아가 이 지구의 거룩함이나 저 우주의 거룩함을 생각해보는 사람들이 되자는 이야기야."

"목사님의 이야기를 들으면 창조론이 매도할 대상이 아니라 우리가 취할 것은 취하고 버릴 것은 버려야 하는 대상인데 지금은 너무 창조론을 무시하는 것 같은 느낌이 드는데요?"

"맞아. 단지 창조론을 너무 강조하면 나라는 삶의 주체가 너무 부모, 조상 또는 신이라는 변수에 좌우되는 존재로 전락하기 쉽지. 자신의 인생에 대해 잘되면 내 탓, 안 되면 부모 탓으로 돌리고 자신의 노력으로 인생을 개척하려는 노력을 덜 하게 돼. 그러면 사회가 발전되지 않아. 진화론이 전체나 시스템에 의한 확률적 해석을 통해 결과를 설명하면서 자신의 책임을 전가하는 데 쓰인다면 창조론은 반대로 개별적인 결정인자를 너무 강조함으로써 자신의 책임을 전가하는 데 사용되고 있어. 창조론이 개입되는 부분은 극히 작지만 극히 중요한 부분이고 우리의 힘으로 어쩌지 못한 부분이야. 나머지는 진화하려는 노력을, 특히 인간은 자연 진화를 넘어 지식으로 진화를 이끌어나가야 해. 인간들이 만든 이 사회는 창조보다는 나의 진화하려는 노력, 즉 나의 삶을 어떻게 이끌겠다는 나의 결심과 노력이 인생에 대한 평가를 내도록 만들어져 있어.

지금 내가 창조론을 강조하는 이유는 너무 진화론만 강조하다 보니까 아예 인간이 모든 것을 다 할 수 있다는 오만에 빠져 목적의식이나 도덕심 없이 과학과 기술을 개발하려고 하기 때문이야. 예를 들어 인간을 위한 의술을 개발해야지 의술을 위한 의술을 개발하면 안 되겠지? 목적의식을 정확하게 가지고 문명을 이끌어야 해. 문명을 위한 문명이 아니고 인간을 위한 문명을 개척해야 해. 여기서 말하는 인간은 인류의 미래야. 내가 아니고 우리의 후손. 지금 박수 받고 미래에 욕 먹는 사람이 되지 말고 지금 욕 먹고 미래에 박수 받는 사람이 되어야지. 지금은 그러한 목적의식과 높은 수준의 도덕심이 다시금 필요한 때야."

김 목사의 마지막 말에 모두들 숙연해졌다. 기리와 수지, 유진과 상승 네 사람은 과학도로서 좀 더 지식 탐구의 열정을 가져야겠다고 깊이 다짐했다.

우연과 필연

　　　"목사님은 우연인 줄 알았는데 나중에
보니까 필연이라는 경험을 하신 경우가 있으신가요?"

유진이 김 목사에게 물었다.

"많지. 나에 대한 이야기는 현실감이 조금 떨어지니까 우리 교회 신도 중
한 사람에 관한 이야기를 해줄게. 어떤 젊은 여성 신도와 이야기한 적이 있
단다. 그 친구는 열심히 몸을 가꾸고 대회에도 나가는 여성 보디빌더야."

"여성 보디빌더요? 제일교회에 그런 분이 계세요? 저도 원래 교회를 다
닐까 생각하고 있던 참인데…."

갑자기 상승이가 관심을 보였다. 그러자 유진이가 눈을 흘기며 잔소리
를 했다.

"에이그, 속 보이는 말 좀 보소. 목사님 앞에서."

"하하하, 이유가 뭐든 교회에 다니는 것은 좋은 일이야. 아무튼 그 친구

는 실연을 겪고 한동안 운동을 하지 않았나 봐. 그렇게 슬럼프에 빠져서 운동도 하지 않고 살만 찌면서 애써 가꾼 몸매도 망가진 거지. 보다 못한 아버지가 안타까운 마음에 잔소리를 한 모양이야."

"음…, 충분히 그러실 수 있지요."

기리가 한숨을 쉬며 동조했다.

"어느 날, 이 친구가 교회 봉사활동에 참여했다가 잠깐 쉬는 시간에 나랑 이야기를 나누게 되었어. 이야기가 조금 깊이 들어가면서 자신의 속마음을 보이기 시작하더라고. 아버지 때문에 귀찮아 죽겠다고 하소연을 하더군. 자기를 내버려두지 못해 안달이시라며. 나는 어느 정도인지 잘 몰라서 그의 아버지와 기회가 되면 이야기를 나누어봐야겠다고 생각했어."

"저는 아버지가 저를 좀 괴롭혀주셨으면 감사하겠는데 이 친구는 저와는 반대의 경우네요. 참, 세상만사 오묘하네요."

수지는 아버지가 아픈 자신의 상황과 다른 여신도를 생각하며 세상은 다양한 사람이 다양한 상황 속에서 살아가는 곳임을 재확인했다.

"그러게 말이다. 그러다 그 친구의 아버지를 만나게 됐어. 예배 끝나고 교회 식당에서 국수를 드시고 계셨는데, 나도 국수를 시켜서 옆에 앉았지. 그리고 다른 이야기로 대화를 시작해봤어. 아버지는 딸과 달리 몸이 왜소한 사람이야. 잘되기를 바라는 마음에서 딸이 방황하는 모습을 보이거나 나태한 모습을 보일 때 잔소리를 좀 한 모양이더구나. 그 딸이 보디빌딩으로 꽤 명성이 있었고 상도 여러 개 탔더라고."

"상도 여러 개 탔어요? 그럼 보통 분이 아닌데요? 혹시… 몇 시 예배에 나오는 분인가요?"

"오빠!!"

상승이 또 사심을 보이자 유진이 큰 소리로 상승을 나무랐다.

"그런데 딸이 최근에 방황하면서 툭하면 아버지한테 자기 인생은 자기 것, 자기 몸도 자기 것, 상을 타도 자기가 잘한 것, 상을 못 타도 자기가 못 한 것이니 제발 자기 인생에서 빠져달라고 이야기한 모양이야. 아버지 가 슴에 못을 박은 거지. 그러면서 자신과 딸의 인생에 대해 여러 가지를 이야 기해주더구나. 그래서 나도 알게 된 것이 많았어."

"그래요? 뭔데요?"

"그분한테 말씀해준 내용과 나의 생각을 딸과 따로 만나서 이야기해주 어도 되는지를 물었어. 그분이 괜찮다고 하더라고. 딸에게도 아직 말하지 않은 이야기가 있었거든. "

"뭔가 아버지가 딸에게 숨겨온 이야기가 있었나요?"

"그래, 있었지. 다시 딸을 만났어. 딸이 내게 그러더구나. 자신도 사람이 기 때문에 운동을 하고 싶을 때도 있고 하기 싫을 때도 있는데, 아버지는 운동을 하기 싫어할 때만 와서 잔소리를 한다고. 그리고 상을 타 오면 아버 지가 주변 사람들에게 막 자랑을 하는데, 그 재미에 세상을 사는 분 같다는 거야. 건강을 위해서 운동을 하라는 것이 아니라 자랑거리가 없어질까 봐 그러는 것 아니냐면서 운동을 하건 안 하건 자신의 자유이고, 상을 타는 것 은 그냥 자신의 노력이 만든 결과라는 거야."

"음… 그럴 수 있죠. 우리도 중고등학교 시절엔 부모님의 잔소리가 날 위해서 하는 게 아닌 것처럼 느껴지곤 했거든요. 사춘기를 지나면서 그런 생각이 없어졌지만요."

"그래 맞아. 그런데 이 친구는 지금 대학생인데, 계속 스트레스를 받고 있다가 실연하면서 이래저래 쌓였던 감정이 폭발한 것 같아."

김 목사의 이야기에 모두들 알 것 같다는 듯 고개를 끄덕였다. 실연의 고통이 아무것도 아닌 것 같지만, 누군가는 그 이유로 자살을 결심하기도 한다. 마음으로 의지하는 가장 가까운 사람이 연인일 수 있다는 걸 생각하면, 실연으로 인한 상실감은 이성을 마비시킬 수 있는 스트레스가 분명했다.

"아무튼 그 말을 듣고 내가 말해줬어. 너는 키도 크고 팔다리도 길쭉길쭉해서 보통 사람들보다 좋은 조건인 걸 아냐고. 그래서 조금만 노력하면 노력의 결과가 다른 사람들보다 더 크게 나타난다고. 대회에서 수상권에 안 드는 게 이상하다 싶을 만큼 신체 조건이 좋은 친구거든. 아버지를 보면 딸이 그런 신체를 타고난 것이 신기할 정도야. 대신 엄마가 키도 크고 체격이 좋은 분이셔. 다행히 엄마의 유전자가 발현된 거지."

"아, 다행이네요."

"그래서 내가 또 물었어. 만일 본인이 아버지 정도의 작은 골격을 소유하고 있다면 열심히 노력해서 수상할 수 있겠느냐고. 그랬더니 우아함이 떨어지기 때문에 지금처럼 경쟁이 치열한 때에는 몸에 근육만 붙여서는 수상권에 들 수 없었을 거라는 거야. 아무리 체급별로 나누어져 있다고 해도 같은 체급 안에서도 경쟁이 치열하기 때문에 작은 차이가 크게 보인다고 하더라고."

"뭐, 아무리 노력해도 안 되는 것이 있겠지요."

기리가 실망스러운 표정으로 말했다. 노력해도 안 되는 것이 취업을 해야 하는 자신에게도 해당되는 말이 아닐까 걱정이 들어서였다.

"그렇다고 실망할 필요는 없어. 하나님께서 주신 달란트가 무엇인지 깨닫지 못하는 사람은 있어도 주시는 걸 깜빡하시는 하나님은 아니시니까. 하하. 굳이 종교적인 해석이 아니더라도 사람마다 개성이 있고 장점과 단점이 공존한다는 것 정도는 알 거야. 음치가 가수는 될 수 없지만, 갖고 있는 다른 재능이나 장점을 찾아서 얼마든지 다른 쪽에서 성공할 수 있잖아. 무조건 모든 것을 원하는 것은 욕심일 뿐 희망이나 꿈이라고 할 순 없지."

"그렇죠, 맞는 말씀이에요. 그럼 그 친구는 자신이 그렇게 타고났다는 걸 알고 있었나요?"

"알고는 있더라고. 근데 지금 본인의 외모는 모두 우연히 그렇게 나온 것이라고 하면서 신체적 특성을 더 많이 물려주신 어머니는 잔소리할 자격이 있지만 아버지는 빠져야 한다고 하더군. 생긴 것은 오밀조밀한 모습이 아빠의 얼굴을 닮았지만 얼굴을 빼고는 모두 엄마를 닮았거든."

"그런 점에선 운이 좋았다고 해야겠어요. 부럽네요."

"맞아. 그래서 내가 그의 아버지와 나눈 이야기를 해주었어. 네 아버지는 체격이 왜소해서 평생 불만이었다고. 그분은 운동도 좋아하고 운동신경도 발달했지만, 항상 작은 체구 때문에 불리했지. 특히 야구를 좋아했는데, 결국 체격 조건이 맞지 않아서 선수가 되기 힘들었어. 조건이 좋은 선수들한테 밀릴 수밖에 없었으니까. 그것이 평생 한으로 남아서 결혼은 다른 조건보다도 큰 체형을 가진 여성과 하길 바랐어. 자신의 자식만은 좋은 체형을 가지고 태어나서 혹시라도 운동을 하고 싶으면 얼마든지 꿈을 펼칠 수 있도록. 많은 소개팅과 중매를 통해 만남을 가졌지만 자신의 큰 소망을 실현시켜줄 수 있는 배우자를 찾지 못했지. 자식을 위한 배우자가 아

우연과 필연

니라 사랑의 불꽃이 튀는 스타일을 만나지 못한 거지. 직장 일도 바빠서 그렇게 지나간 시간만 10년이었어. 그러다가 결국 현재의 부인을 우연히 보게 되었고 뭔가 말할 수 없는 강렬한 느낌이 들어 직접 데이트를 신청하고 6개월 만에 결혼에 골인했어. 아들을 낳으면 꼭 야구선수를 시키겠다고 했지만 딸만 둘을 낳았고, 큰딸은 아빠를 닮아 자그마한데 둘째딸인 그 친구는 엄마를 똑 닮아서 아버지의 희망이 이루어지게 됐어. 어쨌든 너 같은 딸이 태어나 이렇게 예쁘게 큰 것이 아버지의 입장에서 보면 절대 우연이 아니라고 말해줬어. 엄마의 시원시원한 신체에 아버지를 닮아 작은 머리, 오목조목한 이목구비 등 골고루 물려받아 지금의 신체 구조가 되었으니까. 너는 우연히 그렇게 태어난 것이 아니라 아버지 평생의 소망과 희망의 결정체라고."

"그랬더니요?"

"한동안 말을 못하더군. 그래서 내가 더 말했지. 네가 열심히 운동한 것을 부정하려는 게 아니라, 단지 운동으로 커버되지 않는 영역은 과연 없는지, 그리고 들인 노력의 시간과 질에 비해 받았던 영광이 과하지는 않았는지 스스로 생각해보면서 사는 것이 도움이 될 것 같다고. 나도 운동을 해봐서 아는데 근육은 시간을 투자하면 생겨. 하지만 불치의 병은 아무리 시간을 투자해도 좋은 결과, 좋은 치료로 이어지지 않아. 그러니까 부모님이 주신 신체의 중요성, 건강함에 비해 물려받은 신체를 가꾸는 노력은 매우 적은 부분이라는 거야. 나는 테니스를 좋아하고 다른 사람보다 잘 친다는 자신이 있어. 그래도 테니스를 잘하기 위해 투자한 나의 노력과 시간은 처음 테니스 세계에 발을 들여놓게 해준 아버지의 인도하심에 비하면 아주 작은 부분이야. 처음의 순간, 시작의 순간, 탄생의 순간은 그 이후의 과정보다 훨씬 큰 의미를 가지고 있지. 시작이 없었다면 과정은 있지도 않기 때문이야. 그 친구에게 이 모든 이야기를 들려주고 다시 물어봤어. '너의 아버지는 너에게 이야기할 권리가 있니?'라고."

"자신의 몸은 우연히 만들어진 자신의 것으로 생각했다가 깜짝 놀랐겠네요."

"고개를 떨어뜨린 채 아무 말이 없더구나. 바로 대답을 하기는 어려웠겠지. 그러더니 눈물을 보이면서 너무 자기 위주로 생각을 한 것 같다면서 죄송하다고 하더군.

마지막으로 한마디를 더했지. 만일 부모가 자식을 사랑하지 않으면 잔소리도 하지 않는다고. 사랑의 반대는 잔소리가 아니라 무관심이라고. 그랬더니 매우 감사하며 돌아갔어. 그주 일요일에 아버지와 딸이 서로 팔짱 끼고 교회에 오더구나."

"역시 목사님은 다르셔. 한 사람을 또 인도하셨군요."

상승이 감탄하며 김 목사에게 말했다. 그의 너스레에 김 목사가 크게 웃었다.

"하하, 나는 그냥 그녀의 아버지 이야기를 전했을 뿐이야. 아버지는 자신의 입으로는 말을 못 했겠지. 이 이야기도 이제까지 우리가 토론한 진화론이나 창조론의 이야기와 일맥상통하는 거야. 기리의 표현대로, 우연론과 필연론의 예가 될 수 있지. 그 딸은 자신이 모르는 일들은 모두 우연의 영역으로 집어넣고 일들의 시작과 끝을 자신의 소유로 생각했지만 실제 내용을 알게 되면 우연이 아니라 필연인 경우가 많단다. 공짜가 아니라 누군가의 노력의 결과이자 희생의 결과인 거지. 차이는 딱 하나, 아느냐 모르느냐이지. 부지런하면 더 알게 돼. 부지런하게 질문을 만들어 스스로에게 던지고 답을 찾아가니까. 즉, 부지런하면 할수록 더 알게 되고 알게 되면 알수록 우연이 줄어들지. 반대로 게으를수록 모르고, 모를수록 우연이 많아지며, 우연이 많아질수록 감사할 일이 없어지지."

"목사님은 확실히 다르세요! 마치 우리 같은 과학도들을 위해 태어나신 분 같아요!"

유진이가 크게 말하자 모두가 웃었고 그 모습이 어린아이들 같았다.

For Love

●

사
랑
을
위
하
여

교회를 나오는 네 사람의 얼굴은 밝았
다. 마치 새로운 깨달음을 얻은 것 같은 표정이었다. 더 하고 싶은 말은 많
았지만 다음에 다시 나누기로 하고 각자 자신의 집으로 향했다.

집으로 돌아오던 기리는 수지 아버지의 병실에 책을 놓고 온 사실이 생
각났다. 내일 수업에 써야 할 책들이었다. 바로 방향을 틀어 뛰다시피 걸음
을 재촉하며 병원으로 향했다.

"저리 가세요! 집에 빨리 가야 해요!"

서둘러 걷던 기리가 어느 골목을 지나칠 때였다. 어디선가 낯익은 여자
의 외침이 기리의 걸음을 멈춰 세웠다.

'수지 목소리?'

기리는 황급히 골목을 향해 뛰었다. 아니나 다를까, 수지가 그곳에서 불

량배들에 둘러싸여 있었다.

"이 여자가 말하지 않았나? 이제 그만 보내주지 그래?"

기리가 그들에게 소리쳤다. 두려움에 떨고 있던 수지는 기리를 알아보고 조금 안심한 표정이 되었다. 하지만 무슨 일이 닥칠지 모르는 상황이었다.

"엥? 너는 누구세요?"

불량배 중 하나가 황당하고 가소롭다는 듯이 응답했다. 그들은 기리를 아래위로 훑어보며 키득거렸다.

"네가 알아서 뭐하게?"

기리도 지지 않고 맞받아쳤다. 수지가 곤경에 처했는데 물러설 그가 아니었다.

"요놈 봐라? 너 뭐야? 재미있게 시간 보내려는데 왜 끼어? 가만…, 어디서 본 듯한 얼굴인데?"

가만히 쳐다보고 있던 불량배가 소리쳤다. 그제야 기리도 놈들이 낯익은 얼굴이라는 것을 알았다.

"알았다! 이 자식! 지난번에 학교 앞에서 데모하다가 우리에게 대든 놈 아니야?"

순간, 기리는 당황했다. 하필이면 그때의 불량배들이라니! 만만한 상대가 아니었다.

"맞네, 맞아!! 하하하, 원수도 외나무다리에서 만난다더니 잘됐네. 그날 웬 놈에게 된통 당했으니 오늘은 그 복수를 할 일만 남았구먼."

맨 앞의 불량배가 눈을 크게 뜨고 기리에게 다가와 외쳤다. 그날 김 목사에게 당한 앙갚음을 하려는 것이 분명했다.

"어이, 오늘 너한테만 특별히 기회를 줄게. 나중에 그 양복 입은 양반 데리고 와. 우리는 여기 있는 여자에게만 볼 일이 있으니까 시간 낭비하지 말고 좋은 말 할 때 꺼져."

그중 신중해 보이는 두 번째 불량배가 말했다. 그러나 기리는 평소 그답지 않은 말을 거침없이 쏟아냈다.

"무슨 말씀을 그리 섭하게 하시나. 그렇게는 못하지. 이 여인을 두고 내가 어디를 가겠나?"

수지는 내심 놀랐다. 상대적으로 불리한 상황인데도 불구하고 무슨 자신감으로 큰소리를 치는지 놀랍기만 했다.

"어이 형씨, 당신이 뭔데 깝죽거려? 당신이 이 여자 애인이라도 돼? 맞기 전에 조용히 집으로 가쇼."

"그래 맞다. 나, 이 여자를 보호할 책임이 있는 애인이다. 그러니까 너희들이 꺼져!"

기리의 말에 수지는 묘한 느낌에 사로잡혔다. 곤경에 처해 있는 자신 앞에 나타나 불량배들에 당당히 맞서는 그가 몹시 믿음직하고 든든했다. 그런 사람은 아버지뿐이라고 생각했는데…. 어쨌든 지금은 기리를 믿고 모든 것을 맡기는 수밖에 없었다.

"애인? 풋, 거짓말하고 있네. 애인이 이런 으슥한 밤에 여자친구를 혼자 가도록 내버려둬? 그럼 우리 앞에서 찐하게 뽀뽀 한번 해봐. 그럼 인정해줄게. 푸하하하하."

불량배들은 일제히 배꼽을 쥐고 웃기 시작했다. 그때 기리가 움직였다. 갑자기 수지의 얼굴을 두 손으로 부드럽게 감싸쥐고는 자신의 입술을 살포시 포갠 것이다. 그의 입맞춤에 불량배들보다 수지가 더 놀라고 있었다.

"이놈이 애인이 맞기는 맞는 모양이네. 근데 이 늦은 밤에 혼자 집에 가도록 내버려둬? 어쨌든 좋아. 애인이니까 우리 시간을 잡치게 한 것은 용서해주겠어."

이대로 끝인가? 기리는 다행이라 생각했다.

"그럼 더 이상 괴롭히지 마라. 임자 있는 여자니까. 우리는 간다."

수지의 어깨를 감싸 안은 기리가 돌아서며 말했다. 하지만 놈들은 그냥 물러설 생각이 없었다.

"잠깐! 오늘 일은 그렇다 쳐도 지난번에 우리에게 대든 것은 대가를 치러야지 어딜 그냥 가?"

픽! 미처 피할 틈도 없이 놈의 주먹이 기리의 얼굴을 강타했다. 다른 놈들도 가만히 있지 않았다. 한꺼번에 달려든 놈들은 발길질까지 해댔다. 기리도 자신을 방어하기 위해 놈들에게 주먹을 휘둘렀지만 역부족이었다. 게다가 놈들은 셋, 기리는 혼자였다.

"아악! 도와주세요! 아무도 없어요? 제발 도와주세요!"

수지의 목소리가 날카롭게 밤공기를 타고 퍼졌다. 그러자 집들 창문에 하나 둘 불이 켜지고 누군가는 대문을 열고 밖으로 나왔다. 그렇게 사람이 모여들자 불량배들이 자리를 떴다.

"괜찮아요?"

한 사람이 기리와 수지를 향해 물었다.

"네, 고맙습니다."

고맙다며 인사하는 수지를 보고 안심한 듯 사람들이 집으로 돌아갔다.

"기리 오빠…."

한쪽 눈이 부어오른 채 코피를 흘리고 있는 기리를 부축하며 수지가 안타깝게 바라보았다. 가방에서 휴지를 꺼내 흐르는 코피를 닦아주니 기리가 얼굴을 찡그리며 아픈 표정을 지었다.

"풉…."

수지가 느닷없이 웃음을 터뜨렸다. 한쪽 눈은 부풀어오르고 콧구멍은 휴지로 틀어막혀 있는 기리 모습에 웃음이 터지고만 것이다.

"왜 웃어?"

자기를 지켜주려다 얻어맞아 아파 죽겠는데 웃다니, 황당한 생각에 기리는 얼굴을 더 찡그렸다. 하지만 그것이 수지에게 더 큰 웃음을 주었다. 크게 부풀어오른 눈에 얼굴까지 찡그리니 더 우스꽝스러웠다.

웃음은 전염된다던가. 웃는 수지를 보며 기리도 웃기 시작했다. 웃음소리는 점점 커졌다. 서로의 얼굴을 보면서 웃음이 멈춰지지 않고 더 크게 터져나왔다. 수지는 기리의 얼굴이 웃겨서, 기리는 수지의 웃는 모습도 그랬지만 지금 자기가 웃고 있는 상황이 웃겨서 또 웃었다.

"왜 그랬어?"

"뭘?"

"왜 돌아왔어?"

"병실에 책을 놓고 왔더라고."

"밤길에 내가 걱정되어서 다시 온 것이 아니고?"

"어? 어어… 당연히 그 이유가 더 크지."

기리는 급하게 둘러댔다. 하지만 거짓말이라고만 할 수는 없었다.

"근데 왜 나를 애인이라고 이야기했어? 그리고 누가 뽀뽀하래?"

"그… 그건… 너를 구하기 위해서… 읍!"

머뭇거리며 대답하던 기리의 입술에 수지의 입술이 살포시 내려앉았다. 기리는 당혹감을 감추지 못하고 놀란 눈으로 버둥거렸지만 곧 그녀의 입술을 받아들이며 눈을 감았다.

과학자의 초청

동막골 부대원들은 김 목사를 만난 이후 대화가 부쩍 많아졌다. 세상을 다르게 바라보는 시각이 생겼기 때문이다. 또 세상이 우연히 만들어졌는지 혹은 어떤 필연의 메커니즘이 숨어 있는지 고민하기 시작했다. 이제 진화론은 우연이고 창조론은 필연이라는 이분법적 논리로 생각하지 않게 되었다. 어쩌면 모든 것이 섞여 있는지도 모른다.

수지가 최비오 교수에게 최근의 일들을 모두 이야기하게 된 것도 그 때문이었다. 그는 박사학위를 목표로 하고 있는 수지의 지도교수다. 유전자야말로 생명체의 역사를 설명할 수 있는 가장 작은 생명의 단위가 아니던가. 어떻게 보면 창조론과 진화론 사이에서 가장 연구되어야 할 대상이 유전자라고 말할 수 있다. 인간이 만물의 영장이 된 것은 인간을 인간답게 만든 유전자의 공로다. 또한 식물을 식물답게, 동물을 동물답게 만들어 생명을 유지하게 하는 것도 유전자다. 그래서 유전자의 역사를 본다는 것은 매우 중요하다. 그 자체가 진화이기 때문이다.

최 교수는 큰 흥미를 보였다. 세상에 존재하는 생명체들이 서로 다른 형태로 각각의 삶의 방식을 유지한 채 균형을 이루며 살아가는 것에 늘 경이로움을 느꼈던 그였다. 생명의 놀라움과 신비, 그것을 바라보는 인간은 겸손해야 한다고 믿고 살고 있던 최비오 교수에게 수지의 이야기는 무척 흥미롭게 들렸다.

자기위주의 사고를 벗어나 열린 마음으로 문제를 다양한 시각으로 본다면 성경이 말하는 이야기 속에서도 답을 찾을 수 있을까? 하지만 생명공학과 교수로서 세인(世人)들에게 동화나 신화처럼 여겨지는 성경 이야기를 하는 것이 우스꽝스럽게 보일 수도 있다. 가설을 세우고 그것을 검증하며 진리를 탐구한다는 목표로 일관되게 살아온 과학인으로서 과학과 신앙의 관계가 문명과 미개 정도의 관계로 취급되는 작금의 시대에 교수로서의 자격이 없다는 손가락질을 받을지도 모를 일이다. 그래서 그는 평소에 어떤 호기심을 느끼더라도 종교적인 이야기나 신의 섭리 등에 대해서는 일체 언급하지 않고 살아왔던 터였다.

수지는 내심 최 교수와 김 목사가 서로 이야기를 하면 과연 어떠한 이야기들이 오고 갈지에 대한 궁금증이 생겼다. 김 목사는 종교인이지만 과학인들과 이야기가 잘 통하는 사람이었기 때문이다. 그래서 만남의 접점을 어떤 식으로 마련할지를 고민하다가 최 교수가 테니스 마니아인 점을 떠올리며 공통분모인 테니스를 활용하자는 생각을 하게 되었다.

수지가 슬쩍 김 목사가 수준급의 테니스 동호인이라는 점을 언급하니 최 교수의 관심이 상승했다. 테니스를 좋아하는 사람들은 대개 다른 사람들과 겨루기를 즐긴다. 이번에는 수지가 슬슬 최 교수의 자존심을 건들기 시작했다. 김 목사가 불량배들을 해치우는 몸 동작을 보았을 때 분명히 최 교수는 김 목사의 상대가 되지 못할 것이라고 중얼거리듯 말했다.

‘그 목사님이 테니스를 좋아한다고? 나를 이길 수 있는 실력이라고?’

최 교수도 테니스라면 빠지지 않는 실력자였다.

“김 목사님을 우리 대학 테니스 코트로 모실 수 있을까?”

최 교수가 수지에게 말했다.

“제가 한번 여쭤보고 날을 잡아볼게요. 그럼 그날 화끈하게 테니스 대결을 벌이고 진 사람이 저녁 쏘시는 거죠?”

“당연하지! 한 수 부탁한다고 잘 말씀드려라.”

두 사람이 만난다면 어떤 대화를 나누게 될까, 종교와 과학의 만남이라…. 수지는 가슴이 뛰는 걸 느꼈다.

“안녕하세요, 목사님. 저 수지예요.”

그날 오후, 수지는 김 목사에게 전화를 걸었다. 흔쾌히 최 교수와의 만남을 허락해주길 바라는 마음이었다.

“목사님께 여쭙고 싶은 것이 있어요.”

“그래, 뭐니?”

“목사님을 뵙고 싶어 하는 분이 계세요. 저희 지도교수님요.”

수지는 실례가 되지 않도록 주의하며 최비오 교수에 대해 소개했다. 그가 김 목사를 만나고 싶어 한다는 것과, 테니스가 취미인데 친선게임을 하자고 초대했다는 말도.

"좋아! 함 붙자! 학계와 종교계를 아우르는 진정한 테니스의 지존을 가려보자! 하하하."

김 목사는 큰 웃음으로 최 교수의 초대를 받아들였다.

"혹시 이번 주 개천절 휴일이 금요일인데 오후 3시 괜찮으세요?"

"그래, 교수님께 칼 잘 갈고 계시라고 전해드려."

"감사합니다. 저녁 내기 게임이니까 꼭 이기셔야 해요! 우리 동막골 동지들도 응원하러 갈게요."

수지는 마음속으로 쾌재를 불렀다. 모든 일이 그녀가 기획한 대로 흘러갔다. 수지는 동막골 동지들에게도 이 사실을 알렸다. 모두가 흥미진진한 대결이라며 흥분된 반응을 보였다.

악인들의 계략

북산구 북산시장은 칠갑동 제일교회 바로 옆에 위치한 전통 재래시장이다. 그런데 시장 내에 입점하지 못한 상인들이 노점을 차려놓고 채소나 특산물 등을 팔며 생계를 유지하고 있었다. 구에서는 도로 점유를 이유로 들어 이들을 정리하고 싶어 했지만 삶이 어려운 노점상들의 반발이 극심하여 묘책을 찾기 힘들었다.

때마침 반인구 의원은 제일교회를 어떻게 해서든지 자기 것으로 만들기 위해 머리를 쓰고 있었다. 반인구와 그의 수하 장달삼이 생각해낸 것은 바로 이러한 노점상들을 이용하는 것이었다. 노점상들에게 제일교회는 존재 가치가 없는, 사회의 공공성에 반하는 특정 종교시설이라고 설파하고 토지수용이나 건물수용 등의 개념을 적용하여 그 소유권을 공중에 띠우려는 것이었다. 그런 다음 반인구가 나서서 자신이 지역사회에 이바지한다는 명목으로 소유권에 손을 대기 시작한 후 점차 자신의 것으로 만들려는 계획이었다. 당초 구민복지회관을 빌미로 교회를 공략하려던 계획보다 훨씬 진일보한 것이었다.

반인구와 장달삼은 본격적인 작전 수립에 들어갔다. 작전의 이론적 정당성 확보를 위해 교수 한 사람을 끌어들였다. 바로 성세대학교 정치학과 교수인 육지검이었다. 세 사람은 함께 밥을 먹거나 골프를 핑계로 만나며 앞으로의 진행 상황에 대해 논의했다.

장달삼과 육지검은 이미 서로 알고 있던 사이였다. 육지검 교수의 성추행 사건 시 그의 요청에 의해 학생들의 진실규명운동을 방해했던 동네 주먹들이 장달삼의 부하들이었다.

반인구는 육지검 교수의 전략에 따라 우선 북산시장의 노점상들을 자신의 편으로 만들기로 했다. 제일교회는 비영리 종교시설이라 자신이 직접 나서면 싸움을 시작하기도 전에 여론전에서 패할 가능성이 컸다.

행동에는 역시 장달삼이 나섰다. 장달삼은 똘마니들을 풀어 장난질을 치기 시작했다. 두 개의 팀으로 나누어 첫 번째 팀은 노점상들에게 자릿세를 요구하는 등 시비를 걸게 했다. 그들의 행패가 석 달이나 계속되고 요구 수준이나 위협이 거세지자 상인들은 점점 지쳐갔다. 이때 장달삼의 두 번째 팀이 작전을 시작했다. 첫 번째 집단보다 외모도 깨끗하고 말도 곱게 쓰는 부하들이 시장을 배회하다가 우연인 척 첫 번째 집단과 마주쳤다. 그들은 상인들을 괴롭히는 첫 번째 집단과 맞서며 정의를 가장하고 육탄전을 벌여 상인들을 구해냈다. 이들의 꿍꿍이를 모르는 사람들은 흡사 악마와 천사가 싸우는 줄 알았을 것이다.

첫 번째 집단이 물러나고 나서 장달삼이 등장했다. 상인들은 천사와 같은 두 번째 집단이 공손하게 인사하는 장달삼이 의로운 사람으로 보였다. 약자를 보호하는 사람이 되라고 동생들을 가르쳤다고 말하는 그에게, 상인들이 호감을 나타냈다. 그렇게 반년이 지났을 무렵, 장달삼은 북산시장의 존경받는 인물이 되어 있었다.

이제 반인구 의원과 육지검 교수 그리고 장달삼은 두 번째 작전을 실행에 옮겼다. 북산시장이 너무 오래되어서 현대화 즉, 리모델링을 해야 한다고 상인들을 부추긴 것이다. 리모델링 승인은 어렵지 않은 일이었으나 공사가 이루어지는 동안 상인들에 대한 대책이 필요했다.

그들이 주장한 것은 리모델링 기간 동안 제일교회를 다른 곳으로 옮기고 교회를 임시 시장으로 쓰자는 것이었다. 일단 교회를 몰아내면 부술 수 있고, 부수면 그 자리에 다른 건물을 세울 수 있기 때문이다. 교회를 몰아내는 것이 우선이었다. 그다음은 시간을 끌면서 얼마든지 요리를 하면 된다. 상인들에게는 리모델링이 종료되더라도 그 자리에 남아서 장사를 할 수 있음은 물론, 1인당 천만 원씩 거머쥘 수 있다고 설득했다.

처음에 상인들의 반응은 시큰둥했다. 그러나 지속되는 설득과 사탕발림에 세뇌되어 하나 둘씩 마음이 바뀌기 시작했다. 장달삼과 육지검은 상인들 중 몇을 자신들의 편으로 끌어들였다. 그들은 장달삼과 육지검이 사주는 술과 밥에 손쉽게 넘어갔다. 물건도 팔아주고 종종 용돈까지 쥐어주는 장달삼과 육지검을 따르지 않을 이유가 없었다. 이들은 리모델링 추진을 반대하는 상인들 틈에서 이구동성 한 목소리로 찬성을 외쳤다. 이제는 대형 마트에 대항하기 위해서라도 전통 시장의 현대화가 필요하다며 당위성까지 들고 나섰다. 시큰둥하던 상인들이 동요하기 시작했고 과반수를 넘기는 세력으로 커지더니 전통 시장 재개발 계획이 가시화되었다.

다만 한 가지, 상인들의 마음속에 제일교회가 남았다. 그동안 제일교회 담임목사가 재래시장 상인들을 위해 많은 일들을 해주었기 때문이다. 상인들을 위한 바자회에 교인들까지 나서서 얼마나 많은 도움을 주었던가? 게다가 교인들의 일부는 시장의 상인들이기도 했다.

자신들의 이권이 확보되고 시장이 활성화되어 돈을 번다는 것은 좋은 꿈이다. 그러나 그 꿈이 이루어지기 위해선 제일교회의 희생이 전제되어야만 했다. 상인들이 재개발에 찬성하는 다수와 제일교회를 희생해서는 안 된다는 소수로 나뉘게 된 것은 바로 이러한 연유에서였다.

A Close Match

팽팽한 대결

　　　　　성세대학교 테니스 코트는 국내 최고 수준이다. 6개의 실외 코트는 바닥에 앙투카(en-tout-cas)를 깔아서 먼지가 나지 않는 쾌적한 클레이 코트로 설계되었다. 또 실내에 마련된 3개의 하드 코트 바닥은 플랙시쿠션(Plexicushion)으로 만들어져 호주의 로드레이버 아레나 코트와 차이가 없는 국제급 수준이었다.

　성세대학교 안에서 이 코트의 맹주는 당연히 최 교수였다. 일주일에 3번은 이곳에서 운동을 했고, 교내 교직원 테니스대회에서 매번 우승을 해온 것은 물론 전국 대학교수 테니스대회에서도 종종 우승을 하곤 했다.

　최비오 교수는 김 목사보다 먼저 코트에 나와 있었다. 시합 이야기를 들은 최 교수 제자들 몇 명이 옆의 관중석에 앉아 있었는데, 코트에는 벌써부터 냉정한 승부의 세계를 알리는 듯한 서늘한 공기가 느껴졌다. 최 교수의 마음도 흡사 OK목장의 결투라도 기다리는 것처럼 떨렸다.

이윽고 김 목사가 코트에 도착했다. 최 교수는 그를 반갑게 맞이했다. 처음 만나는 사이였지만 테니스라는 공감대와 수지라는 프로모터가 있어 아주 낯설지는 않았다.

"반갑습니다. 말씀 많이 들었는데, 오늘 잘 부탁드립니다."

최 교수가 내민 손을 맞잡으며 김 목사가 말했다.

"아닙니다. 이렇게 초대에 응해주시고, 친선게임까지 해주시다니… 영광입니다."

최 교수는 김 목사의 손을 잡고 흔들며 말했다. 강한 힘이 느껴지는 손이었다. 라켓을 잡는 손가락들에 잡힌 굳은살이 그가 얼마나 오래 테니스를 해왔는지 말해주었다. 그의 신체는 성직자라기보다 운동선수처럼 다부진 근육으로 이루어져 있었다.

이날 시합은 진검 승부를 가리기 위해 단식으로 진행되었다. 여느 ATP 대회처럼 3세트 중 2세트 선승제로 하고, 1, 2 세트는 식스 올 타이브레이크, 3세트는 타이브레이크 없이 진행하기로 했다. 주심은 최 교수의 제자가 맡았다. 호크아이가 없으니 당연히 챌린지는 없다. 인저리 타임도 없다. 오직 심판이 모든 것을 판단한다. 단, 동호인 경기의 수준 앙양을 위해 심각한 풋폴트는 심판이 보기로 하고, 서브는 US오픈처럼 25초 내에 하기로 했다.

드디어 경기가 시작되었다. 최 교수는 역시 수준급 아마추어였다. 서브, 스트로크, 발리, 스매시 등에서 약점을 찾아볼 수 없었다. 모든 샷을 프로선수처럼 처리했다. 발도 매우 빨라서 수비력도 좋았다. 그는 회심의 미소를 지으며 경기를 진행했고, 1세트 게임스코어는 4:0으로 벌어졌다.

최 교수의 선전에 게임을 지켜보는 제자들의 응원이 점점 뜨거워졌다. 멋진 플레이가 나올 때마다 '나이스 샷'을 외치며 환호성이 커지고 있었다. 1세트는 6:1! 최 교수의 승리로 싱겁게 끝났다. 제자들은 2세트 시작 전, 잠깐 물을 마시던 최 교수에게 경기에서 이기면 좋은 성적 줘야 한다며 농담을 던지기도 했다.

그러나 최 교수의 표정은 그리 밝지 않았다. 큰 스코어로 첫 세트를 마무리했지만, 최 교수가 느낀 김 목사의 실력은 수준 이상이었다. 그가 자신에게 날렸던, 코트를 살짝살짝 벗어난 샷들은 영점 조준이 완성될 시간 담을 서늘하게 하고도 남을 샷들이었다. 김 목사의 근육들도 쉽게 만들어진 것이 아니었다. 헬스장에서 크기만 키운 그러한 종류의 근육이 아니었다. 크기는 작지만 하나하나의 신경들이 살아 있는 강철 파이버 근육이었고, 그가 코트 끝에서 뛰는 모습은 몸이 아직 풀리지 않은 라파엘 나달을 보는 것 같았다.

스코어에서는 보이지 않는 김 목사의 숨어 있는 실력이 읽혔기에 최 교수는 마음을 놓을 수가 없었다. 그리고 그 예감은 적중했다. 첫 번째 세트가 코트 적응 및 상대방 전술 파악을 하기 위한 탐색전이었다면, 두 번째 세트에서는 그의 실력들을 제대로 보여주는 폭탄 같은 샷들이 날아왔다. 최 교수가 아마추어 세계에서 알아주는 실력이라면, 김 목사의 실력은 거의 한때 선수생활을 했던 사람의 실력 같았다. 폭탄 같은 서브에 이어 한걸음에 네트까지 달려와 결정내는 발리에 최 교수의 시련이 시작되었다. 특히 갈라질 듯 가슴을 벌리며 라켓을 공중으로 뿌리는 듯한 모습의 원핸드백핸드는 매우 위협적이었다. 공의 스피드나 공이 떨어지는 위치로 보았을 때

간담을 서늘하게 하는, 로저 페더러의 그것처럼 느껴졌다. 두 번째 세트는 김 목사가 6:3으로 승리했다.

이제 마지막 3세트가 남았다. 쉬는 동안 최 교수는 가쁜 숨을 몰아쉬었고, 김 목사는 편안한 호흡을 즐기고 있었다. 응원 나온 제자들의 얼굴 표정이 어두워지기 시작했다. 좋은 성적은커녕 과제의 양이 두 배로 늘 것 같은 불길함이 밀려왔다. 동막골 부대원들은 설마가 현실로 다가오자 눈을 비비며 못 믿겠다는 표정들이었다.

이제는 다른 코트에서 운동하던 사람들마저 이들의 숨 막히는 단식을 보기 위해 게임을 중단하고 응원에 합세했다. 사람이 늘어나자 학교의 명예가 자신의 어깨에 달렸다고 생각한 최 교수의 몸에 힘이 들어가기 시작했다. 몸에 힘이 들어가면 당연히 스윙이 딱딱해지고, 스윙이 딱딱해지면 실수가 나오기 마련이다.

3세트가 시작되었다. 시작부터 팽팽했다. 마치 최고의 명승부로 일컬어지는 2008년 윔블던 남자단식 결승 경기를 보는 느낌이 들 정도였다. 3세트의 게임 스코어가 6:6이 되었지만 타이브레이크가 없기 때문에 경기는 계속 진행되었다. 응원의 열기도 하늘 높은 줄 모르고 타올랐다. 최 교수의 응원단이 숫적으로 많았으나 김 목사 쪽에는 동막골 부대원들이 있었다. 특히 배유진은 목에 핏발이 설 정도로 크게 응원을 했다. 수지도 "목사님 파이팅!"을 뜨겁게 외쳤다. 이때 김 목사가 수지에게 윙크를 했다. 하지만 수지는 그것이 무엇을 의미하는지 알아채지 못했다. 그리고 김 목사가 갑자기 어이없는 실수를 하기 시작했다. 스매싱한 볼이 관중 쪽으로 가서

꽂히는가 하면 헛스윙을 하기도 했다. 최 교수가 겨우겨우 받은 볼을 발리로 끝내려다 헛스윙이라니! 김 목사 본인도 황당한지 크게 웃었다. 사람들도 처음에는 안타까운 탄식을 하더니 함께 웃기 시작했다. 게임은 연속해서 실수를 범한 김 목사의 패배로 끝이 났다. 8:6이라는 게임 스코어로 패배한 것이다.

응원단과 최 교수는 기쁨의 환호를 외쳤다. 최 교수가 지도하는 학생들은 마치 학기를 A+로 마친 것처럼 좋아하며 코트로 달려 나와 최 교수를 헹가래 쳤다.

최 교수는 근래 이토록 팽팽한 경기를 해본 적이 없었다. 시합이 치열하면 치열할수록 승자가 느끼는 기쁨은 짜릿한 법이다. 그는 본인이 너무도 재미있는 경기를 했고 또 승리를 했다는 즐거움에 취해 응원 나온 모든 이들에게 식사와 술을 제안했고 모두들 다시 한 번 환호하며 뒤풀이 장소로 향했다. 수지가 기획했던 테니스대회는 이렇게 성대하고 아름답게 마무리되었다.

창
세
기
의
기
원

테니스대회가 끝난 후 많은 사람들이 최 교수의 권유에 따라 함께 식사를 마쳤다. 그들이 돌아가자 헤어지기 아쉬웠던 수지는 최 교수와 김 목사에게 동막골에서의 2차를 권했다. 당연히 동막골 부대원들도 함께였다. 아지트에 도착한 6명은 늘 즐겨 앉던 자리를 차지하고는 막걸리를 주문했다.

"목사님과 경기를 하게 되어 영광입니다. 저도 한다고 하는 놈인데, 정말 힘든 게임이었습니다. 제가 몰랐던 무림의 고수시더군요."

최 교수는 승리에 도취되어 김 목사에게 너스레를 떨었다.

"하하하, 고수는 뭘요. 쑥스럽습니다."

"목사님도 막걸리를 하십니까? 대개의 성직자들은 술을 멀리하지 않나요?"

"그렇죠. 일단은 취중에 실수할 수 있어 조심하는 것이고요, 또 존경의 대상인 목사가 술을 즐기면 신도들도 따라 할 수 있기 때문입니다. 근데 전 아무래도 사이비 목사인가 봅니다. 필요할 때는 가끔 술을 하거든요. 하지만 담임목사님께 들키면 안 되니까 비밀 지켜주셔야 합니다. 하하하, 모두 한잔하시죠? 원!샷!"

"목사님께 오늘은 감사의 한마디를 올리고 싶습니다."

"별 말씀을…, 제가 특별히 한 것도 없는데요."

영문을 모르는 김 목사는 아마도 오늘 테니스대회에 대한 이야기일 거라고 생각했다.

"저희 이사장님이 여기 있는 수지의 아버님인 것은 아시죠? 우리 수지가 아버님인 이사장님의 병환으로 많이 힘들어하고 있었습니다. 삶의 의욕을 잃은 모습을 보면서도 제가 딱히 해줄 수 있는 것이 없더군요. 어떻게 해야 수지가 다시 활짝 웃을 수 있을지 고민을 많이 하고 있었는데, 얼마 전부터 수지의 얼굴이 다시 밝아졌어요. 알고 보니 모두 목사님 덕분이었습니다. 정말 감사합니다."

자신에 대한 이야기를 들은 수지의 얼굴이 붉어졌다. 하지만 모두들 최 교수의 말에 수긍했다. 수지가 어두웠던 표정에서 다시 예전의 모습으로 돌아간 것은 김 목사와의 만남 덕분이었다.

"아닙니다. 제가 특별히 한 것은 전혀 없습니다. 수지의 이야기에 귀 기울여주고, 대화 상대가 되어준 것뿐이에요. 몸과 마음이 힘들 땐 누가 자신의 이야기를 들어주는 것만으로도 힘을 얻게 되는 경우가 있지 않습니까? 게다가 제가 과학을 좋아하는 목회자이다 보니 수지와 나눌 수 있는 이야기가 많아 좋았습니다. 여기 이 친구들도요."

최 교수는 정중하고 겸손한 그의 태도가 마음에 들었다. 수지를 비롯한 다른 동막골 부대원들도 김 목사의 이야기에 흐뭇해하며 환하게 웃었다.

"이거 참… 놀랍습니다. 제가 알고 있는 분들은 대부분 믿음을 강조하시거든요. 특히 기독교 쪽에 계시는 분들의 믿음은 '의심 없는 믿음'이 철옹성 같아서 과학자인 제가 말을 붙이기가 겁이 날 정도입니다. 그런데 목사님께서는 의심을 기초로 한 과학을 좋아하기까지 하신다니, 제가 당황스럽네요."

"하하하. 아까 그랬잖아요. 제가 사이비 목사라고요."

"에이… 힘들어하며 방황하는 젊은이를 기쁨과 행복의 길로 인도할 수 있는 분이 사이비일 수가 있나요? 너무 겸손하십니다. 제 눈엔 김 목사님이 성인(聖人)으로 보입니다. 하하."

"어이쿠, 정말 부끄럽습니다. 제가 그런 칭찬을 들을 바는 못 됩니다. 단지 저는 행동하지 않는 믿음은 죽은 믿음이라고 생각합니다. 그래서 말뿐이 아닌, 정말로 사람 곁에 다가서는 목회자가 되기 위해 노력하고 있죠."

"예, 그러신 분 같아요. 지난번에 우리 학생들을 도와주셨다는 말씀도 들었습니다."

"별일은 아니었습니다. 우연히 학생들이 좋은 일을 하는 것을 보고, 그것이 인연으로 이어져 서로 믿음이 되어주는 사이로 발전하게 되었죠. 세상을 사는 목적이 그런 것 아닐까요? 서로 도우며 함께 문명에 대한 이야기를 나누고 더 높은 문명을 열어가기 위해 힘쓰는 요즘이 아주 행복합니다."

"성폭력근절운동도 문명을 열어가는 일인가요?"

"네, 모든 문명 속에는 정신적 문명이 있죠. 물질 문명과 정신 문명은 항상 그 궤를 같이합니다. 예를 들어 어떤 유물을 발견하면 그 유물이 언제 쓰여진 것이었으며 그 당시 사회 시스템은 어떤 것이었을지 대충 유추할 수 있죠. 원시 토템에 관련된 유물을 보면서 우리가 그 당시 사회 속에서 삼권분립이나 그에 버금가는 균형과 견제 시스템이 구축되어 있으리라고는 상상하기가 힘들죠. 반대로 휴대폰을 쓰는 사람들을 보면서 그 사회는 원시 샤머니즘이 지배하는 사회라고 말할 수는 없겠죠. 제사나 의례가 지배하는 사회에서 휴대폰이 나올 정도의 물질 문명이 생긴다면 그 사회는 자취를 감추게 되어 있어요. 앞선 물질 문명을 유지, 발전할 정도의 정신 문명이 구축되지 않았기 때문이죠. 성폭력 같은 원시 행위는, 즉 상대방의 동의 없는 일방적 추행은 빨리 없애야 좋은 미래를 맞이할 수 있어요. 그런 노력을 하는 젊은이들을 보니까 행복하다는 말입니다. 하하하.”

김 목사는 행복한 표정으로 동막골 부대원들의 얼굴을 번갈아 바라보았다. 수지도 기리도, 상승이와 유진이도 김 목사와 같은 마음이었다. 사람과 사람 사이에 이루어지는 모든 만남을 우연이다, 필연이다 쉽게 단정 지을 순 없지만 그들의 인연이 시작됨과 동시에 누군가는 방황을 끝냈고 또 누군가는 지적 호기심을 충족시켰으며, 또 어떤 이는 세상을 보는 눈이 달라지고 있었다. 그들은 그것만으로도 김 목사와의 만남에 감사했다.

“지난번에 저희에게 우연히 일어나는 일은 거의 없는 것처럼 말씀하셨잖아요. 근데 저희와 만나게 된 것은 우연이라고 말씀하시네요. 진화론에 회의적인 목사님도 우연이 아주 없다고는 생각 안 하시나 봐요? 호호호.”

수지가 놀리듯 김 목사를 향해 웃음으로 물었다.

“내가 그랬나? 그럼 혹시 우리의 만남이 우연이 아닐 수도 있을까? 그것을 수지가 증명해낼 수 있을까? 아니면 내가 증명해볼까? 내가 증명하면 너희들이 믿을래?"

김 목사가 뒷머리를 긁적이며 말했다.

"진화론이라니요? 목사님이시니 아무래도 창조론의 입장이실 텐데, 과학도인 우리 학생들과 진화론에 대해 토론하셨나요?"

빈 잔을 채우던 최 교수가 놀란 눈을 하고는 김 목사에게 물었다. 종교계의 창조론과 과학계의 진화론의 이야기들은 언제나 좋은 술안주감이다. 어떤 내용인지 모르지만, 김 목사와 학생들 사이의 토론이 있었다는 것을 알게 된 최 교수는 몹시 궁금해졌다. 수지가 원하던 분위기가 무르익은 것이다.

"제가 창조론을 고수하는 사람은 아니고요, 또 진화론이나 창조론을 연구하는 사람은 더더욱 아닌데 진지하게 생각은 하고 있습니다. 학생들과 다른 이야기 끝에 우주나 생명체, 인간의 기원 등이 화두로 떠올랐는데, 상식적인 선에서 대화를 나누게 되었죠. 가끔 '우리는 어디서 왔고 어디로 가는가?' 하고 자문할 때가 있잖아요. 저는 묻는 사람에 따라, 특히 젊은이들에게는 그냥 '하나님으로부터 왔고 하나님에게로 간다'고 이야기하지 않아요. 하나님께서는 그 대답의 과학적 증명을 기다리고 계시거든요. 그때 제가 그랬죠. 진화론이 우연에 기반하고 있어도 언젠가 과학이 더 발전하게 되면 우연이 그냥 우연이 아님을 과학이 증명할 날이 올 수 있을 것이라고 했습니다. 우연으로 보이는 일들의 뒤에 숨은 메커니즘을 발견해야죠."

"목사님은 정말 사이비에 가까우시네요, 하하. 과학에 대해 그렇게 말씀을 하시니까요. 하하하."

우연의 자식들

"그러게요. 하하하."

최 교수는 김 목사의 견해에 신선한 충격을 받은 듯했다. 그는 호탕하게 웃으며 김 목사와 마음의 거리가 더 가까워지는 것을 느꼈다.

"목사님께서는 우주의 탄생부터 지구의 탄생, 생명체의 탄생, 그리고 오늘날 인간이 존재하기까지 모든 것이 우연히 만들어진 것이 아니고 성경 속 창세기의 이야기처럼 언제 어느 단계에선가 절대적인 하나님 같은 존재가 어떤 영향을 끼쳤다고 생각하시겠죠? 그럼… 언제 어떻게 영향을 끼쳤다고 보세요?"

최 교수가 김 목사의 술잔을 채우며 물었다.

"창세기에 나온 그대로죠."

"첫날 뭘 만들고, 둘째 날 뭘 만들고, 하는 식으로요?"

"하하하, 아뇨. 그 글은 수천 년 또는 만 년 이전부터 구전으로 내려오는 이야기를 문자가 발명되면서 남겨진 기록이라고 봐야 해요. 옛 인류의 조상들이 자자손손 해주던 그런 이야기죠. 그러니까 첫날, 둘째 날과 같은 표현들은 첫 번째 24시간 동안, 두 번째 24시간 동안과 같이 이해하면 안 돼요. 예를 들어 시를 과학으로 이해한다면 작가의 뜻을 이해하는 것이 아니라 작가를 거짓말쟁이로 폄하하는 일이 되기가 쉽지요."

"그렇군요. 근데 만 년 이전이요? 만 년 전의 인간 문명이 밝혀진 것이 있나요?"

"성경에 나와 있는 여리고성, 즉 고대 도시 예리코(Jericho)만 해도 기원전 9천 년경의 생활상을 보여준다고 합니다. 지금을 2천 년이라고 쳐도 1만 1천 년 전이죠. 그 이전의 것은 아직 모르는 거죠. 성경에 나오는 이야기들,

특히 구약의 내용들은 언제, 누가 그 내용을 듣고 후손에게 전달했는지 아무도 정확하게는 모르지만 성경의 지역적 배경이었던 곳, 즉 메소포타미아, 이집트 지역에서 문명과 문자의 발달로 인해 기록이 남겨지기 시작했던 시절, 그 이전부터 내려온 이야기라고 봐야 합니다. 그럼 만 년 이전까지도 거슬러 올라갈 수 있지 않을까요? 예를 들어 노아가 방주를 띄웠던 일은 사실일까요? 만일 사실이라면 언제 있었던 사건일까요? 어쨌든 성경에는 그 시절, 그 사람들의 지적 수준이 반영되어 있다고 보면 돼요. 그 당시 유행하던 노래의 가사일 수도 있고, 다른 사회, 다른 문화권, 다른 종교에서 이야기되던 것이 기독교에 흡수되었을 수도 있고요. 가능성은 모두 열어두고 하나씩 진리를 추구해나가야죠."

"음… 아직 우리가 정확히 모르니 성경에서 나온 이야기들에 대해 단정 지을 수 없단 말씀이군요."

"그렇죠. 지금 우리의 삶을 기준으로 보지 말고 조용히 머릿속 시뮬레이션을 통해 내가 먼저 그 시대 사람들이 되고 그다음에 그들의 눈으로, 그들의 지성으로 그 글을 보면 간단해요. 게다가 성경은 세기를 거듭하며 수차례 번역되어 왔잖아요. 그렇게 지나오는 동안 변화에 변화를 거듭한 것은 아시죠? 아타나시우스, 아리우스, 콘스탄티노플공의회 등등 성경 내용의 수정이나 확정 등이 이루어진 경우들이 많죠. 그래서 사해 사본(예루살렘 동쪽의 사해에서 발견된 현존 최고의 구약 사본)과 같은 고대 성경 또는 당시의 글들이 많으면 많을수록 우리의 이해를 깊게 해줄 수 있어요. 어쨌든 그 글이 왜 남겨졌고 우리에게 주려는 메시지는 무엇인지가 중요한 거죠. 그 글이 존재하는 목적요."

"글의 표면적인 뜻이 아니고 그 글이 존재하는 목적이나 남겨진 이유요? 음…, 왜 우리 수지가 다시 예전의 모습을 찾았는지 이제 알겠어요. 목사님은 뭔가 지금까지 생각해왔던 것을 다시 생각해보게 만드는 능력이 있으시네요."

"하하하, 감사합니다."

"앞으로도 목사님과 만나 또 이야기를 나누고 싶네요."

"어이고, 저 같은 사람을 그렇게 평가해주시니 감사할 따름이죠."

인연의 밤은 그렇게 깊어갔다. 처음 만났을 땐 몰랐지만 헤어질 땐 다시 만나고 싶을 만큼 가깝고 소중한 사람이 되어 있었다.

Someone Watching over Me

•

지
켜
보
는

분

수지는 아버지 박상득 이사장의 잠든 모습을 조용히 바라보았다. 병마와 싸우고 있는 아버지는 수술 후 독한 항암제로 버티고 있다. 치료는 주치의 선생님께 맡긴다고 하더라도, 자신이 할 수 있는 일은 부작용으로 말초신경이 약해진 아버지의 손발을 주물러드리는 것뿐이라니… 자식으로서 너무도 무기력했다.

무엇을 해드리는 것이 가장 좋을까 고민했지만 도무지 답을 찾을 수 없었던 그녀는 주치의 선생님께 자신이 할 수 있는 일을 물었다.

"마음이 편안할 수 있도록 따님이 곁에서 도와줘요. 그것이 최선입니다."

마음이 편안할 수 있도록… 그 순간, 수지의 머릿속에 김 목사가 떠올랐다. 자신도 목사님 덕분에 절망적인 상태에서 벗어나지 않았던가.

망설일 이유가 없었다. 김 목사라면 아버지의 마음을 가장 편안하게 도와줄 수 있을 것이다. 곧장 그에게 전화한 그녀는 모든 상황을 이야기하며 도움을 청했다. 감사하게도 그는 흔쾌히 수락했고, 인사부터 드리는 것으로 시작하자고 말했다.

"지금 밖에서 볼일 보고 교회로 돌아가려던 참인데, 괜찮다면 들러서 아버님께 인사드리고 갈게."

아버지와 김 목사의 만남은 생각보다 빠르게 이루어졌다. 수지는 잠에서 깬 아버지께 그의 방문을 알렸다.

"바쁘실 텐데 괜한 짓을 했구나. 그래도 와주신다니 너무 감사하네."

"아버지도 참… 괜찮아요. 이야기 나눠보시면 그분을 좋아하시게 될 거예요."

병 때문일까? 원래 강인한 분이었던 아버지가 어쩐지 약해진 것 같은 마음이 들었다. 수지는 애써 웃음을 보이며 아버지를 안심시켰다. 낯선 사람의 방문이라 꺼릴 수도 있는 데, 자식이 원한다고 거절하지 못하는 것은 아닐까 염려되었다.

하지만 사실은 박 이사장도 김 목사의 방문을 바라고 있었다. 한동안 자신의 안위를 걱정하느라 힘들어했던 수지가 다시 밝아지고, 세상을 보는 눈이 긍정적으로 바뀌게 한 그가 궁금했기 때문이다. 또한 하나밖에 없는 딸이 자신을 위해 애쓰고 있다는 것에 가슴이 뭉클했다.

똑똑똑.

얼마 후, 노크 소리와 함께 김 목사가 도착했다. 그는 조금은 겸연쩍은 얼굴로 병실에 들어섰다.

"이사장님, 힘드시죠? 저는 제일교회 부목사 김세인이라고 합니다."

"아이고 안녕하세요. 저는 수지 애비 되는 박상득이라고 합니다. 말씀 많이 들었습니다. 뭐라 감사의 말씀을 드려야 할지, 애비가 애비 노릇을 못하니 참… 면목이 없습니다."

"이사장님, 별 말씀을 다 하십니다. 우리 인간의 생로병사가 어디 우리 마음대로 할 수 있습니까?"

"글쎄 말입니다."

"인간이 많은 영역에서 빛나는 성과를 이루었고 의학도 그중 일부겠지만 아직도 갈 길이 멀지요."

"그러게요. 저도 수단과 방법을 다 쓰며 건강을 다시 찾으려 노력하고 있지만, 욕심인지 어렵네요."

"병의 상태가 가볍지는 않은 것으로 들었습니다. 그러나 희망을 잃지는 마시기를 바랍니다."

"말씀만으로도 감사합니다."

"제가 병문안을 온 것은 제가 이사장님의 병을 고쳐드리거나 이사장님을 갑자기 기쁘게 해드리기 위해서가 아닙니다. 잘 아시겠지만 제가 의사도 아니고 유머감각의 소유자도 아닙니다. 가끔 이사장님의 말동무가 되면 어떨까 해서 왔습니다."

"허허허, 저야 감사하죠. 이제 죽을 날이 얼마 남지 않은 저에게 말동무가 생긴다는 것은 감사할 일이죠. 목사님께는 죄송하고요."

"하하, 뭐가 죄송하세요. 이사장님의 말동무가 되는 것이 저의 일이라고 할 수 있어요. 사람들에게 희망을 주고 새로운 삶을 찾게 해주는, 뭐 그런 일이죠. 이사장님께 해드리고 싶은 말도 있고요."

"이제 오래 살 놈도 아닌데 해주실 말씀이 있다니 기쁘네요. 제가 더 알아야 할 일들이 뭐 있겠습니까마는."

"예, 있습니다. 저는 아마 이사장님이 모르시고 있을 것이라 생각합니다."

"허허허, 그래요? 그럼 말씀해 주세요."

"이사장님을 남몰래 오랫동안 지켜보고 계셨던 분이 계세요."

"네? 저를요? 저는 이제 지나온 길을 돌아보며 제 삶에 대해 스스로 평가하고 정리를 할 때가 아닌가 싶습니다. 그런데 저를 몰래 지켜보고 계신 분이 있다니 놀랍고 또 두렵기도 하네요. 그분이 저를 좋아하는 분인가요? 아니면, 혹시 제게 안 좋은 감정이라도…? 아무래도 학교라는 조직을 운영하다 보니 제게 반감을 가진 분도 있겠죠. 그래서 저 몰래 뒤에서 보고 계신 거겠죠."

"하하하, 그분은 이사장님을 좋아하세요."

"설마요. 그런 분이 계실 리가 없겠지만, 있다 해도 지금 제가 누워 있는 초췌한 모습은 아마 본 적이 없을 겁니다. 그분께 잘 말씀해주세요. 제 수업이나 강연을 들은 분 중 한 명 같은데, 이제 그때의 제 모습이 아니니 예전의 저는 잊어주시라고요. 허허허."

"하하하, 그렇게 이야기 전하겠습니다. 그럼 오늘은 시간이 늦었으니 이만 가보겠습니다."

"와주셔서 감사합니다. 그래도 외부인과 이야기하고 나를 좋아했던 사람이 있었다는 이야기를 들으니 기분이 좋아지네요."

"다행이네요. 그럼 그분께 그렇게 전달하고, 뭐라고 하시는지 들은 다음 다시 이사장님께 전달해드리겠습니다. 하하하."

김 목사는 박상득 이사장과 인사를 나눈 뒤 병실에서 나왔다. 그를 배웅하기 위해 수지가 엘리베이터 앞까지 동행했다.

"목사님, 너무 감사해요."

"감사는 무슨… 그냥 인사만 나누었을 뿐인데."

"아니에요. 저는 직감적으로 느꼈어요. 목사님을 만나면 아빠도 분명히 기뻐하며 희망을 갖게 될 거라고요."

"그래, 내가 도움이 된다면 정말 좋겠구나. 너무 걱정하지 마."

"네, 목사님. 그럼 또 뵐게요."

병원을 나서는 김 목사를 지켜본 수지는 그의 뒷모습이 정말 든든하다고 생각했다. 수지는 아빠가 점점 절망의 늪에 빠져들고 있다는 것을 알고 있었다. 그래서 김 목사와 대화를 나누면 자신이 채워줄 수 없는 부분을 김 목사가 채워줄 수 있을 것이라 믿었다. 그리고 그 믿음은 틀리지 않았다.

●

행
동
개
시

육지검 교수의 계획에 따라 반인구는
먼저 북산구의 사정에 맞게 전통시장정비법을 손본 후 그 실행에 대해 구
청장에 압력을 넣기 시작했다. 구청장은 법의 모든 내용이 미래지향적일
뿐 아니라 본인 자신도 반인구와는 공생공사의 관계에 있던 터라 의심 없
이 실행에 나섰다. 이에 따라 구청 직원들은 힘없는 노점상들에게 6개월
내로 상행위를 그만두라고 통보했다. 노점상들은 즉각 반발했으나 위기를
느껴 대안 마련에 나섰다.

이때 장달삼의 무리가 다음 행동을 시작했다. 그들은 그동안 제일교회
자리에서 교회를 몰아내고 장터로 사용하면 된다며 상인들을 회유해왔
다. 상인들은 자의 반, 타의 반 그들의 말대로 일이 진행되기를 바라면서
도 자신들이 직접 나서서 행동으로 옮길 명분이 없었다. 그러나 시간이 흐
르면서 상황이 점점 어려워지고 생계를 위협받게 되자 마음의 여유가 없

어졌다. 장달삼은 이를 전에 반인구가 이야기했던 행동 개시 신호로 받아들였다.

장달삼 일당은 상인들을 모아 제일교회 부지를 임차해 쓰자는 의견을 설파했다. 교회 건물 주변의 널찍한 마당을 교인들만을 위한 공간으로 쓰기에는 너무 아까우니 구민들을 위한 공개부지로 만들어 소규모 장터로 개발하자는 것이었다.

궁지에 몰린 상인들이 장달삼의 제안에 찬성하자 장달삼은 곧 제일교회 부지 공개화 요구를 위한 서명을 받기 시작했다. 전통 시장을 이용하는 손님들과 지하철역을 오가는 행인들에게도 서명을 받았다. 그들이 받아낸 서명이 일주일 새 3천 명이 넘었다.

종교가 없거나 종교를 기피하는 사람들은 불쌍한 상인들의 편이었다. 많은 사람들이 구원자인 양 위기에 몰린 상인들을 돕는 것이 정의라고 생각하고 있었다. 서명은 어느덧 5천 명을 훌쩍 넘겼다.

반인구, 장달삼, 육지검의 얼굴에 미소가 돌기 시작했다. 이제 구민들의 서명까지 받았으니 교회를 공격하는 다양한 길이 열린 것이다. 당연히 반인구는 법으로 해결할 수 있는 방안을 강구했고, 장달삼은 힘으로, 육지검 교수는 여론으로 몰아가는 방법을 강구했다.

육지검 교수는 제일교회 담임목사가 구민들을 오랜 기간 보살피고 또 어려운 사람들을 도와주는 것을 가장 중요시하는 행동파 목사라는 것을 알고 있었다. 그는 장달삼이 목사에게 교인들이나 구민들을 위협할 수도 있다는 것을 암시하면 일이 쉽게 풀릴 수 있다며 반인구와 단계적 접근법에 대해 논의했다. 사람들을 위하는 목사의 마음이 자신들이 공격할 수 있는 가장 약한 고리라고 생각했다.

육 교수는 반인구와 장달삼에게 목사에게 무엇을 말하고 어떻게 행동할 것인지에 대한 작전을 주었다. 두 사람은 육 교수의 말에 일리가 있다고 생각했고, 그의 작전대로 실행하자는 뜻을 모았다.

인간을 이루는 3가지

첫 번째 만남 후 이틀이 지나 박 이사장은 김 목사의 전화를 받았다. 병원을 방문해도 되겠느냐는 연락이었다. 첫 번째 만남에서 좋은 인상을 받으며 마음까지 편안하게 해준 김 목사와의 만남을 박 이사장도 기다리고 있었다. 또한 자신을 지켜보고 있다는 사람이 누구인지 듣고 싶었다.

"이사장님, 안 주무시고 계셨네요."

병실로 들어서는 김 목사는 예의 따뜻한 웃음으로 박 이사장에게 인사했다.

"아이고, 오셨습니까? 사실 약이 독해서 하루 종일 잘 때가 많아요. 깨어 있어도 늘 비몽사몽이고요. 오늘은 목사님 오신다니 기다려져서 잠이 오지 않네요."

"저를요? 감사합니다."

"앉으세요. 병문안 왔다고 생각하지 마시고 친구랑 놀러 왔다고 생각해 주세요."

"하하, 감사합니다."

"수지에게서 말씀 많이 들었습니다. 저의 딸에게 목사님께서 해주신 일은 다른 어떤 사람도 해줄 수 없는 일이었습니다. 저에게 수지는 각별한 아이입니다. 외동딸로 오랜 기간 엄마 없이 혼자 키웠거든요. 그런 수지가 저 때문에 침울해 있는 것을 보면 마음이 아파요. 그러던 수지에게 정신적인 위안을 주신 목사께 어떻게든 보답하고 싶었는데, 이렇게 병원에서 꼼짝도 못하고 있으니⋯ 죄송합니다."

"별 말씀을요. 수지가 저를 힘 좋고 운동 잘하는 사이비 목사라고 하지 않던가요? 하하하."

"아뇨, 그렇지 않습니다. 하지만 처음에는 믿지 않았어요. 무슨 목사님이 힘 자랑 하고 다니고, 운동 자랑 하고 다니느냐고요. 근데 계속 듣다 보니 수지가 하는 말이 사실이라는 걸 알게 됐습니다. 녀석이 진짜 훌륭한 분을 만나 큰 도움을 받았더군요."

"쑥스러울 따름입니다. 신도들을 위해 사역할 생각은 않고, 제 몸만 가꾸었던 것 같네요."

"아닙니다. 다양한 능력을 가진 여러 목사님이 계셔야 세상이 더 잘 구원될 것 같습니다. 허허허."

"맞습니다. 다양성이 중요하죠."

"다양성요? 허허."

"네, 이사장님은 교육 현장에 계셨기 때문에 다양성이 얼마나 중요한지 아실 겁니다. 다양하지 않으면 종말만이 있을 뿐이죠. 앗, 죄송합니다. 환자 앞에서 제가 금기어를 썼네요. 다양하지 않으면 온 인류가 어두운 미래를 맞을 뿐이죠."

"금기어라니요. 아니에요. 처음 입원했을 때는 죽음에 대한 공포가 있었는데 지금은 그렇지 않습니다. 마음의 준비도 되어 있고요. 말씀처럼 다양성, 정말 중요하죠. 근데 암 때문에 너무 다양한 것을 좋아하지는 않게 되었어요. 암세포는 정상세포가 정상적으로 분열하여 만들어진 것이 아니라 변이된 너무 다양한 놈들이잖아요. 너무 이기적인 생각일까요? 이로운 변이는 변화, 해로운 변이는 돌연변이와 같은 식으로 이야기하는 것이요."

"그렇게까지 생각하실 필요는 없지만, 사실 육체도, 정신도 다 똑같아요. 육체는 세포분열을 자신이 하던 방식으로만 하는데, 나이가 들면서 돌연변이처럼 안 하던 일들을 하곤 하죠. 면역이 강하면 약간의 돌연변이들이 생겨도 알아서 놈들을 처리하고 놈들의 숫자를 관리 가능한 선 아래로 유지시킬 수 있지만, 면역이 약해지면 암세포들이 면역이 관리할 수 있는 수준보다 더 많이 불어나고 곧이어 온몸이 통제 불능의 상태가 되지요. 그러니까 인간은 정신적으로나 육체적으로나 자연히 나이가 들면 새로 벌어지는 일, 즉 변화를 싫어하게 되어 있어요. 자신이 익숙한 일만 계속 하려고 하죠. 새로워서 좋을 것이 없거든요. 새로운 치료법의 등장은 좋아하겠지만요."

"재미있게 말씀하십니다. 또 솔직하셔서 좋습니다."

"제가 철이 없습니다. 하하. 만일 우리 인간을 포함한 생명체 그룹이 지구상에 다양하게 존재하지 않았다면 그것은 그동안 진화 과정 속에서 돌연변이와 같은 변화무쌍한 일들이 없었다는 이야기죠. 그랬다면 생명체가 환경에 적응하는 일 자체가 없었을 겁니다."

"그렇죠. 아마 저 옛날 동물들이 물속에서 육지로 올라오지도 못했겠죠. 아예 물속의 동물도 없었을 것이고요. 식물이나 원시 생명체의 존재도 아예 불가능했을지도 몰라요."

"맞아요. 아마도 이사장님은 지금까지 제가 말씀드린 돌연변이나 변화에 대해 저주하고 계실지도 모릅니다. 이놈의 암세포들이 왜, 어떻게 내 몸속에서 생겨 퍼지고 있는지, 세상의 모든 암세포들을 초토화시키고 싶으시겠죠. 하지만 저는 개인적으로 저주의 대상이 인류와 생명체 전체에게는 감사의 대상이 될 수도 있다고 봅니다. 아이러니하시겠지만요."

"그렇군요. 슬프지만… 저는 좀 더 오래 살고 싶었습니다. 수지 결혼할 때 손을 잡고 식장에 들어서고 싶었고, 손자와 손녀의 재롱도 보고 싶고요. 더 이상 아무 희망을 이룰 수도, 가질 필요도 없으니 사는 것이 무슨 의미가 있을까요?"

"글쎄요. 결혼하는 것은 보시게 될지도 모르겠는데요? 누군가 좋아하는 사람은 있는 것 같던데요? 하하"

"어이쿠, 목사님께 부탁을 드려야겠네요. 우리 수지 남자친구가 제대로 된 친구인지 목사님께서 봐주세요. 허허허. 그건 그렇고 지난번에 저를 좋아하는 사람이 있다고 하셨는데 저를 그만 좋아하라고 말씀하셨나요?"

"예, 말씀드렸고말고요. 그분께 과장을 좀 했습니다. 육신이 문둥병 환자 같이 썩어 들어가서 10미터 밖에서도 썩은 냄새가 난다고요. 하하."

"허허허. 그랬더니요."

"자기는 문둥병 환자들 대하는 것이 아주 익숙하다고 하십니다."

"아하, 여기 성세대부속병원 소속 의사 선생님이신가 보군요."

"이곳 의사는 아니고 이 시대 최고의 명의시죠. 지금의 의학에서 사망으로 판단할 환자도 살리세요."

"그런 분이 어떻게 저를 아시죠?"

"이사장님께서 태어나실 때부터 잘 알고 있는데요."

"에? 농담이시죠? 그럴 수는 없어요. 저는 이북에서 내려왔어요."

"이사장님의 부모님도 알고 계시는데요?"

"에이, 목사님. 농담하시는군요. 저 같은 환자의 기분을 맞춰주시려 하시니 대단하십니다. 하하"

"농담이 아니에요. 이사장님의 부모님, 부모님의 부모님까지 모든 부모님을 아세요."

"모든 부모님들을요?"

"네."

"허허허. 판타지 같네요. 에이, 이제 알겠어요. 저를 사랑하고 계시는 분을요."

"하하하. 빠르시네요. 네, 맞습니다. 생각하시는 그분입니다."

"성은 하씨죠? 이름은 나님이고요."

"네, 맞습니다."

"저는 교회 근처에 가본 적도 없어요. 교회 봉사활동에 동참해본 적 없고요. 그분이 계신다고 해도 저에게 관심을 가질 이유가 없어요."

"상관없어요. 이사장님께 아주 짧은 시간이 주어진다고 해도 그 시간에 마음을 어떻게 갖는지가 더 중요하니까요. 하나님을 모르고 사셨더라도 딱 한 번, 마지막 순간에 하나님을 아시고 받아들이시면 이사장님은 우리가 하는 말로, 구원받고 천국 가실 수 있어요. 모르고 살았던 시간의 길이가 중요한 것이 아니에요. 짧은 시간이라도 알았는지, 알면 무엇을 했는지가 중요하죠."

"그럼 세속인으로서 하고 싶은 것 다 하고 살다가 마지막에 기도만 하면 천국 가나요?"

"아뇨, 하나님께 기도해야 한다는 사실을 알면서 안 하고 살았다면 천국에 못 가죠. 미필적 고의가 용서되지 않는 것처럼요. 그 반대의 경우는 하나님이 천국으로 가는 문을 열어주시죠. 하나님께서 문을 연다는 말은, 먼저 문 앞에 오셔야만 가능한 일이죠. 하나님께서 나의 문 앞에 오실지 말지, 오시면 언제 오실지는 그분의 결심이에요."

"갑자기 조금 어렵네요. 저는 종교와는 무관하게 살았던 사람인데요. 저는 저의 부모, 자식 그리고 저 자신, 이렇게 물리적인 또는 육체적인 생존의 당사자들만 생각하고 살아왔는데요."

"예, 저도 알아요. 그러나 한번 생각해보세요. 이사장님이라는 존재가 부모님의 유전자가 결합하여 탄생하고 성장한 육체적 존재인지, 아니면 그 육체는 물론이고 육체 위에 교육과 학습을 통한 지식까지 얹힌 존재인지, 그것도 아니면 육체와 지식 외에 또 다른 뭔가가 있는 존재인지를요."

"먹고 자고 움직이게 하는 육체, 그리고 세상을 살아오면서 축적한 지식, 저라는 사람을 이루는 것이 이 두 가지 외에 다른 것이 있을 수 있다는 말씀이시죠? 만일 과학이 발달한 먼 미래에 복제를 통해 저와 같은 육체를 만들어내고, 제가 가지고 있는 모든 지식을 저장한 뇌를 그 육체에 집어넣으면 지금의 제가 될까요? 아니면 지금의 저는 그 생명체와 다른 뭔가가 있을까요? 머리가 복잡하네요."

"이렇게 생각해보시죠. 이사장님의 모든 지식을 가진 복제인간이 있다면 그 사람이 이사장님이 될 수 있나요? 만약 이사장님보다 열 배 정도의 지식을 갖고 있는 복제인간을 만들었다면, 지금의 이사장님에 비해 열 배 존경을 받아야 마땅할 존재일까요? 더 나아가 로봇이라고 가정해보죠. 육체적으로 열 배 강하고 지식도 열 배 더 갖고 있는 로봇이라면요? 이사장님보다 백 배 훌륭한 존재일까요?"

"아뇨, 그럴 순 없습니다. 그것은 분명 제가 아닙니다."

"그렇지요. 그럼 무엇이 지금의 이사장님을 만드는 요소일까요? 살면서 중요하게 생각하는 것들, 삶의 가치라고 하죠. 그중에서도 가장 중요하게 생각하는 것들이 있을 겁니다. 타인을 위한 희생정신, 정의감, 애국심 등등. 로봇에게서는 볼 수 없겠죠. 만약 그런 것들도 로봇에 이식할 수 있다면요? 그럼 그 로봇은 이사장님이 될 수 있을까요?"

"그래도 로봇은 기계이지 제 감정까지 가져갈 순 없잖습니까?"

"네, 물론입니다. 분명 이러한 감정들은 육체도 아니고 지식도 아니죠. 하지만 그것도 아직은 장담하기 힘들 것 같습니다. 언젠가 먼 미래에 과학이 발달해 감정까지 이식할 수 있을지도 모르니까요."

"듣고 보니 분명 육체+지식이 곧 나는 아니네요. 그 외에도 다른 것들이 많이 있을 것 같아요. 생각을 안 해봐서 그렇지."

"옛날 사람들은 육체와 지식을 제외한 모든 것을 묶어서 영혼이라고 불렀죠. 우리 기독교에서는 특별한 의미가 있지만요. 옛날 사람들이 맞아요. 지식은 암기를 말하는 것이고 암기는 뇌에 정보를 저장하는 물리의 영역, 육체의 영역이니까요. 우리는 뇌에서 일어나는 작용은 모조리 정신 작용이라고 생각하기 쉬운데 암기, 즉 많이 외워서 알고 있는 상태는 정신의 영역이 아니에요. 응용력, 판단력, 창의력 같은 것이 정신의 영역이죠. 암기는 이제 기계의 영역이에요. 암기 잘하는 사람은 달리기가 빠른 사람과 같은 육체적 특성의 표출이에요. 그러니 정신의 영역이 살아 있는 사람을 보고 영혼이 살아 있다고 말했던 조상들의 표현이 맞는 거죠. 영혼 이야기까지 나오면서 갑자기 제가 이사장님께 고민만 드린 것 같네요, 하하. 오늘은 이만하고 다음 주에 한 번 또 들를게요."

"어쨌든 다 죽어가는 저를 위해 여기까지 오시고, 좋은 말씀을 해주어서 고마워요. 그냥 항암치료나 하면서 목숨만 연장하고 있는 것이 무슨 의미나 있을까 하고 생각했어요. 목사님과 이야기하면서 뭔가 다른 의미를 찾을 수도 있겠다는 생각도 들어요."

"벌써 이사장님은 육체와 다른 부분들을 나누어 생각하기 시작하시는 겁니다. 육체의 탄생과 죽음의 의미 외에 다른 부분도 존재함을 스스로 인정하기 시작하신 거예요. 하나님은 이사장님이 그렇게 생각하실 것을 아시고 저를 이곳으로 보내신 것입니다."

"하나님이요?"

"네, 이사장님은 열려 있으세요. 진리를 향해. 하하. 그럼 건강히 계세요. 또 오겠습니다."

병실을 나온 김 목사는 얼굴에 미소를 띠었다. 자신의 생각대로 이사장은 달라지고 있었다. 교수 출신이지만 그는 지적으로 여러 분야에 열린 사람이었다.

The Face of Satan

사
탄
의
모
습

반인구와 장달삼, 육지겸 일행은 주민
들의 서명을 확보한 후 구청에 민원을 넣었다. 이어서 시장 상인들을 부추
겼다. 장터에서 어렵게 삶을 영위하는 상인들과 시장을 이용하는 소비자들
을 위해 장터를 확장해야 하며, 재건축 기간 동안 교회의 공간을 시장으로
이용하는 것이 공급자와 상인, 소비자 모두를 위하는, 즉 사회 공익을 실현
하는 일이라 우겼다. 이에 서로 관계가 좋지 않았던 시장 상인들과 노점 상
인들이 교회를 공격하기 위한 일에 하나가 되기 시작했다.

민원이 폭주하며 반인구의 계략이 효과를 보기 시작했다. 교회 부지를
이용한다는 반인구의 계획이 구청에서 인정을 받은 것이다. 구청은 그전
에 교회의 목사를 만나 의논할 것을 권유했다. 그래도 사유재산의 인정이
경제활동의 근간이기 때문이다. 물론 구청의 권유조차 반인구가 미리 구
청을 구워삶은 결과였다.

반인구는 구청의 권유와 자신들의 작전대로 장달삼을 교회로 보내 담임 목사와 접촉을 시도했다. 먼저 분위기를 만든 후 반인구가 직접 나설 참이었다. 장달삼은 교회의 담임목사인 홍 목사에게 연락하여 약속을 잡고 부하 세 명과 함께 찾아갔다.

홍 목사는 웃는 얼굴로 이들을 맞았다. 그러나 장달삼 일행은 팔뚝에 새긴 문신을 드러낸 채 누가 보아도 위협을 느낄 만한 모습을 하고 있었다.

"자, 안으로 들어갑시다."

홍 목사가 문을 열어주며 이들에게 예의를 갖추어 인사했다.

"싫어요. 안으로 들어가면 분위기 이상해요. 여기서 그냥 몇 마디 나누시죠."

장달삼이 홍 목사의 성의를 내치며 대답했다.

"그래요, 그럼. 듣자 하니 우리 제일교회가 눈엣가시라면서요?"

"가시 정도가 아니라 말뚝이죠."

"그래서 교회를 어쩌게요? 부수기라도 할 생각인가요? 거룩한 성전에 엉뚱한 상상은 하지 말기를 바랍니다."

"부수기만 하는 것은 아니죠. 주민들과 상인들을 위해 큰 건물을 지어 이 일대의 상권을 크게 키워야죠."

"우리 교인들은 어떡하고요?"

"아이고, 목사님 교인들은 신앙심이 깊잖아유~? 무슨 걱정을 하십니까? 목사님이 다른 곳에 교회를 세우면 신앙심 깊은 교인들도 따라가서 아멘을 외칠 텐데. 또 그곳 나름대로 새로운 교인들이 생길 것이고요. 교인은 걱정 마세요. 언제 어디서든지 생기기 마련이니까요."

"교인이 어떻게 그냥 생깁니까? 전도를 해야죠."

"여기저기, 동네방네, 삼천리 방방곳곳에 빨간 십자가가 있는데 무슨 걱정이 많으세요? 어디든 교인들은 항상 생기기 마련이에요."

"아주 우리를 쫓아내고 싶어서 안달이 났군요. 억지로 우기는 것을 보니."

"맞아요. 근데 우리가 안달이 난 것이 아니고, 물건 하나 제대로 못 팔아 어렵게 사는 상인들이 안달이 났어요. 게다가 전통 시장은 얼마나 복잡하고 불편합니까? 그런데 그 옆의 교회는 마치 지옥 속의 천국처럼 떡하니 공원까지 끼고 있고, 또 뭐가 그리 즐거운지 교인들이 맨날 찬송가를 불러 대니… 주민들이 도대체 시끄러워 못 살겠대요! 돈이 남아도나? 헌금할 돈이 있으면 차라리 어려운 사람 도와주는 게 낫지. 쳇!"

"즐거워서 부르는 사람도 있고 즐거워지기 위해 부르는 사람도 있어요. 교인들도 다양한 상황에서 다양한 이유로 교회를 오듯이 사람 사는 곳이면 언제 어디서나 항상 갈등은 있기 마련입니다. 하지만 이런 식으로 우리를 몰아내는 일은 있을 수 없어요."

홍 목사는 교회의 등기부등본 복사본을 품 안에서 꺼내어 장달삼에게 보여줬다.

"이건 건물과 토지의 등기부등본 아뇨? 여기 보니까 교회 소유로 되어 있네. 뭐 잘못된 것 있소?"

"언제 신축되었는지 한번 보슈."

"1949년? 하이고 오래도 되었네. 1949년 전 모습 그대로네. 이거 위험해서 빨리 부숴야지 안 그러면 모두 무너져서 신도들 다 깔려 죽게 생겼네 그려."

"건물이 오래된 점을 말하려고 보여준 것이 아니오. 이 교회는 이 옆의 재래시장이나 북산구라는 이름의 행정구역조차 없었을 때 만들어진 것이오. 북한에서 신앙의 자유, 경제의 자유, 사유재산의 권리 등을 찾아 내려온 사람들이 하나 둘씩 힘을 합해 세우기 시작한 것이오."

"그래서 어쩌라고요?"

"그뿐이 아니오. 교인들은 신앙생활을 시작함과 동시에 지역 봉사활동을 시작했소. 지금 당신들이 부추기고 다니는 상인들, 그 상인들의 삶의 터전인 재래시장도 우리 교인들이 모여서 물건을 팔면서 시작된 곳이오. 그뿐이오? 보릿고개 넘던 시절에 굶어 죽을 것 같은 수많은 사람들을 도우면서 당신들보다 훨씬 오래, 그리고 훨씬 많이 봉사해왔소. 이곳 주민들 할아버지, 할머니 중에 우리 교회가 나누어준 떡 하나 받아먹지 않은 사람이 있나 알아보시오."

"떡이 뭐 대순가…? 다 같이 살 궁리를 해야지."

"아직도 모르겠소? 우리 교회는 주변에 상인이 있거나, 공무원이 있거나, 학교가 있거나, 절이 있거나, 아파트가 있거나에 상관없이 오랜 세월 소나무처럼 변함없이 지역사회와 공존하며 존재했단 말이오. 당신들의 이익을 바라고 주변 세력을 끌어들여 한순간에 그 세월을 엎어버릴 수 있다는 생각은 하지 마소. 우리 교회는 옮길 생각이 없소. 옮긴다면 나는 선대 목사님들에게 커다란 죄를 짓는 거요!"

"그거 참, 연세도 많으신데 고집도 세시네. 무슨 말씀인지는 알겠지만 우리는 이곳을 반드시 개발할 거요. 세월 앞에서는 소나무도 죽는다는 것을 보여드리리다. 얘들아, 가자!"

장달삼과 일행은 일단 자신의 의도를 전달하는 차원에서 대화를 멈추고 교회를 떠났다.

그날 저녁, 홍 목사는 부목사인 김 목사에게 장달삼의 이야기를 전했다. 두 사람은 교회에 지금까지 없었던 위기가 닥쳤다는 것에 공감하며, 혹시라도 모를 해코지에 대비하기 위해 밤이 늦도록 고민했다.

장달삼도 반인구 의원을 만나 상황을 보고했다. 반인구는 다시 육지검 교수를 불렀다. 둘은 술집에서 만나 이야기를 나누며 다음 작전을 짰다. 장달삼과 똘마니들을 시켜 엄포 수준의 폭력을 보인 뒤 반인구가 직접 목사와 담판을 짓겠다는 생각이었다. 육지검과 작전을 짜는 동안 반인구의 작은 눈이 야비하게 반짝였다. 조그마한 삼각형의 박쥐 같은 눈은 그가 품고 있는 더러운 계략을 보여주는 것 같았다.

두 사람이 이야기할 때 곁에서 술을 따르던 아가씨가 반인구의 잔을 채우다 실수로 흘리고 말았다. 술은 테이블 가장자리를 따라 흘러 반인구의 허벅지에 뚝뚝 떨어지고 있었다. 갑자기 옷을 더럽히게 된 반인구의 얼굴이 일그러지더니 누가 말릴 틈도 없이 아가씨의 뺨을 향해 손바닥이 날아갔다. 뺨이 벌겋게 부어 오른 여자가 끝내 눈물을 보이자 반인구의 분노는 더 격렬해져 걷잡을 수 없는 상황으로 치달았다. 그는 여자의 멱살을 잡아 팽개치며 분위기 망치게 왜 우느냐고 다그쳤다. 그의 우악스러운 손길에 여자의 블라우스에서 단추들이 뜯겨져 나갔다. 반인구가 자신에게 술을 끼

없자 여자는 두려움에 더 큰 소리로 울음을 터뜨렸다.

여자의 울음소리에 술집 마담과 종업원들이 달려왔다. 그러나 그들은 두려움에 떨고 있는 여자는 아랑곳하지 않고 반인구의 눈치만 살폈다. 술집을 운영하고 있는 사람으로서 거부할 수도, 무시할 수도 없는 반인구의 힘을 잘 알고 있는 마담은 콧소리를 섞어 그의 양복을 세탁해주겠다고 말했다. 그 소리에 분이 풀렸는지 반인구는 큰 웃음을 지어 보였다. 약자에게는 한없이 강하고 약자의 아첨을 자신의 권세라고 착각하는 모습이 사탄과 같았다.

자
식
과
지
식

최비오 교수는 김 목사와의 테니스 매치를 잊지 못했다. 마지막 세트는 마치 김 목사가 일부러 양보한 것과 같은 느낌을 받았기 때문이다. 특히 김 목사의 플레이 스타일과 폼을 잊을 수가 없었다. 또한 자신의 승리가 진정한 승리라고 생각되지 않았다. 그래서 진정한 승부를 위해 한 번 더 매치의 기회를 갖자며 수지에게 김 목사와의 연락을 부탁했다.

수지는 김 목사에게 연락했고, 그는 흔쾌히 승낙했다. 두 번째 매치의 일정이 정해지자 동막골 부대원들은 다시 모일 수 있다는 사실에 기뻐했다.

최 교수와 김 목사는 오랜만에 다시 만나 악수를 하고 경기를 시작했다. 반드시 승패를 가리겠다는 목적보다 자신을 더욱 업그레이드하고 싶다는 최 교수의 바람으로 이루어진 만큼 두 번째 매치는 비교적 조용히 이루어졌다. 주변에도 두 번째 매치에 대한 소식을 알리지 않았다. 그렇게 동막골 부대원들만 두 사람의 경기에 응원군으로 나섰다.

게임이 시작되었다. 최 교수의 감은 정확했다. 그의 예감대로 김 목사는 고수였고 경기는 6:1, 6:2로 끝났다. 그래도 최 교수는 기분이 나쁘지 않았다. 오히려 김 목사의 실력에 감탄하며 깨끗하게 패배를 인정했다.

두 번째 매치의 뒤풀이 역시 어느새 모두의 아지트처럼 편안해진 동막골에서 이루어졌다. 막걸리와 김치전, 해물전, 보쌈 등을 앞에 놓고 모두들 웃는 얼굴로 이야기꽃을 피웠다. 많은 이야기가 오가는 가운데 제일교회가 직면한 문제가 화두로 떠올랐다. 김 목사는 현재 교회를 둘러싸고 벌어지는 불미스러운 일에 대해서 이야기했고, 듣고 있는 사람들은 분노했다. 특히 수지와 기리가 목소리를 높였다.

그렇게 이야기들이 이어지다가 성서적 논쟁거리가 다시 도마에 올랐다. 최 교수가 먼저 말을 꺼냈다.

"목사님이 지난번에 인간에 대한 하나님의 사랑이 엄청나다고 말씀하셨는데, 우리가 하나님의 사랑을 예수님 외에 달리 증명할 것들이 또 있나요? 예수님의 존재도 사실이 아니라고 말하는 사람들이 많은 상황이고, 구약과 신약의 이야기들은 모두 다른 시대에 다른 지역에서 살았던 부족의 여러 전설, 설화 등에도 나오는 내용이잖아요. 예수님에 대한 기록만은 좀 특이하지만요."

"하하하. 역사적 사실로 확인할 수 있는 것이라… 저도 몰라요. 성배와 성의도 진짜니 가짜니 논란이 되는 마당에 고고학자도 아닌 제가 어떻게 알겠어요?"

"에헤헤. 거 봐요. 목사님도 모르시면서."

"저는 그냥 믿어요."

"예? 모르는 것을 믿는다고요?"

"믿음은 알아서 믿는 것과 알지 못하는데도 믿는 두 가지의 믿음이 있겠죠. 저는 알지 못하는 것에 대한 믿음만 믿음이라고 생각해요. 눈으로 보고, 귀로 확인하고, 피부로 느껴서 아는 것은 저에게 믿음이 아니에요. 그것은 그냥 지식이에요. 믿음과 앎의 차이죠."

"그건 그렇지요."

"그래서 제가 말하는 믿음은 싸움의 믿음이기도 해요. 알 수 없는 세계에 대해 던져지는 많은 질문과 공격으로부터 견뎌내야 하는 투쟁의 믿음이죠. 현대인일수록 더 눈으로 봐야만 믿는 경향이 강하거든요."

"그렇죠. 눈으로 봐도 속는 세상인데, 다른 것에 대해 더 불신이 큰 것은 말할 것도 없지요."

"맞아요. 그나마 눈으로 보면 믿을 만하다고 여겼지요. 그러나 최근에는 딥페이크(deepfake) 같은 새로운 기술들이 나오고 계속 업그레이드되면서 사진이나 동영상도 완전히 가짜로 만들 수 있으니까 정말 내 눈 앞에서 벌어지고 있는 일들이나 보고 있는 화면들도 믿지 못하게 되었어요."

"얼마 전, 인터넷으로만 알고 지내던 남녀가 실제로 만나서 얼굴을 확인하고는 파탄난 일이 있었어요. 여자가 프로필 사진을 지나치게 포토샵으로 꾸며놓은 걸 남자가 알게 된 거죠. 생각해보니, 우린 눈으로 보고 있어도, 그렇게 속고 속이며 살고 있네요."

수지가 한숨을 쉬며 말했다.

"그러니까 우린 감각기관으로 수용된 정보가 아니라 그 정보의 해석에 관련된 이성의 작용이 훨씬 중요한 시대에 살고 있죠. 본 것도 사실이 아닐 수 있는 시대예요. 저는 보고 아는 것을 믿음이라고 생각하지 않아요. 그건 이성이죠. 아니, 이성도 아니에요. 조건반사 정도의 동물적 반응이죠. 그래서 제가 항상 믿음이 먼저라는 말을 하는 거예요."

"그럼 밝혀지지 않은 것을 의심하고, 가설을 세우면서 증명해나가는 과학은 뭐라고 생각하십니까? 그 자체는 믿음이 될 수 없을까요?"

"그 하나하나의 프로세스상에는 믿음이 존재하죠. 그러나 전체적으로 보면 과학은 수단이에요. 믿음을 증명하는 수단. 과학도 그 내부에서 지금까지의 과학의 한계를 넘어 더 높은 차원의 과학을 정립하는 데는 믿음이 필요해요. 마치 전봇대 위의 전기선은 멀리서 보면 1차원의 선의 세계이지만 그 전기선을 잘라 단면을 보면 2차원의 면의 세계이고 그 위에서 지나가는 개미를 보면 3차원의 입체의 세계이듯이 과학도 안으로 들어가면 예전의 과학을 뒤집고 새로운 과학을 정립하는 과정에서 믿음이 존재해요. 전체적으로는 여러 믿음들을 증명해나가는 수단이죠. 그 자체로도 훌륭한 학문인 것을 부정하진 않습니다. 그러나 무엇이 더 중요한지를 따지는 것이 중요한 게 아니고, 목적과 수단을 항상 함께 생각해야 한다고 봐요. 물론 목적과 수단 중에서는 목적이 먼저죠. 수단이 목적을 정당화할 수는 없으니까요. '무엇을 하는가?' 또는 '어떻게 하는가?'보다 '왜 하는가?'를 알고 사는 것이 훨씬 중요하다는 말이죠. 제가 안타까워하는 것은 믿음이 비과학적 세계의 유산이라고 생각하는 경향이 강해지고 과학이 아닌 모든 것을 무의미하게 여기는 세상으로 변해가고 있다는 겁니다. 믿음이 없는 과학은 결국 인간을 파멸로 몰고 갈 수 있거든요.”

“목사님 말씀을 듣고 보니 신앙에 대해 다시 생각해봐야겠네요. 목사님 말씀에 의한다면 눈으로 보고 믿는 것은 신앙이 아니네요?”

“예수님의 기적을 누군가가 동영상으로 찍어놓았다고 생각해보지요. 그리고 조작의 가능성도 검토해서 진짜 동영상이라고 판명이 났다고 하지요. 그러면 기독교는 더 이상 종교가 아니에요. 그것은 역사이자 그냥 참고할 수 있는 삶의 지혜로 남을 뿐이죠. 믿음이 필요 없죠. 물론 역사도 사실이 아니고 그냥 하나의 옛날이야기로 치부하는 경우가 있습니다. 예를 들어 트로이의 목마처럼요. 결국 하인리히 슐리만이 아무도 사실이라고 믿지 않는 것을 끝까지 사실일 수 있다고 믿음으로써 실재했던 역사의 한 부분임을 밝혀냈죠. 믿음이 과학이라는 수단을 빌려 역사적 사실로 다시 태어난 겁니다. 기독교에서 말해지는 이야기들도 누군가는 믿음을 가지고 사실인지 아닌지를 밝히려 노력해야 하지 않을까요? 그전에는 누구도 우습게 여기면 안 되죠.”

“그럴 수도 있겠네요. 그럼 목사님께서는 성경에 나오는 이야기들이 옛날이야기가 아니라 실제 일어난 역사적 사실일 수도 있다고 생각하세요?”

“네, 표현상의 문제는 있을 수 있겠죠. 고대 언어의 표현은 지금의 언어처럼 과학적이지 않았으니까요.”

“지난번에 수지로부터 목사님과 우주의 탄생과 생명체의 탄생에 대해 이야기를 나누었다고 들었어요. 저도 생물학 전공인데 목사님께서는 하나님께서 정말 인간만을 사랑하신다고 생각하세요?”

“하하하, 아닙니다.”

"그럼 모든 생명체를 똑같이 사랑하시나요?"

"아니지요."

"네? 그럼 뭔가요?"

"하나님은 모든 생명체를 사랑하세요. 그러나 모든 생명체 중 인간을 제일 사랑하세요."

"네?"

"저기 들판에서 돋아나는 풀잎 하나, 돌아다니는 강아지 한 마리, 그리고 여기서 이야기하는 우리들, 모두 하나님의 피조물이죠. 하나님의 창조는 하루아침에 뚝딱하고 만들어냈다는 의미가 아니라는 걸, 이제는 아시겠지요? 진화도 하나님의 질서 안에서 이루어지고 있는 것이죠. 하나님은 자신의 피조물들을 모두 사랑하세요. 그중에서 인간을 제일 사랑하세요. 너무너무 사랑하시죠. 모든 피조물은 인간을 위해 존재했던 거예요."

"인간을 위해서요?"

내내 김 목사와 최 교수의 이야기를 듣고 있던 유진이 갑자기 대화에 끼어들었다.

"저기 풀잎도, 강아지도 인간을 위해 존재한다고요?"

"지금까지 있었던 생명체의 역사가 오늘, 지금의 인간을 탄생시키기 위해서 존재했던 거야."

"네? 잘 모르겠어요."

"인간만이 그분의 형상을 지니고 있어."

"하나님은 인간만 자신의 모습과 비슷한 모습으로 만드셨다는 말씀인가요?"

우연의 자식들

"그렇지."

"인간이 뭐, 다른 생명체들과 다른 점이 있나요? 팔, 다리가 지금처럼 생겼고 직립보행한다는 점 빼고요."

"어, 많아. 그중에서도 오늘날의 인간이 다른 생명체와 확연히 다른 한 가지가 있어."

"그게 뭔가요?"

"지구상의 모든 생명체 중에서 오늘날의 인간만이 두 가지를 남겨."

"두 가지요?"

"유전자와 지식이지. 쉽게 말하면 자식과 지식이지."

김 목사는 단호한 표정으로 말했다. 그러자 상승이가 침묵을 깨고 놀랍다는 듯 물었다.

"자식과 지식요?"

"모든 생명체는 자신의 분신, 즉 자신의 유전자를 남기려고 해. 자신이 이 세상을 뜨고 난 후 자신의 유전자를 가진 누군가가 살아남기를 바라거든. 유전자는 우리 육신의 일부야. 아니 육신 그 자체지. 그 안에 자신이 어떻게 만들어져 있는지 말해주는 설계도가 들어 있으니까.

그리고 인간은 육신뿐만 아니라 후세에 남기고 싶어 하는 것이 또 있어. 지식이야. 자식은 부모가 살아 있는 동안 쌓은 지식을 배우기 시작해. 그리고 그 후부터는 스스로 개척하여 부모가 갖지 못한 지식 세계까지 가는 거야. 그리고 자신이 죽기 전에 쌓아놓은 지식을 후대에게 전달하지. 그렇게 세대가 지나가면서 지식이 계속 쌓여. 인간을 제외한 다른 어떤 생명체도 지식이나 문명을 남기지 않아. 오직 인간만이 지식을 남기기 위해 노력하고 자신을 희생하기까지 하지."

모두들 김 목사의 이야기를 들으며 침묵했다. 그들은 남들이 모르는 지식을 자신만이 알고 있다고 가정할 때 자신이 그것을 낚기기 위해 자신의 목숨까지 던질 각오가 되어 있는지 생각하고 있었다. 가능한 일 같았다. 국가를 위해서도 죽는 경우가 있는데 인류를 위해 죽는 것은 얼마든지 가능할 것 같았다. 동막골에 모인 이들 모두 김 목사의 말에 깊이 공감하기 시작했다.

다
양
성

"그럼 인간 외에 다른 생명체의 존재 가치는 무엇인가요? 인간이 번성하고 있는 지금 세상에서도 여러 종류의 생명체들이 필요할까요?"

자신의 유전자를 남기려는 인간의 본능에 대해 깊이 고민하던 수지가 진지하게 물었다.

"다양성이지. 만일 인간이 꼭 필요로 하는 동식물만 남기고 모두 없앤다고 생각해봐. 예를 들어 길에 피어 있는 꽃들과 나무들, 그리고 우리에게 단백질을 공급해주는 동물인 소, 돼지, 닭 등만 남기고 수천만 종의 생명체를 없앴다고 하자. 인간에게 무슨 불편한 점이 생길까?"

"글쎄요."

"인간이 멸종할 수 있어. 지금은 지구 탄생 이후로 엄청난 시간이 지났어. 그 기간동안 지구의 수많은 생명체들이 생태의 균형을 이루며 살아왔지. 이렇게 오랜 시간 동안 이루어진 균형점하에서는 낭비라고는 없다고 봐야 해. 모두 필요해서 존재하는 거야. 필요 없는 것은 도태되었다고 봐야 지. 자연은 엄청나게 효율적이야. 오히려 인간이 비효율적이지. 비효율적 인 일들 중에서 현재 세대에게는 박수를 받지만 미래 세대를 죽이는 경우 가 많거든. 아무튼 먹이사슬을 이루고 있는 자연의 생명체들은 어느 하나 불필요한 게 없다고 봐야 해."

"그렇군요."

"예를 들어 인간이 화성과 같은 다른 행성으로 이주한다고 상상해봐. 화 성을 인간이 살 수 있는 환경으로 만들려면 지구에 있는 많은 생명체가 필 요할 수 있어. 우리가 제일 하찮게 생각하는 세균도 그래. 균류의 극히 일 부인 뿌리혹박테리아 같은 것들 말이야."

"그런 세균들도 필요할까요?"

유진이 물었다.

"당연하지. 질소는 대기 구성에서 78%를 차지할 만큼 풍부하지만 기체 상태의 질소는 물에 녹지 않아서 식물들이 흡수할 수가 없지. 그래서 질소 분자를 암모늄이온이나 질산이온이라는 형태로 변환해야 해. 이 역할을 뿌 리혹박테리아나 아조토박토 같은 세균들이 하고 있어. 질화세균들에 의해 질산이온이 되면 식물들은 그걸 흡수해서 질소를 얻고, 아미노산이랑 핵 산 등을 만들 수 있어."

"그것들이 또 단백질이 되면 동물들이 흡수하는 거잖아요."

"응. 그리고 동물은 또 어떻게 할까? 소변이나 대변의 형태로 다시 질소 를 방출해. 그걸 또 다른 세균들이 질산이온의 형태로 분해하는 것이고, 이용되고 남은 질산이온들은 다시 탈질소세균들에 의해 대기 중에 질소 기체의 형태로 날아가지. 이렇게 생명체 유지에 무지무지하게 중요한 질소의 순환만 봐도, 세균들이 무시할 수 없는 핵심적인 역할을 한다는 걸 알수 있어. 내가 지구에서 인간이 주인공이라는 말을 할 때는 아주 조심스럽게 한정된 영역에서만 말하는 거야. 인간은 세균에게도 감사해야 해. 우리가 주연을 하고 있는 이유는 그들이 조연을 하고 있기 때문이야. 진화는 모놀로그가 아니야."

"지구상의 생명체들의 삶, 그들의 오랜 진화 과정은 결국 인간을 탄생시키기 위해 존재했다는 말씀이시죠? 그렇다면 인간이 모든 진화 과정의 마지막 꽃이군요."

김 목사의 이야기를 차분하게 듣고 있던 상승이가 말했다.

"그분이 인간을 가장 사랑하시니까. 지구의 역사만 놓고 봐도 45억 년이 흘렀어. 이 시간이 공짜일까? 시간이 우주 공간 속에서 무한한 자원인가? 무제한 주어지는 것인가? 인간이 보기에 엄청 짧게 보이는 시간도 절대 공짜는 없어. 빅뱅에서는 10의 43승분의 1초도 아주 의미 있는 시간인데 45억 년이 공짜겠어? 아울러 지구상의 모든 무생물들은 생물을 위해 존재했어."

"갈수록 헷갈리네요. 결국 김 목사님 말씀은 지구상의 모든 무생물은 생물을 위해 존재했다는 것인데 이게 말이 되나요?"

인류학을 전공하는 유진이가 이해할 수 없다는 듯 물었다.

"하하, 그렇지."

"그럼 생명체의 조상은 무생물이라는 말씀이에요?"

다양성

"당연하지. 인간이라는 생명체가 탄생하기까지 초기 생명체로부터 수십억 년이 흘러야 했잖아? 최초의 생명체가 나타나는 시점도 지구 탄생부터 대충 10억 년이 흘렀을 때야. 광합성을 하는 생명체는 대략 15억 년. 그렇다면 이런 고원핵생물과 같은 초기 생명체는 어디서 어떻게 탄생했을까? 무엇으로부터 만들어졌을까? 바로 무생물이야. 물, 공기, 돌, 먼지… 이런 것들로부터 만들어졌지."

"이해가 빠르지 않은 사람을 돌대가리라고 놀리곤 했는데 이제는 그 표현도 조심해야겠네요. 돌도 무생물이니 조상대가리라는 말이 되겠는데요?"

유진이가 웃으며 물었다.

"하하, 그럴 수도 있겠네. 어쨌든 지금은 어떠한 생명체가 되었든 자신의 종이 영속하려면 씨가 있어서 후대로 유전되든지, 아니면 자기 몸의 일부가 떨어져나간 후 또 다른 성체가 되는 식으로 유전된다고 말할 수 있는데, 생명체라는 것이 지구상에 생겼을 때 이러한 유전의 법칙을 넘어선 특이 현상이 있었는지는 앞으로 우리가 알아내야 할 거야. 유전을 가능하게 만든 최초의 생명체, 그것은 어떻게 만들어졌는지를 알아내야지. 바로 여기 있는 동막골 부대원들이 해줘야 할 임무지."

김 목사가 동막골 부대원들의 임무라는 말을 하자 모두가 수긍하면서도 웃음을 터뜨렸다.

"무생물에서 생물이 탄생하는 것과 같은 현상을 생각해봐. 단백질 같은 성분들 중에서 하나만 골라 분자식만 살펴봐도 엄청 복잡할걸? 어떤 성분들이 조합을 이루고, 또 무엇이 되었는지를 보면 경이롭지 않니? 그러나 그러한 성분이나 분자식도 처음부터 그렇게 있었을까?"

"처음부터 그렇게 되진 않았겠죠."

"맞아. 모두 만들어진 거야. 수억 년에 걸쳐서. 인간이 동물로부터 나뉘어져 탄생하는 데 수백만 년이 걸렸다면 수천만 년도 아니고 수억 년이 걸려서 만들어진 화합물들은 아무리 간단한 구조라고 해도 절대 가볍게 생각할 수 없어. 엄청난 작품들이야. 광합성작용만 해도 세포, 분자, 원자, 아원자의 레벨로 들어가봐. 어느 정도로 정교한 메커니즘인지."

"말씀이 맞는 것 같네요. 지구상의 모든 생명체는 세포로 이루어져 있고, 세포는 단백질로 이루어져 있으며, 단백질은 20개의 아미노산이 조합을 이루어 만들어져 있고, 아미노산은 결국 수소, 탄소, 질소, 산소 등으로 이루어져 있죠. 이들 원소들은 생명체 이전부터 존재했으니까 생명체는 이들의 조합으로 나중에 만들어진 것이 맞습니다. 사람이 우주 먼지(stardust)로부터 만들어졌다는 말이 있거든요. 사실은 모든 생명체들이 우주의 별을 이루는 물질들로부터 만들어진 것이겠죠."

최 교수가 김 목사에게 공감하며 말했다.

"그렇죠. 그러니 세상에 공짜는 없는 거죠. 아무리 작은 것도요. 인류의 숙적으로 알려진 바이러스처럼 생물과 무생물의 중간 영역에 있는 존재들에게도 감사해야 하죠. 그들이 무생물에서 생물로 전환되던 우리 조상들에게 하나의 다리 역할을 했을 테니까요. 지금도 각종 난치병 치료의 원리에 응용되고 있는 그들은 인류의 과거이자 인류의 미래에요. 어쨌든 그 수많은 세월을 기다려 생명체가 탄생하고, 또 상상하기조차 힘든 시간이 지나 인간이 만들어진 것이니, 창조주 하나님은 얼마나 오랜 기간을 기다리신 걸까요? 그리고 인간이 나오기까지 얼마나 많은 무생물과 생물들이 희생 또는 소요가 되었을까요?"

"인간이 이 모든 진화의 마지막 생성물이고 그 모든 과정이 공짜가 아니라는 말씀이지요?"

"네, 그렇기 때문에 우리는 우리 주변의 모든 생명체들에게 감사하며 살아야 해요. 당장 이들이 없으면 우리도 없다는 현실적인 이유 말고도, 감사해야 할 이유가 너무 많죠. 주변에서 흔히 볼 수 있는 반려동물이라든지 식용육을 제공하는 동물들에게도 예의를 갖추어야 한다고 봅니다. 이것이 인간된 도리라고 생각해요."

●
중
간
창
조
주

　　　　"인간이 진화의 마지막 생성물이라는
말은 이제 더 이상 진화는 없다는 말씀이신가요?"

　최 교수가 물었다.

　"그런 것은 아니고 각 생물체들은 계속 변화하는 환경에 맞추어 진화
를 하고 있지만 인간을 넘어서는 새롭고 우월한 종류의 생명체는 자연적
으로는 더 이상 나오지 않는다는 말이죠. 그리고 이제부터 생성되는 것은
아마도 신이 만드는 것보다 인간이 창조하는 것들이 많을 거예요. 그러면
인간이 이제 진정한 창조주와 피창조물의 중간쯤 되는 창조자 역할을 해
야 하는 거죠."

　"중간창조주라…."

　"음악, 미술, 자동차, 냉장고, 우주선, 컴퓨터, 로봇, 인공지능 등에는 인
간이 창조주인 셈이죠. 이제는 인간이 크리스퍼(CRISPR. 유전자가위라고도

불리며 유전자 편집 기능을 가진 효소로, 박테리아나 고세균 내에 있는 DNA 연속 구조의 한 종류)와 같은 기술로 유전자를 조작하여 새로운 생명체들을 만들어낼 수도 있잖아요. 이렇게 탄생한 생명체들에게도 인간이 창조주가 되는 겁니다. 하나님은 인간을 중간창조자로 위임하고 계시는 중이에요."

"인간을 본인의 대리인처럼 사용하실 예정이라는 것인가요?"

"네, 창조주를 조금이라도 대리할 수 있는 능력은 인간밖에 없어요. 누군가의 대리를 한다는 것은 남에게 시키는 능력으로 발전하게 되어 있어요. 처음에는 시키는 일을 자신이 직접 다 하지만 일이 복잡해지면 자신이 모든 것을 다 할 수가 없죠. 그럼 일을 시킨 사람과 자신의 관계를 자신의 아래에도 복사하여 붙여넣기(Copy and Paste)를 할 수밖에 없어요. 이런 능력은 인간만이 갖고 있습니다."

"하지만 인간 외에도 고도의 조직화된 벌과 같은 동물 사회에서는 각기 하는 일이 분담되어 있잖아요? 여왕벌, 일벌, 병정벌처럼요."

수지가 말했다.

"맞아. 동물들 중에 그러한 조직을 운영하는 동물들이 있지. 동물들의 진화 과정을 한번 볼까? 최초의 동물 생명체는 어떻게 생겼을까? 아주 작고 간단한 세포와 같은 생명체였겠지. 이러한 생명체에게 복제 능력이 처음으로 갖추어졌을 거야. 어쩌면 그전에 무기물들이 결합하여 자신의 구조와 동일한 구조를 가진 자신의 복제품을 또 하나 만들어냈던 일, 그래서 생명체라는 호칭을 받게 된 일이 지구상의 생명체 탄생부터 오늘까지 있었던 수많은 이벤트들 중에서 가장 중요한 이벤트라고 할 수 있지. 우리 인간의 몸에서는 정자와 난자가 제일 중요한 기관이라고 말할 수 있어. 자신이 남보다 우월하고 잘사는 것보다 죽은 다음에 자신과 같은 존재, 즉 자식을 남길 수 있는 것이 훨씬 더 중요하니까. 그렇지 않다면 인간은 벌써 멸종했을 것이야."

"그렇죠. 하물며 하루살이도 유충으로 오랜 기간 지내다가 성충이 되어 하루나 이틀 동안 짧은 목숨을 부지하면서도 번식에 온 힘을 기울이니까요."

"잘 알고 있구나. 최 교수님이 누구보다도 전문가이시겠지만 생명체의 복제도 처음에는 RNA가 역할을 담당하지 않았을까? 그러다가 그 구조를 이루는 성분 중 산소 하나가 떨어져 나가고 이중나선구조로 이루어진 DNA가 그 역할을 맡게 된 거야. 돌연변이 발생 확률이 천 배 정도 높은 RNA가 초기 생명체에게 다양성을 부여하는 데 공을 세우고, 그 이후 돌연변이보다는 안정된, 에러 없는 복제가 중요한 시기가 되면서 DNA의 구조가 확립되었을 거라고 생각해."

"많은 생각을 하셨군요. 과학도인 저희들보다 더 깊이."

수지가 말했다.

"하하하, 그런가?"

"네, 나름의 철학도 있으시고요."

"고마워! 하하. 어쨌든 생명체에 복제 능력이 갖추어졌다면 그다음에는 생존을 위해 영양분을 흡수할 수 있는 기관 같은 것을 필요로 했을 거야. 사람으로 말하면 입, 위, 장 같은 소화기관 같은 거. 그다음에는 먹을 것을 적극적으로 찾아 나서거나, 포식자나 나쁜 환경으로부터 도망가기 위해 몸뚱이를 움직일 수 있는 팔, 다리, 지느러미 같은 기관이 만들어졌겠지. 또 그

다음엔 환경을 가장 민감하게 감지하는 피부 감각세포라든지 귀, 눈 같은 기관들이 만들어졌을 거라고 생각해. 그럼 마지막은 뭘까?"

"뇌겠죠."

"빙고! 주변 정보를 모두 수집하여 어떤 행동으로 옮길지를 분석하는 뇌가 만들어졌겠지. 이렇게 오랜 동안 만들어진 몸의 기관들은 나라는 존재의 생존을 위해 서로가 그 역할을 위임받은 거야. 뛰는 일은 다리가, 먹는 일은 입이, 생각은 뇌가 위임받아 대신 일하게 됐지. 하지만 이러한 기관들은 각각 자신의 역할만 하고, 해당 생명체의 몸 안에서만 일어나. 아까 유진이가 말한 벌과 같은 생명체들은 자신의 몸 내부에서만이 아니라 몸 밖에서도 다른 개체들과 역할을 분화시켰지만 이 역시 맡은 일이 딱 한두 가지이고 육체적 생존과 번식이라는 목적만 바라보고 있지."

"그럼 인간은요? 생존을 위해 사는 것은 인간도 마찬가지 아닌가요?"

"인간은 그렇지 않아. 인간은 자신의 몸 밖에서 다른 사람들과의 분업도 매우 복잡하게 되어 있어. 또 육체적 생존이라는 하나의 목표뿐만 아니라 수없이 많은 목표를 갖고 있지. 이를 달성하기 위해 서로 단결과 협동을 하거나 때로 전쟁도 불사해. 자신의 몸을 위해서만이 아니라 지켜야 할 정신적 유산, 가치 등을 위해 몸을 던지지. 아울러 자기는 가만히 있으면서 남에게 자신의 일을 맡기려고 하는 동물은 없어. 기생동물과 같이 자신이 가만히 있는 경우는 남의 노력의 일부를 가로채기에, 즉 생존에 더 도움이 되기 때문에 그러는 것뿐이야. 그런데 신기하게도 인간은 지배욕이 있어. 자신이 할 일을 남에게 미루고 자신은 쉬든지 아니면 머리를 쓰는 곳에 시간을 쓰고 싶어 해. 아까 말한 조직력을 갖춘 다른 동물들도 다른 집단을 쳐

들어가고 지배하려 하지만 영토나 먹이 때문에 그러는 거지 자기가 할 일을 다른 집단의 개체에게 맡기려고 하는 게 아니야. 벌을 줄 수 있는 시스템이나 차별화된 기술을 갖고 있지 않아서 그래."

"차별화된 기술이요?"

"인간은 도구를 쓰잖아. 자신의 약한 육체를 보완하기 위해서라는 의미가 첫째이겠지만 그 도구에 쓰이는 기술의 차이로 인해 같은 인간 사회 속에서 누구는 놀고, 누구는 일을 해야 하는 지배의 구조가 만들어지거든. 석기를 쓰는 민족은 청동기를 쓰는 민족에게 지배당하고 청동기를 쓰는 민족은 철기를 쓰는 민족에게 지배당하지. 말을 타는 민족은 탱크를 타는 민족에게, 탱크를 타는 민족은 비행기를 타는 민족에게 지배당하고. 도구 사용의 시작은 지식이 중요하다는 교훈을 남겼음은 물론, 새로운 지식을 개척하고 그것을 받아들이는 스피드가 누가 누구를 지배하는가에 중요 요소가 된다는 교훈을 남겼지."

"그럼 벌을 줄 수 있는 시스템이라는 것은 어떤 의미예요?"

"일을 해야 하는 사람들이 그냥 시키는 대로 일을 할까? 자신이 그 일을 해야 한다는 명분을 이해하고 있어야 해. 그래서 일을 맡기는 지배자는 피지배자의 생사여탈권을 사회적 시스템으로 갖고 있었을 뿐만 아니라, 정신적으로도 피지배자를 지배하기 위한 어떤 정신세계를 고도로 발달시켰지. 과거의 신분제도 같은 것이 그런 것의 일종이지. 이런 생명체는 인간밖에 없어. 단순히 노동이나 전쟁만이 아니라 미술은 미술인에게, 음악은 음악인에게, 과학은 과학자들에게 대리를 시켰기 때문에 문명을 세우는 일이 가능해진 거야. 이것이 인간 분업의 힘이지. 오늘날까지 이렇게 인간은 발전해왔고 혁혁한 성과를 거두었어. 하지만 아직도 가야 할 길은 멀지.”

“네, 그렇죠. 갈 길이 멀죠. 언젠가는 인간의 능력이 증대되어 지구에 남거나 지구를 떠날 수 있는 선택을 할 수 있는 날도 오겠죠?”

최 교수가 김 목사를 향해 물었다.

“그렇게 인류가 발전하는 것을 하나님도 기다리고 계세요. 부모가 자식의 성장을 기다리듯이요. 우리는 이러한 뜻을 이해한 상태에서 과학을 발전시켜야 해요. 아까 제가 이야기했듯이 인간은 유전자를 조작해서 원하는 생명체나 조직도 만들어낼 수 있는 수준의 능력을 보유하고 있어요. 더 발전시켜나갈 거고요. 하지만 효율성과 균형을 최대로 유지하려는 노력이 필요합니다. 문명의 발전과 삶의 편리가 우리의 도전정신까지 갉아먹지 않도록 사회와 환경을 구축하면서 살아야 해요. 그렇지 않으면 편협하고 부분적이면서 오만한 미완성의 지식으로 말미암아 스스로를 파멸의 길로 이끌 수도 있어요.”

“목사님의 말씀을 들으니 공부가 될 뿐만 아니라 나를 둘러싼 환경과 역사를 살피면서 그 안에 있는 나의 존재와 가치에 대해 다시 생각해보게 됩니다.”

유진이가 말했다.

“그거지. 신앙의 목적은 그거야. ‘생각’해보라는 거. 무엇을, 왜 믿는지에 대한 확신이나 단정은 두 번째야. 일단 생각을 해서 정말로 내 마음속에 의심이 없어야 해. 생각 없는 믿음은 맹신이고 맹신은 인류를 파멸로 인도할 뿐이야. 용기와 끈기는 현자만이 가져야 해. 무식자가 용기와 끈기를 가지고 잘못된 줄도 모른 채 계속 그 방향으로 달리면 죽음만이 기다리지. 신자도 마찬가지야. 전염병이 마을에 돌고 있는데 예배당에 모여 살려달라고 기도만 하면 되겠어? 그건 모두 빨리 죽자는 소리나 마찬가지야. 하나님께서 기도를 받기 위해 전염병이 창궐하는 마을의 인간들이 한곳에 모이기를 바라시겠니? 항상 방향이 먼저야. 그다음에 근면성실이지. 맨날 노는 것 같아도 방향을 잘 잡는 사람이 리더가 되어야지, 방향은 모른 채 근면 성실하다며 리더가 되려고 악악거리면 그건 정말 막아야 해. 결론적으로 말해서 생각 있는 사람들이 더욱 믿음을 가져야 해. 그래야 인류가 우주의 시대를 올바르게 준비할 수 있어."

"대개 생각 있는 사람들은 의심도 많아서 종교나 믿음은 비과학의 영역으로 치부하고 비웃을 것 같은데요?"

"그렇게 되지 않도록 하는 게 우리 같은 사람들의 사명이지. 과학적인 사람들이 의심과 동시에 믿음을 가질 수 있게."

"저는 아직 잘은 모르겠지만, 좀 새로운 시각을 갖게 되는 것 같아요."

상승이 고개를 갸웃거리며 말했다.

"그래. 우리 모두 같이 생각해보자. 오늘은 시간이 많이 지났으니 마지막 건배를 할까?"

"네, 다 함께 믿음을 위해, 인류의 발전을 위해, 문명의 진보를 위해, 목사님을 위해 브라보!!"

최 교수가 기분 좋게 술잔을 들어 외쳤다. 모두들 열띤 토론에 빠져 시간의 흐름도 잊고 있었다.

중간창조주

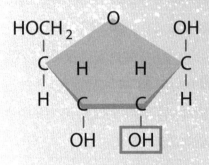

Ribose from RNA

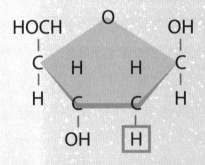

Deoxyribose from DNA

할
머
니
의

지
혜

반인구와 장달삼은 지난번 홍 목사와
의 만남에서 일어난 일들에 대해 머리를 맞대고 논의하고 있었다. 대화가
어디까지 진행되었고, 앞으로 어떻게 해야 할지도 궁리했다.

장달삼과 똘마니들은 자신들의 뜻을 홍 목사에게 충분히 전달했다고 생
각했다. 모든 일은 그들의 계략대로 차근차근 진행되었고, 홍 목사와 김 목
사만 무너뜨리면 교회 부지가 자신들의 것이 될 것으로 믿고 있었다. 이제
는 반인구가 나설 차례였다.

반인구는 홍 목사에게 전화했고, 홍 목사는 이번이 마지막이라며 만나
주겠다고 했다. 이 만남을 끝으로 반인구의 악행이 더 이어지지 않도록 마
무리 짓겠다는 각오를 단단히 하고 있었다.

드디어 그날 저녁, 반인구와 장달삼이 똘마니 10여 명을 데리고 교회로

왔다. 그들 중 일부는 야구방망이를 들고 있었다. 신도들이 모두 집으로 귀가한 교회는 어둡고 조용했으며, 위압적인 모습으로 교회로 진입하는 이들에게 무방비 상태였다.

홍 목사는 홀로 이들을 맞이했다. 교회의 문제로 신도나 김 목사가 개입하여 피해 입는 일을 막기 위해서였다. 그는 반인구와 장달삼 일행을 기도실로 안내했다.

"어이고 목사님, 오랜만에 뵙겠습니다. 그간 건강하셨죠?"

"덕분에. 오늘은 또 무슨 말씀을 하시려고 국회의원 나리께서 오셨습니까?"

서로를 반가워하지 않는 것은 두 사람 다 마찬가지였다.

"그나저나 오늘은 웬 덩치 큰 친구들까지 동행했나요?"

"예~, 저에 대한 존경심이 가득한 동생들입니다. 제가 화를 내면 얘들은 폭발하죠."

"이곳은 교회니까 화날 일이 없을 겁니다."

"그런가요? 근데 저는 벌써 화가 올라오는 느낌입니다만."

"용건이 있어 온 것 아닙니까? 말을 하기도 전에 벌써 화가 납니까?"

"목사님~, 목사님~, 나의 목사님. 잘 아시면서 왜 그러시죠? 이제 고집 그만 피우세요. 그리고 교회를 다른 곳으로 이전시킬 준비나 하세요. 좋아요! 이전에 드는 비용은 제가 드리죠!"

"지난번에 말씀드리지 않았나요? 저는 제일교회의 역사 속에서 교회의 사명을 짊어지고 오늘을 사는 사람일 뿐입니다. 그걸 저버리고 인간의 이해관계에 따라 이리 가고 저리 가고 할 수는 없어요. 이것은 하나님과의 약속입니다"

"이제 아주 본격적으로 화를 돋우시는군. 이봐요, 목사님. 그런 고리타 분한 생각이 요즘 세상에 어울린다고 생각하시오? 나와 많은 사람들은 이제 교회가 필요 없다고 생각합니다. 현대 사회에 무슨 종교가 필요해요. 종교가 대체 뭘 해줍니까? 정신력 약한 사람들이 고작 노래나 부르면서 서로 위로해주는 거죠."

"종교는 위로받고 싶은 일이 있을 때나 없을 때나 모두가 가져야 할 참다운 가치를 함께 공유하며, 그 가치에 믿음을 가지는 거예요. 반 의원이 종교를 가질 필요가 있을 때와 없을 때를 판단하는 것은 도리에 맞지 않아요."

"말귀를 못 알아들으시네. 이러니 모두들 화를 내는 겁니다."

반인구가 뒤를 돌아보며 장달삼과 똘마니들을 향해 눈짓을 하고 고개를 까딱였다. 그가 보내는 신호였다. 그러자 뒤에 있던 똘마니들이 알아들었다는 듯 야구방망이를 휘두르기 시작했다.

"정말 이 늙다리 목사님이 말귀를 못 알아먹네. 예로부터 말귀를 못 알아들으면 매로 다스려야 한다던데!"

교회에 온 그들의 입에서 기도가 아닌 욕설과 협박이 튀어나왔다. 그들은 야구방망이로 기도당에 있는 비품들을 사정없이 내리쳤다. 벽에 세워져 있는 예수 십자가상도 그들의 폭력을 피할 수 없었다. 십자가의 중간, 예수의 허리 부분이 부서져 상반신이 꺾이며 땅바닥으로 고꾸라졌다. 홍목사가 예수님의 말씀을 전하기 위해 서던 강대상도, 또 그 말씀을 듣기 위해 교인들이 앉던 의자들도… 모두 똘마니들의 행패로 바닥에 나뒹굴었다.

"이게 도대체 무슨 짓들이오!"

지켜보던 홍 목사가 다급하게 외쳤다.

"하나님의 계획이요? 그 따위 계획은 없어요. 오직 나의 계획만 있지. 쳇!"

"반 의원의 계획이야말로 이 교회에는 필요 없소. 이곳엔 믿음을 가진 이들이 성전으로 사용한다는 하나님의 계획만이 있을 수 있소!"

"아니죠. 이 좋은 땅과 부지에서 기도나 하고 노래나 부르자는 게 하나님의 계획이라고? 30층짜리 최고급 주상복합 건물을 올리자는 내 계획이 훨씬 더 효용 가치가 높은 게 아닐까요? 높이가 높아지면 하늘과 더 가까워지는 것이니까 하나님도 좋아하시겠네? 으하하하"

"주상복합 건물을 세운다고? 평당 가격이 다락같이 높아질 텐데? 반 의원이 시장 상인들에게 한 약속이 뭐요? 임시로 와서 장사를 할 수 있게 해준다더니 그게 아니고 교회를 일단 밀어내면 거대한 건물을 지을 생각이었군요! 상인들이 자신의 공간을 가지고 나물이나 과일 장사를 할 수 있게 해주겠다는 약속은 대체 뭡니까?"

"상인들? 약속? 자기 교회 부서지고 있는 마당에 뭘 또 상인들까지 걱정하시나? 가진 것 하나 없는 가난뱅이들이 내 천당 같은 건물에 들어올 수 있겠소? 게다가 내 건물에서 나물장사요? 푸하하하. 그들은 발도 못 들여놓아요! 목사님이라면 최소한 세상이 어떻게 돌아가는지 알아야 하는 것 아닌가? 그래야 신도들을 천당으로 인도하지! 쯧쯧. 이제는 아무도 목사님의 말을 믿지 않아요. 나의 동생들과 아삼육이 된 상인들에게 교회를 그냥 놔두라고 해보세요. 그들이 아니, 이 세상이 누구를 믿나. 우하하하하."

"으으으… 이런 못된 사람 같으니라고."

"얘들아. 오늘은 이만 가자! 목사님, 우리가 간다고 너무 안심하지는 마

우연의 자식들

202

시오. 다음에는 화가 끝까지 난 상인들이 와서 모조리 부숴줄 거니까."

"다시는 오지 마시오! 악마 같은 인간이라고."

반인구와 똘마니들은 쓰러진 교회 교구들과 장식품들을 발로 차면서 사라졌다.

홍 목사는 반으로 꺾인 십자가 앞으로 다가갔다. 그것을 들어올리며 똑바로 세우려고 했지만, 혼자만의 힘으로는 역부족이었다. 그는 어쩔 수 없이 그것을 어깨에 짊어져 끌다시피 하면서 겨우 벽에 세우기만 했다. 그 모습은 마치 예수가 골고다언덕에서 십자가를 짊어졌던 때와 똑같았다. 십자가를 바로 세운 그는 조용히 두 손을 모으며 무릎을 꿇고 눈을 감았다.

"하나님 아버지, 저희 제일교회를 보호해주시고, 무엇보다도 악마들에게 속아 자신들이 무엇을 하고 있는지 모르는, 지금의 삶의 터전마저 빼앗기게 될 상인들을 보살펴주시옵소서. 예수 그리스도의 이름으로 기도드립니다. 아멘."

홍 목사의 얼굴은 악행을 일삼는 이들에게 굴복당하지 않으려는 의지로 결연했다. 그러나 악마 같은 인간들에게 이용만 당하고 있는 재래시장의 상인들을 떠올리자 안타깝고 불쌍하다는 생각에 조용히 고개를 좌우로 흔들었다. 한참을 홀로 기도하던 그가 사라진 기도당은 전쟁이 남긴 폐허, 그 자체였다. 그리고 적막이 흘렀다.

"모두 이제 나오세요."

홍 목사가 사라진 얼마 후, 어디선가 한 여인의 목소리가 들려왔다. 차나 음료를 준비해 들어올 수 있도록 만들어진 기도당 뒤편의 작은 공간이었다. 어둠 속에서 웬 할머니가 먼저 기도당으로 나오더니 그 작은 공간에서 하나 둘씩 여러 사람들이 줄지어 나왔다.

조심스럽게 움직이는 사람의 그림자는 훌쩍거리는 낮은 울음소리와 함께 어둑한 교회당 안에 하나 둘 모여들었다.

"자, 이제 그만 울고. 조용히 여길 치웁시다."

예전에 기도실에서 기리와 수지에게 차와 카스텔라를 대접했던 할머니가 슬프지만 냉정한 얼굴로 사람들을 향해 말했다. 그들 모두 지금까지 반 의원과 홍 목사 간의 대화를 듣고 있었다. 그리고 일부는 예수의 십자가상 앞으로 가서 예수의 발에 입을 맞추었다.

사람들은 어지럽혀진 기도당 내부를 슬픈 얼굴로 두리번거리더니 정리 작업을 하러 나온 인부들처럼 조직적으로 움직이기 시작했다. 소리는 나 지 않았지만, 그들의 눈에선 뜨거운 눈물이 흘러내렸고, 가슴 가득 교회를 지키고자 하는 의지가 샘물처럼 솟아났다.

•

고
백

이기리의 박사 논문이 통과되었다. 그
동안의 노력이 비로소 박사학위를 받으며 성과를 본 것이다. 또한 성세대
학교로부터 조교수 오퍼를 받았다. 그의 학문적 깊이와 논문의 가치가 학
계에서 충분히 인정받을 만큼 훌륭했기에 가능했다.

기리는 먼저 아버지에게 전화해서 기쁜 소식을 알렸다. 아버지는 박사
학위와 더불어 교수로 바로 임용된 것에 너무나도 기뻐했다. 기리는 아버
지의 소망을 이루어준 셈이었다.

자신의 일도 아닌데 진심으로 기뻐한 사람이 한 명 더 있었다. 박수지다.
기리는 수지와 미래를 함께하고 싶었다. 그러려면 양가의 허락을 받아야
한다. 다만 그녀와의 관계를 허락해줄 그녀의 아버지가 병환 중인데다 엄
마와는 연락이 묘연했으므로 난처한 입장이었다.

"오빠, 박사학위도 취득하고 교수도 됐는데 아빠에게 인사 한번 드리

러 가자."

"그래, 이사장님이신 너희 아버님에게 인사를 드리는 것이 예의지. 내겐 행운이기도 하고. 너를 만난 건 기적이고."

"기적? 행운이 아니고? 행운보다 기적이라고 말하는 것이 훨씬 더 듣기 좋네. 종교적인 냄새가 밴 것 같기도 하고. 목사님과 가까워지다 보니까 우리도 모르게 그렇게 된 것일까?"

"그러니까 말이야. 목사님 말씀을 들으면서 나도 어디까지가 우연이고 어디까지가 필연인지, 무엇까지 감사해야 할 일이고 무엇까지가 그냥 지나갈 일인지, 그리고 그 판단은 각자 갖고 있는 지식 수준에 따라 달라지는 것인지 헷갈리기 시작했어."

"어쩌면 우리의 만남은 만남 이후로 어떻게 되느냐에 달려 있는 것 같아. 사람들은 누구와 만나서 일이 잘 풀리면 행운이었다고 하고 일이 틀어지면 악운이었다고 하잖아. 만남 후에 이루어진 결과를 반영한 평가지. 그렇게 보면 미래가 과거를 결정하는 것이 되네. 갑자기 나도 혼란스러워지네. 미래, 현재, 과거가 하나의 선으로 연결되어 있어서 한쪽 끝을 흔들면 다른 한쪽도 흔들리는 것 같은 느낌이 들어. 시간도 초월이 될까?"

"음… 그럴지도… 이론적으로는 시간도 앞뒤로 왔다 갔다 할 수 있는데 현실은 불가능하지. 시간 자체는 몰라도 네 말과 마찬가지로 시간에 대한 해석은 시간을 초월한다고 봐야겠지."

어느덧 두 사람은 박 이사장의 병실에 도착했다. 병실에선 김 목사가 박 이사장과 이야기를 나누고 있었다. 박 이사장은 김 목사와 부쩍 가까워져 있었다. 살 날이 얼마 남지 않았다는 절박감과 슬픔에 젖어 있던 박 이사장은 김 목사를 만난 후, 몸은 힘들어도 정신은 다시 살아나는 듯한 느낌을 받았다.

김 목사는 박 이사장에게 성경 속 이야기나, 교회의 일, 세상 돌아가는 일 등 많은 이야기를 재미있게 전달했다. 박 이사장은 그런 그에게 약소한 헌금이라며 물질적으로 감사함을 표시하기도 했다.

"아빠, 저 왔어요. 어머, 김 목사님도 계셨네요."

수지가 먼저 반갑게 인사를 건넸다.

"수지 안녕? 기리도 같이 왔네?"

기리도 허리를 숙이며 예의 바르게 인사를 올렸다. 김 목사는 기리와 수지가 보통 사이가 아니라는 것을 알고 있었다. 그는 빙긋 웃으며 두 사람을 맞이했다.

"어, 그래. 기리군, 수지로부터 이야기 많이 들었네. 이번에 박사학위 통과했다지?"

이사장도 수지와 같이 온 기리에게 상당한 흥미를 보였다. 그는 꼼꼼하게 살피며 기리와 수지를 번갈아 바라보았다.

"네, 덕분입니다. 그리고 성세대학 조교수로도 임용됐습니다. 여러모로 감사드립니다."

"허허, 내가 한 것은 아무것도 없어. 기리군의 학문적 성과가 뛰어나다는 이야기를 여기저기서 들었네."

"어여삐 봐주시니 감사합니다."

"내 딸을 좋아하나?"

"예엣?"

기리는 갑작스러운 물음에 당황했다. 자신의 고용주가 된 이사장이 먼저 그런 말을 할 줄은 상상도 못했기 때문이다. 물론 그는 수지의 반려자가 되어 삶을 함께하는 모습을 상상해보곤 했었다. 그러나 그것은 어디까지나 그 혼자만의 상상이었고 그 상상 속에 연인의 아버지이자 자신의 고용주인 박 이사장은 등장하지 않았다.

"왜 놀라나? 좋아하지도 않는데 왜 붙어다니나?"

"하하, 갑자기 물으셔서 당황했습니다. 솔직히 좋아하고는 있습니다."

"좋아하고는 있다? 또 다른 뭔가가 있다는 말인가?"

"몸도 편치 않으신 이사장님께 어떻게 말씀드려야 할지, 계속 고민하고 있었습니다."

기리는 얼굴 표정을 달리하며 진지한 모습으로 이사장에게 이야기하기 시작했다.

"어여쁜 외동딸 수지에게 기대하시는 것이 얼마나 클지 짐작하고 있습니다. 그중에서도 수지의 남자친구, 나아가 미래의 신랑감 즉, 사위에 대한 기대나 염려가 제일 크실 겁니다. 그에 비하면 저는 처해 있는 환경이나, 어쩌면 이사장님께서 중요하게 여기고 계실 여러 기준에 미치지 못하는 것 같아 망설였습니다. 지금 병환 중이신 이사장님께 충격만 안겨드리는 게 아닌지…."

"내 기준이 뭐라고 생각하는가?"

"예? 그, 글쎄요. 그냥 사람들이 말하는 그런… 여러 조건 같은 것이 아닐까요?"

"그렇게 생각하나? 자네는 그냥 내 학교의 조교수이고, 수지는 이사장의 딸이라서? 나도 결혼했지만 인생의 가치가 다른 사람과 오래 해로하지는 못했네. 나의 기준은 딱 하나일세."

"딱 하나요?"

"자네에게 그 딱 한 가지가 있는지 모르겠군."

기리는 잠시 생각에 잠겼다. 그리고 그 하나가 무엇을 의미하는 것일까 골똘히 생각했다. 하지만 아무리 생각해도, 박 이사장이 만족할 그 한 가지는 자신에게 없는 것 같았다. 능력일까? 마음일까? 가정환경일까? 경제적 풍요로움일까? 학벌일까?… 기리는 헷갈렸다.

"딱히 이사장님께서 만족하실 만한 것은 아직 제게 없습니다. 그래서 마음에 들지 않으실지도 모릅니다. 하지만 저는 그 누구보다도 수지를 사랑하고 있습니다. 그 사랑을 지키면서 수지와 오래도록 함께하고 싶습니다!"

"허허허. 이제야 내 앞에 누군가가 서 있는 것이 보이네. 그 사랑이 내가 원하는 딱 한 가지일세. 그걸 꺼내는 데 뭘 그리 망설이나? 남자는 눈치 보며 살면 안 되네. 자신의 철학을 갖고 그 철학에 맞추어 자신의 삶을 살아야지. 물론 여자도 그래야 하지만. 참, 이제는 이 교수라고 불러야 하나?"

"아직 좀 어색합니다. 익숙하지 않아서요."

"천체물리학 같은 학문은 돈으로 따질 수 없는 중요한 학문이네. 인간이 어디서 왔고 어디로 가야 할지에 대한 이정표를 제공한다는 점에서 너무 중요한 학문이지. 요새 관심 있는 분야가 뭔가?"

"최근에는 암흑물질에 대해 살펴보고 있습니다."

"암흑물질이라…, 노벨상 자신 있나?"

"예? 노벨상이요?"

"왜 놀라나? 노벨상에 도전하고자 하는 정신도 없이 내 학교의 교수가 되려고 했나?"

"그런 것은 절대 아닙니다만 암흑물질을 제대로 연구하려면 아직 우리 대학의 시설이나 장비가…."

"떽! 뜻이 없는 건가, 길이 없는 건가?"

"죄송합니다. 외국에 나가서도 하려면 할 수는 있지요."

"노벨상 자체가 중요한 것은 아닐세. 외국에 나가라는 말도 아닐세. 내가 원하는 것은 국제 학문 세계에서 남들에게 뒤지지 말라는 것일세. 박사학위나 교수도 끝이 아닐세. 테뉴어도 끝이 아니지. 그것들은 모두 시작이네. 부디 우리의 학문 수준을 끌어올리고 남들이 개척하지 못했던 영역을 먼저 개척하길 바라네. 맨날 남의 것 보고 듣고 와서 국내 학계에서 아는 척하며 다니지 말고. 우리는 전달자들이 아닐세. 우리도 창조와 발견과 증명의 대열에 합류해야 하네. 그 외는 아무것도 의미 없네. 우리는 지적 호기심이 마르지 말아야 하고 진리 탐구를 중단하지 말아야 하네. 오직 그것일세. 그것 말고 다른 이유로 교수가 되었다면 지금 바로 교수 자리를 내놓게."

"네! 이사장님 말씀을 명심하겠습니다!"

창세기의 과학

아버지와 기리를 지켜보며 수지는 가슴이 벅차올랐다. 지금 여기에 있는 두 남자 중 한 사람은 자신과 지나온 시간을 함께했고, 또 한 사람은 앞으로의 미래를 함께 할 남자였다. 자신이 사랑하는 남자와의 교제를 기꺼이 허락해준 아버지와의 시간이 얼마나 허락될지는 하늘만이 알고 계실 일이다. 하지만 기리와 함께 그 시간을 소중하게 아끼며 진정한 가족을 이룰 것이라는 꿈을 꾸고 있었다.

"아빠, 근데 요새 저와 기리 오빠는 시험에 들고 있어요."

"시험에 들다니? 시험 다 끝나지 않았니? 교수도 시험 보니?"

"그게 아니고요. 유혹과 갈등에 빠졌다고요."

"이 교수의 학문 세계에 누가 도전을 했다는 말이니?"

"그건 아니고요. 지난번에 목사님이 진화론과 창조론에 대해 말씀하셔서 지금까지 생각해본 적이 없는 것들을 돌아보게 되었어요. 그래서 그런

211

지 조금 혼란스럽기도 하고요."

이사장은 웃으며 고개를 끄덕였다. 수지가 느끼고 있는 것을 자신도 경험하고 있었기 때문이다.

"저는 그냥 성경의 이야기를 말씀드린 것뿐이었는데요, 하하."

김 목사가 크게 웃으며 말했다.

"그러니까 그것이 더욱 헷갈려요. 우리는 첨단의 학문을 배우고 있는데 목사님은 수천 년 전에 쓰인 성경에 그러한 이야기가 있다고 하시니까요. 과학이 존재하지 않았던 고대에 그런 이야기를 누군가가 할 수 있었다는 사실이 믿기지 않아요. 그냥 사람들이 이야기한 전설, 설화, 옛날이야기 등을 모아놓았다고 생각했는데요."

이번에는 기리가 나섰다. 그의 말에 수지도 고개를 끄덕였고, 김 목사는 그저 웃을 뿐이었다.

"그렇지? 성경은 처음부터 천문학에 대한 이야기가 나오니까."

"천문학이요?"

이사장이 갑자기 흥미를 보이며 물었다.

"네, 창세기에는 처음부터 우주와 지구, 생명체, 인류의 탄생까지 몇 줄로 간단히 쓰여 있어요. 물론 그 시대 사람들의 사고방식과 표현에 따른 묘사였지만요."

"그게 무슨 사실이겠습니까? 옛날이야기지, 하하."

이사장도 성경의 이야기를 사실과는 동떨어진 이야기로 폄하했고, 김 목사는 웃고 있었다.

"흠…, 사실 우리가 지금의 지식으로 그 말들이 사실인지 아닌지 단정

할 수 있을까요?"

웃음을 거둔 김 목사가 진지하게 물었다.

"네? 우리의 현재 과학 수준이 그 정도밖에 되지 않나요? 아직 성경의 내용이 사실인지 거짓인지 판단해주지 않는다고요? 음…, 목사님이 그렇게 말씀하시니 혼란스럽네요."

김 목사는 가방에서 성경을 꺼냈다. 그리고 앞장을 열어 모두에게 보여주며 천천히 읽기 시작했다.

"1장 1절은 '태초에 하나님이 천지를 창조하시니라'라고 쓰여 있어요. 이는 우주가 자연 상태에서 탄생한 것이 아니라 뭔가의 힘이 가해졌다는 말씀이에요. 우주의 탄생 자체가 진화가 아니라는 말이죠. 물론 진화라는 환경이 조성되었을 수는 있고 진화의 과정으로 빅뱅을 설명할 수도 있겠지만 현재의 지식 수준으로는 밝힐 수 없어요. 이를 밝히는 것도 과학도들이 할 일이겠죠."

모두가 고개를 끄덕였다. 김 목사는 다시 이야기를 이어나갔다.

"2절은 이렇게 되어 있어요. '땅이 혼돈하고 공허하며 흑암이 깊음 위에 있고 하나님의 신은 수면에 운행하시니라.' 이것은 빅뱅과 그 이후를 이야기 하는 것입니다. 모든 땅과 공간은 나뉘어 있지 않고 섞여 있고 빛이 아직 우주에 나오지 못했으며 수면은 물 위라는 의미보다는 수면같이 보이는 어떤 존재를 말하는 거지요."

"빅뱅요?"

이사장이 의문에 차 물었다.

"네, 실제로 빅뱅을 암시하는 이야기들은 많아요. 인도의 베다에도 그런 이야기가 있고요. 싱귤래러티(Singularity)죠."

"신기하네요. 옛 조상들이 그런 과학을 알고 있을 리가 없는데."

"그리고 3절은 빛에 대한 이야기가 나와요. '하나님이 가라사대 빛이 있으라 하시매 빛이 있었고'라고요. 이 말은 기리가 예전에 우리에게 가르쳐 주었듯이 빅뱅 이후 38만 년 정도가 흐른 후 빛이 처음으로 생겼다는 말이에요. 성경은 분명히 말하고 있어요. 빛이 처음부터 있지 않았다고요. 단지 성경의 문학적 표현에서 말하는 시간적 갭이라는 것이 1초인지 1억 년인지는 우리가 알 수 없지요."

"음…, 설사 그 시대에 과학적 표현을 썼다고 해도, 그 옛날 사람들이 이해하기는 어려웠겠죠.."

"네, 그랬을 겁니다."

천체물리학으로 교수가 된 기리가 조용히 나섰다. 김 목사의 이야기는 자신의 학문과도 관련된 것이었다.

"현대 과학을 이해하고 있는 사람들도 아직 지구의 자전과 공전의 원리를 정확하게는 몰라요. 지구의 자기장도 그렇고요. 어디가 N극인지 어디가 S극인지 정확히 몰라요. 그리고 그것이 계속 움직여요. N극과 S극이 뒤바뀌기도 하고요."

"그러니까 말이다. 그리고 6절부터는 이렇게 되지. '하나님이 가라사대 물 가운데 궁창이 있어 물과 물로 나뉘게 하리라 하시고 하나님이 궁창을 만드사 궁창 아래의 물과 궁창 위의 물로 나뉘게 하시매 그대로 되리라. 하나님이 궁창을 하늘이라 칭하시니라'라고."

"그게 무슨 뜻인가요? 궁창이 뭔가요? 시궁창이라는 말은 들어봤어도."

"궁창은 하늘이라는 뜻의 고어 표현이지."

"그럼 하늘 아래의 물과 하늘 위의 물로 물이 둘로 나뉜다는 말은 무슨 말인가요?"

수지도 의문점이 생기기 시작했다.

"그것은 물의 순환을 만들었다는 말씀이지. 물은 수소원자 2개와 산소원자 1개가 만나서 만들어지잖아? 물이 지구와 같은 행성에 존재하는 것 자체가 기적이야. 우주의 별들을 한번 살펴봐. 몇 개 중에 몇 개의 별이 물을 가지고 있는지, 또 그중에서 몇 개의 별이 물을 순환시키고 있는지. 모든 행성의 환경이 물을 만들거나 물을 간직하기에 적합한 것은 아니야. 간직한다고 해도 거의 모두 얼음의 형태지. 그것을 물의 형태로 간직하거나 지상에서 하늘을 중심으로 순환시킨다는 것, 즉 물, 증발, 구름, 강수라는 사이클을 유지한다는 것은 수많은 별들 중에서도 보기 힘든 현상이야. 그 자체가 기적이야."

"맞아요. 그래서 탐사를 나간 우주선들이나 위성들이 다른 별에서 물이나 그 흔적을 발견하면 학계에서 난리가 나곤 하죠."

"그렇지. 그렇게 난리가 날 수밖에. 생명체의 존재에 앞서 물이 존재하는 경우가 대부분이잖아. 물이 존재한다면 또는 존재했다면 그 별에 생명체가 존재하고 있거나 혹은 존재했었을 가능성이 높다고 보는 거야."

"그럼 물이 우주 생명의 근원이라고 말할 수 있겠군요."

"응, 근데 이런 물이 있으려면 알다시피 행성의 크기나 온도 등이 적절해야 해. 지구의 크기가 지금보다 작았다면 대기가 더 얇아져 온도가 극단으로 더웠다 추웠다 할 것이고 그렇다면 물이 형성되고 유지될 수 없었겠지. 지구의 크기 자체도 우리의 생존에 딱 맞는 크기야."

"광원 또는 열원과 너무 가까워도 안 되죠. 태양과 너무 가까우면 너무 뜨거워지니까 물이 증발해버리거든요. 대기 중에 수증기로만 머물 수 있을 텐데, 그것도 중력이 약하다면 우주로 날아가버릴 겁니다."

"적절한 양의 산소와 수소의 순환까지 생각하면 식물의 광합성까지도 봐야겠지. 식물은 광합성을 통해 물과 이산화탄소를 흡수해서 포도당, 산소, 물을 만드니까. 근데 모든 행성은 자신이 가지고 있는 산소와 수소의 양이 정해져 있어. 그리고 그것을 자신의 중력으로 보유해야 해. 지구 같은 제법 큰 별의 경우, 우리 생각에는 말할 수 없이 많은 양의 산소원자와 수소원자가 마구 만들어지고 소멸되는 것 같지?"

"그건 아니죠. 물 분자 1개가 가지고 있는 수소원자 2개와 산소원자 1개도 어떠한 형태로 조합을 이루든 간에 총량은 그대로죠."

"바로 그거야. 물도 그래. 동식물에 흡수되든, 소변이나 땀으로 나오든, 직접 하늘로 올라가서 구름이 되든, 구름이 비가 되어 다시 육지나 바다로 떨어지든, 물분자에 해당하는 수소원자 2개와 산소원자 1개는 그대로 존재하지. 적절한 양의 수소와 산소가 존재해야만 하는데, 더 중요한 것은 이들이 적절한 양의 물의 형태로 존재해야 해. 이 물은 또 반드시 하늘을 중심으로 하늘과 땅에 순환이 되어야 하고. 상상을 해봐. 산소가 풍부해도 만일 모든 산소가 지표면에 있지도 않고, 지하에 있지도 않고, 기체의 형태로 공기 중에 풍부하게 있다고 생각해봐. 아무리 지구에 산소가 풍부해도 바다 같은 곳이 없어서 산소가 물의 형태로 존재하지 않는다든지, 그로 인해 구름의 형태로도 존재하지 않아서 모조리 기체 산소 상태로 대기 중에 가득 차 있는 상황을 상상해봐. 뭔가의 작용으로 불꽃이라도 튀기면 지구의 대기 전체가 폭발할 거야. 아니면 불길이 지구 전체를 잡아먹을 거야. 만일 지구에 육지가 하나도 없이 전체가 물로 덮여 있다면 불이 꺼지는 것을 걱정할 필요도 없지. 불이 날 이유도 없으니까. 그러나 불을 만들 수 없었다면 문명의 씨앗도 뿌려지지 않았을 테니까 지구에는 생명체는 있을 수는 있어도 문명은 없었겠지."

"지구 전체의 화재라… 만일 그런 일이 생기면… 그야말로 종말이죠. 불길을 잡을 수 없으니까 그때까지 진화했던 생명체들은 멸종이겠네요."

"그래, 맞아. 그래서 적절한 양의 바다, 강, 구름이 존재해야 하고 위에서 아래로, 다시 아래서 위로 물이 순환되는 것이 매우 중요해. 성경에 있는 하늘 위의 물과 하늘 아래의 물은 지구 또는 그 어떤 행성에서라도 생명체 존재에 매우 중요한 물 순환 시스템이야. 당시 지구는 매우 뜨거웠을 거야. 그러니 기체 상태의 산소나 수소보다는 물, 다시 말해 액체 상태의 물이 더 필요했겠지. 그러니 지구의 풍부한 물은 하나님이 인간을 사랑한다는 증거라고도 할 수 있어. 다른 별들에는 별 자신의 크기에 비해 지구와 같은 비율 정도로 물이 있기가 쉽지 않아. 지구의 풍부한 물 덕분에 지표면의 온도는 더 빨리 내려가고 얼음과 물은 수증기 형태로 하늘로 올라가고 다시 비가 되어 지표면에 내려왔지. 제품으로 말하자면 전자동무한반복스프링 클러를 만드신 거지. 하하하."

"일단 사실 여부를 떠나 성경에 대해 다른 각도에서 바라보게 되네요. 경외심도 들고요."

마치 새로운 사실을 알게 된 것처럼 기리가 말했다. 이미 알고 있는 것이었지만, 김 목사를 통해 새로운 시각에서 보게 된 덕분이었다.

"뭘 그 정도 가지고. 하하하. 아무튼… 그렇게 물의 순환까지 만드시고 나시는 둘째 날이 지났다고 하셨어. 여기서 날의 개념은 우리가 말하는 24시간의 개념이 아니고 중요한 일, 작업, 프로젝트 같은 것의 단위라고 봐야겠지. 어떤 비례적인 시간의 개념이 아니고."

"우주가 약 138억 년 전에 만들어졌고 지구가 약 45억 년 전에 만들어졌다고 추정하고 있으니 창세기에서는 이틀 만에 거의 93억 년이 흘렀다고 봐야겠네요. 하하하"

기리의 말에 수지와 박 이사장도 재미있다는 듯 웃었다.

"창세기 1장의 처음 몇 개 문장들만 봐도 저는 좀 혼란스럽네요. 아직 생명체의 탄생이나 진화는 이야기되지도 않았는데요."

웃음을 멈춘 박 이사장이 김 목사를 향해 말했다.

"그러니까요. 생명체가 살아갈 수 있으려면 그러한 환경이 만들어져야 하는데요, 만일 지구의 표면이 쇠구슬처럼 굴곡이 없이 매끈하다면 많은 양의 물이 표면을 덮어도 단기간에 모두 증발되어 공기 중에 떠다닐 겁니다. 실제로 그런 별들이 많아요. 달만 해도 그렇죠. 근데 하나님께서 물의 순환을 만드실 때 울퉁불퉁한 지표면들을 만드셨죠. 푹 꺼진 자리들이 물탱크 역할을 할 수 있게요. 그래서 창세기 9절부터 셋째 날에 대해 어떻게 이야기하냐면 '하나님이 가라사대 천하의 물이 한곳으로 모이고 뭍이 드러나라 하시매 그대로 되니라. 하나님이 뭍을 땅이라 칭하시고 모인 물을 바다라 칭하시니라. 하나님이 보시기에 좋았더라'라고 되어 있어요."

"뜨거웠던 지구 표면이 식고 딱딱해진 다음에 지구의 핵으로부터 맨틀을 뚫고 나오는 에너지들, 그러니까 화산과 마그마의 활동으로 땅덩어리들이 갈라지기도 하고, 모이기도 하고, 산도 솟아오르고… 그랬을 겁니다. 그게 바다를 만들고, 거대한 물탱크가 된 거죠. 하하하… 하나님이 기분 좋으실 만하셨네요."

기리가 재미있다는 듯이 말했다.

"하하. 진짜 재미있지? 옛날이야기라도 이 정도로 정확히 필요한 요소를 집어내서 정확한 시간 순에 따라 배열했다면… 대체 누굴까? 어떤 옛날 사람이, 어떤 지식을, 어디서 접해서 그런 스토리를 만들었을까?"

"그것은 목사님의 옛날이야기입니까 아니면 과학입니까? 재미는 있네요."

모두들 웃고 있었지만 박 이사장만은 진지한 표정이 되어 물었다.

"과학이 밝힌 부분까지는 과학이고 사실입니다. 나머지는 무엇일까요? 과학이 밝히지 못한 것은 모두 거짓인가요? 아니죠. 나머지 광범위한 부분은 그분의 뜻을 이해하고 헤아리기 위해 과학이라는 수단이 필요한 진리의 세계이자 믿음의 세계죠. 광활한 미개척지일 뿐 거짓이라고 단정하는 일이 있어서는 안 된다는 생각입니다. 지식 세계에서의 개방성, 가능성 추구 등의 자질이 필요한 일이에요."

"허허허. 재미있네요. 조금 더 말씀해주실 수 있나요?"

"그럴까요? 자, 드디어 물의 순환이 만들어지고, 물에 잠기지 않는 땅인 육지가 생겼어요. 이제 해상생물과 육상생물이 만들어질 수 있는 환경이 된 거죠. 창세기의 셋째 날에는 드디어 생명체를 만드십니다. 11절부터 이렇게 쓰여 있어요. '하나님이 가라사대 땅은 풀과 씨 맺는 채소와 각기 종류대로 씨 가진 열매 맺는 과목을 내라 하시매 그대로 되어 땅이 풀과 각기 종류대로 씨 맺는 채소와 각기 종류대로 씨 가진 열매 맺는 나무를 내니 하나님이 보시기에 좋았더라'라고요. 즉, 무생물에서 식물 형태가 발생한 거죠. 식물의 범위는 굉장히 넓어요. 박테리아나 고세균부터 시작해서 지금의 식물 형태를 가진 생물들까지입니다. 광합성을 시작하게 되는 생명체의 탄생은 지구의 역사상 너무나 중요한 이벤트에요. 성경에서는 박테리아, 세균, 광합성생물 같은 것을 따로 이야기하지 않고 그냥 풀, 채소 이런식으로 표현한 겁니다. 그런 것까지 짧은 글 속에 넣을 수도 없고 설령 누군가가 말했다 하더라도 옛날 사람들은 이해를 못했을 거예요."

"이제 진정한 지구의 역사가 시작되는 거죠. 하하"

기리가 엄지를 들어 보이며 말했다.

"하하하. 근데 그것이 끝이 아니었단다."

"네? 아직도요? 저는 이제 본격적인 진화론이 시작되는 줄 알았는데요?"

"뗵! 진화론과 창조론이 그렇게 이분법적으로 나뉠 수 있는 것이 아님을 이야기했는데도 그런 대립의 구도로 보다니. 하하."

본격적인 이야기가 등장하길 기대했던 기리가 실망스러운 표정을 짓자, 김 목사가 장난스럽게 그를 저지했다. 이사장도 더 듣고 싶은 이야기가 많았는지 기리의 언급을 자제시키며 김 목사의 설명에 힘을 불어넣어주었다.

"목사님의 이야기를 조금 더 들어보자. 나도 이런 신앙의 말씀은 처음 들어보지만 무엇이 진리인지는 아직 아무도 이야기할 수 없어. 목사님 말씀대로 진리의 영역을 계속 넓혀가는 것이 우리의 의무인지도 몰라. 믿음을 가지고.”

“할렐루야! 이사장님께서 믿음이 생기셨습니다! 하하하.”

김 목사가 반갑다는 듯이 말했다. 그는 진심으로 기뻐하고 있었다.

“아이고, 무슨. 그냥 일종의 호기심이 시작되었다고 보면 됩니다. 믿음이라고 하기엔 아직….”

“시작은 미약하나 그 끝은 창대할 것입니다. 하하하.”

김 목사는 박 이사장의 믿음이 막 시작된 것이긴 해도 확고할 것임을 알았다.

“목사님, 그럼 기리 오빠가 말한 대로 지금부터 생명체의 진화가 시작하는 것 아니에요?”

수지가 정말 궁금하다는 듯 물었다.

“그러니까 말이다. 화룡점정이 남아 있지.”

“화룡점정요?”

모두가 한 목소리로 외쳤다.

지구의 엄마

"네, 화룡점정! 오늘의 마지막 이야기! 성경 속의 셋째 날까지 바다, 물의 순환, 육지, 식물까지 만들어졌어요. 그럼에도 불구하고 수지가 좋아하는 진화를 시작하기에는 너무 원시적이고, 진화가 일어난다 해도 하나님이 원하시는 속도가 아니에요."

"진화의 속도요?"

기리가 놀라서 조용히 외쳤다.

"그래, 진화의 속도를 좌우하는 지표면상의 물의 운동, 사계절의 변화, 풍화작용 등이지."

"흥미진진하네요."

또다시 엄청난 이미지가 모두의 머릿속에 그려지기 시작했다. 광활한 지구를 뒤덮은 푸른 바다, 사계절을 뚜렷하게 증명하는 비와 눈, 휘몰아치는 바람 등이 파노라마 영상처럼 모두의 상상 속에서 펼쳐지고 있었다.

"창세기 넷째 날에 이렇게 되어 있어. 14절부터인데 '하나님이 가라사대 하늘의 궁창에 광명이 있어 주야를 나뉘게 하라. 또 그 광명으로 하여 징조와 사시와 일자와 연한이 이루라. 또 그 광명이 하늘의 궁창에 있어 땅에 비취라 하시니 그대로 되니라. 하나님이 두 큰 광명을 만드사 큰 광명으로 낮을 주관하게 하시고, 작은 광명으로 밤을 주관하게 하시며 또 별들을 만드시고, 하나님이 그것들을 하늘의 궁창에 두어 땅에 비취게 하시며, 주야를 주관하게 하시며 빛과 어두움을 나뉘게 하시니라. 하나님이 보시기에 좋았더라'라고."

"생명체까지 탄생시키시고 다시 하늘 이야기와 사계절 이야기가 나오네요?"

"하하하. 기리가 예리하구나."

아주 잠깐, 김 목사가 기리의 눈을 지긋이 쳐다보았다. 그리고 목사님의 설명이 다시 시작되자 새로운 이미지가 모두의 머릿속에 그려졌다.

조용한 그러나 광활한 우주였다. 지구에서 멀지 않은 곳, 그곳에 아주 작은 점이 보였다. 그 점은 지구를 향해 움직이는 것 같았다. 시간이 조금 흐르자, 작게만 보였던 점이 점점 커지기 시작했다. 이제 이 점이 거대한 돌덩이라는 것을 알아볼 수 있을 정도가 되었다.

하지만 그 돌덩이는 비밀처럼 그 안에 얼음을 숨기고 있었다. 돌덩이 표면층은 엄청 얇았고 내부는 얼음이 가득 차 있었기에 흡사 물풍선, 아니 얼음풍선 같은 돌덩이였다. 차디찬 우주 공간 속의 물이 돌덩이 속에서 얼음의 형태로 유지되다가 돌덩이가 태양계에 들어오면서 지구를 향해 돌진

하는 동안 태양과의 거리가 점점 가까워지자 돌덩이 지표면의 온도가 상
승하기 시작했고 돌덩이의 내부에 있던 얼음도 바깥부터 점점 녹기 시작
하더니 군데군데 돌덩이의 지표면을 뚫고 물 또는 수증기의 형태로 뿜어
져나왔다. 마치 검은색의 멍게가 물을 찍 뿜어내는 것과 같은 모습이었다.

돌덩이는 지구를 향해 돌진하고 있었다. 수증기의 분출 위치와 강도에
따라 운석이 자전하듯이 이리저리 맴돌았다. 결국 거대한 돌은 지구의 대
기권을 뚫고 들어가 요란한 폭음과 함께 충돌했다.

대한민국의 크기와 맞먹는 거대한 돌덩이가 일으킨 충돌로 땅의 표면이
찢기듯 파열하며 조각조각 공중으로 튀어 올랐다. 돌덩이 파편도 함께 튀
어 올랐다. 뭐가 지구 지표면의 파편들이고 뭐가 돌덩이 파편인지 모를 정
도로 뒤엉켜 하늘로 튀어 올랐다. 또한 돌덩이가 가져온 물과 얼음이 공중
으로 붕 날아오르더니 중력에 의해 다시 지구의 지표면에 떨어졌다. 돌덩
이는 지구 표면을 깊게 파놓았다.

충돌 시의 충격과 열은 상당했다. 지구 지표면의 파편들과 돌덩이 파편
들은 일부가 대기권을 넘어 우주까지 튀었다. 충돌 시 고온의 마찰열이 발
생하여 일대가 상상을 초월하는 온도로 높아졌다. 하지만 녹다가 만 돌덩
이의 돌보다 더 딱딱한 얼음이 충돌 시의 고온에 의해 물로 변했고 그 물들
은 충돌 지점에 마치 상처를 어루만지듯 흩뿌려졌다..

시간이 더 지나자 돌덩이가 지구와 충돌하면서 일어났던 먼지가 천천
히 걷히면서 무슨 일이 일어났었는지 보이기 시작했다. 운석 하나가 지구
와 충돌하여 완전히 부서졌고, 그 잔해가 지구 대기권에 먼지같이 뿌려졌
으며, 지구와 충돌한 부위는 깊게 패였으며 남은 물이 고여 있어서 마치 비

온 후 길 위에 물 웅덩이가 생긴 듯했다. 이대로 오랜 시간이 흐르면, 충돌이 일어난 부분의 날카로운 흔적들이 풍화작용에 의해 서서히 둥그스름해질 것이다. 그리고 운석의 파편 조각들과 먼지들이 대기권 밖 우주에서 지구 중력에 붙들려 떠돌게 되고, 지표면 위의 수분은 모두 증발되어 대기 중으로 사라질 것이 분명했다. 그래도 중요한 것은 지표면 위가 되었든 대기 중이 되었든 물의 양이 조금 추가되었다는 점이다.

다시 각자의 머릿속 이미지는 운석이 날아오기 시작한 지구 반대편의 모습을 보여줬다. 아무것도 없는 푸른 하늘, 그러나 점점 멀어지더니 또 다른 운석이 날아오는 것이 보였다. 하나, 둘, 셋, 넷… 모두 넷이다. 아니, 그 뒤를 보는 순간, 놀랍게도 수십, 수백 개의 운석이 우주 공간을 새까맣게 매운 채 열을 지어 줄줄이 지구를 향해 날아오고 있었다. 모양도 가지각색, 크기도 제각각이었다.

이 운석들이 어디서부터 어떻게 날아오는지는 아무도 알 수 없었다. 그것들의 목적지가 왜 지구인지도 몰랐다. 그것들은 알 수 없는 이유로 물과 얼음을 품고 지구로 돌진했다. 보이지 않는 손이 지구를 표적 삼아 쏘아 올린 미사일처럼. 그리고 파괴적이고 위협적인 운석들의 비행은 다시 볼 수 없는 세기적 장관처럼 눈앞에 펼쳐졌다.

어떤 운석들은 지구와 부딪히고, 어떤 운석들은 지구를 비껴 지나갔다. 비껴나간 운석들은 목적지를 이탈한 것처럼 태양계의 다른 행성들과 충돌하고 있었다. 일부는 아예 우주 저편으로 날아가 태양계를 벗어났다. 눈에 보이진 않지만, 그들이 알 수 없는 또 다른 별과 충돌하고 있을지도 모른다.

운석들의 절반은 지구와 충돌했고, 나머지는 지구로부터 가까운 행성인

금성, 화성에 상대적으로 많이 부딪혔다. 지구로부터 멀리 위치한 행성일수록 충돌의 위험이 적어 비껴나가는 일이 많았다..

그들의 목적지가 대체적으로 지구인 것은 의심할 여지가 없었다. 부딪힌 운석들은 모두 거대한 양의 수분 덩어리였다. 물의 흔적이 지표면에 남은 정도가 아니라, 부드러운 지역의 땅과 충돌한 운석은 얼음을 머금은 채 파고들며 박혀버렸다. 운석의 얇은 표면은 지구의 대기권에 들어오면서, 또 지구 표면과 충돌하면서 마치 과일 껍질이 벗겨지듯 모두 벗겨져 거의 얼음만 박힌 모습이었다. 충돌 시 발생한 엄청난 열기에 얼음은 금세 녹았으며 얼음이 녹으면서 만든 엄청난 양의 물은 지표면 위로 올라올 정도였다. 엄청난 양의 물이 돌고, 모이기를 반복하며 출렁이더니 지표면을 덮기 시작했다.

김 목사의 설명이 계속되었다.

"이 수많은 운석들은 자신이 가지고 있는 물과 얼음을 지구에 모두 쏟아냈어. 이 거대한 양의 물과 수분이 창세기 둘째 날과 셋째 날에 만들어진 물의 순환과 바다의 생성에 근원이 된 거야. 뜨거운 지구를 식혀준 것은 당연하고. 그리고 이 별들이 한꺼번에 한 방향에서 날아와서 충돌했어. 그럼 어떻게 되겠어?"

"지구가 기울어지죠. 수직으로 지금보다 빠르게 자전하던 지구가 옆으로 기우뚱해지고 자전 속도도 느려졌을 거예요. 자전축이 기울어졌으니까 비로소 사계절이 생겼고요. 그리고 자전하는 속도가 늦추어지는 바람에 점점 하루 24시, 1년 365일이라는 시간이 정해지기 시작했을 겁니다."

"기리 말이 맞아. 그리고 이 물과 얼음을 쏟아낸 별들은 다시 암석, 먼지, 가스 같은 파편의 형태로 지구에서 튕겨져 나갔지. 일부는 지구에 남았지만 대부분 물과 얼음을 잃고 건조하게 쪼개지고 부서지면서 다시 지구 대기권 밖으로 튕겨져 나간 거야."

그때 기리의 동공이 매우 커지더니 외마디 고함을 외쳤다.

"와악!"

모두 놀란 눈으로 기리를 쳐다보았다.

"깜짝이야! 오빠, 왜 그래?"

"화룡점정… 뭔지 알았어!"

기리의 말에 김 목사가 미소 지었다. 다른 사람들은 모두 의아한 눈빛으로 화룡점정의 정체를 궁금해하고 있었다.

"그럼 이제부터는 이 교수님이 말해봐."

김 목사가 말했다. 예상은 했지만 기리는 그를 실망시키지 않았다.

"그래, 이 교수, 뭔가? 화룡정점이."

이사장이 기리에게 물었다.

"달요."

"뭐? 달?"

"네, 아까 목사님이 설명하신 그 별들은 수없이 많은 작은 파편이 되어 튕겨져 나갔다고 하셨잖아요? 이 수많은 조각들은 지구의 중력에 의해 지구 주위를 돌아요. 토성의 띠같이요. 그러나 토성의 띠를 구성하는 입자들 같이 균일하게 작은 것들이 아니에요. 큰 덩어리는 매우 크고 작은 덩어리는 먼지 같아요. 균일하지가 않아요. 그러면서 오랜 기간 동안 큰 놈들을 중심으로 자기들끼리 부딪치고 때론 부서져서 더 작은 조각이 되기도 하고 때론 결합하고… 그러면서 큰 덩어리들이 작은 덩어리를 흡수하게 됩니다. 그런 일이 반복되다가 지구에서 점점 멀어지더니 마침내 하나의 큰 덩어리가 되죠. 지구에 물과 얼음을 쏟아내고 튀겨져 나간 돌덩어리들…. 이들은 하나가 되어 달이 됩니다. 달은 태양과 반대편에서 태양빛을 지구로 반사시켜요. 그래서 밤에는 달빛이 온 세상을 비추게 되는 겁니다."

"그래서 창세기에 쓰인 '큰 광명으로 낮을 주관하게 하시고, 작은 광명으로 밤을 주관하게 하시며 또 별들을 만드시고' 하는 말씀은 태양이 낮에 지구를 비추고, 달이 밤을 비추게 하였으며 햇빛과 달빛이 밤하늘의 별들에 반사되어 별이 보이게 하셨다는 뜻이지."

"그리고 물을 가진 수많은 별들의 지구 충돌, 이로 인한 지구 수분의 증가, 지구 온도의 저하 등은 성경에 나와 있지 않은 것 같아요. 하지만 시간적으로 보면 물의 순환이 일어났던 둘째 날 직전에 일어난 일 같아요. 그 이후로 오랜 시간이 지나면서 파편들은 합체의 과정을 밟았고, 이로 인해 탄생한 달은 그 의미가 크므로 넷째 날로 기록이 된 거죠."

"아멘."

"이 교수의 이야기를 목사님께서 하실 예정이셨나요?"

이사장이 김 목사에게 물었다.

"네, 달은 그렇게 만들어졌어요. 지구를 살리기 위해. 자신의 물은 지구로 쏟아내고, 자기 자신은 파편이 되어 지구 밖을 돌다가 하나의 큰 덩어리가 되어 밤을 비춰주는 역할을 하고 있는 것이죠. 달은 우리가 흔히 알고 있는 것처럼 지구의 동생이나 자식이 아니에요."

"지구의 자식이… 아니에요?"

수지가 물었다. 탄생의 비밀은 유감스럽게도 지겨울 만큼 모든 이야기의 드라마틱한 소재가 되곤 했었다. 그녀는 조심스럽지만 무엇인가 진실에 접근하고 있다는 듯이 물었다.

"지구의 엄마야. 자신의 몸을 희생해서 지구를 살린 후, 돌뭉치가 되어 자식의 밤을 계속 지켜보는 엄마. 엄마가 자식을 지켜만 보겠어? 자식이 올바른 방향으로 성장하도록 끊임없이 영향을 끼치지. 달도 마찬가지야. 달은 자신의 중력을 이용해 지구에 자기가 쏟아놓은 물을 당겼다가 놓았다가를 지금까지 반복하고 있지. 밀물과 썰물, 이런 작용이 없으면 생명체들의 진화 속도뿐만 아니고 지구의 자전 속도까지도 완전히 바뀔 거야. 하루가 24시간이 아니라 더 짧았겠지. 그리고 지구가 기울어진 축을 중심으로 안정되게 자전하도록 도와주고, 해수면 상승도 막고 있어. 그뿐인가? 지구가 폭염이나 혹한 속에 갇힐 가능성도 막아주고 있지. 결국 동식물의 진화를 도운 거지. 지구의 엄마야, 엄마. 진정한 머더 네이처(Mother Nature)지."

모두가 조용해졌다. 그리고 서로가 서로의 눈빛을 쳐다보았다. 이윽고 수지가 말을 꺼냈다.

"목사님의 말씀을 들으면서 달을 조롱하거나 무시했던 지난 세월, 그리고 지난 인류의 역사가 조금은 겸연쩍게 느껴지네요."

"엄마는 아기가 걸음을 잘 내디딜 수 있도록 처음에는 가까이서 손을 잡고 걸음을 유도하지만 아기가 걸을 수 있게 되고 또 뛸 수 있게 되면 아기의 손을 놓고 점점 멀리서 쳐다보게 되지. 달도 지금보다 더 가까이서 지구와 손잡고 돌다가 지금의 위치가 된 거야. 앞으로는 점점 멀어질 거야. 달은 바로 진화의 꽃, 인간이 뛰기를 기다리는 거야. 우주를 향해. 달이 손을 놓으면 지구는 휘청거리며 자전하고 휘청거리면 시간과 계절이 바뀌고 북극, 남극, 적도가 마구 바뀌면서 생명체들이 진화하는 것을 방해해. 생존 자체가 불가능해질 수도 있어. 지금의 화성이나 금성이 될 수도 있지."

"..."

모두가 조용했다.

"창세기에 쓰인 이야기는 모두 지어낸 거짓일까?"

"알겠습니다. 생각해야 할 것이 너무도 많네요."

가만히 누워서 이야기를 경청하던 이사장이 기리 대신 말했다. 그러자 아주 잠깐 침묵이 흘렀다. 김 목사는 이제 이야기를 정리하고 이사장이 쉬도록 해야겠다는 생각이 들었다.

"아이고, 오늘도 이야기가 길었네요. 이제 그만 가보겠습니다."

"목사님."

"네?"

"제 삶이 이제 얼마 남지 않은 것 같은데 이제까지 살아오면서 느끼지 못하고 생각하지 못했던 것을 목사님께서 일깨워주시는 것 같습니다. 언제라도 제가 도와드릴 것이 있으면 말씀해주세요."

조금 피곤해 보이는 이사장은 진심을 담아 김 목사에게 전했다.

"네, 말씀만으로도 감사합니다."

"아빠, 나 잠깐 나갔다가 올게. 동막골 동생들과 만나서 목사님의 이야기를 좀 공유하고 생각을 정리해봐야겠어."

수지도 이사장에게 인사했다.

"또 어딜 가니? 참, 기리가 있었지? 기리군, 아니 이 교수, 아직 입에 붙지를 않아서 이 교수라는 말이 빨리빨리 나오지 않는군."

"하하. 그냥 기리로 불러주시는 게 저는 더 좋습니다. 이사장님이 이름으로 직접 부르시는 사람이 몇 명이나 되겠습니까? 남들이 볼 때 제가 이사장님과는 좀 가까운 관계에 있는 사람으로 보이지 않을까요? 하하."

"직선적인 성격과 화법, 맘에 드네. 시간이 늦을 때는 우리 수지를 꼭 바래다주고 집에 가게나."

"네, 알겠습니다. 염려하지 마세요."

모두들 병실을 나왔다. 수지는 바로 상승이와 유진이에게 연락해서 동막골에서의 집합을 알렸다. 오늘 김 목사로부터 들은 이야기들을 전하고, 그들의 생각을 듣고 싶었다. 기리도 수지를 따라 함께 동막골로 향했다.

·
값
진
승
리

오후 5시. 반인구와 그 일당들은 최후
의 칼을 꺼낼 적기라고 생각했다. 이미 두 번의 협박을 가했으니 홍 목사와
김 목사, 그리고 목사들을 따르는 장로들까지 자신들의 말에 협조할 거라
고 확신했다. 조사해보니 장로들 중 일부는 포퓰리즘이 강해서 여러 사람
이 박수치는 곳이면 무조건 달려가고 싶어 했다. 신앙보다 남들로부터 인
정받고 싶은 욕구가 교회를 다니는 더 근본적인 이유인 사람들이다.

장달삼은 다시 똘마니들을 불러모았다. 반인구 의원 사무실에 모인 이
십여 명의 똘마니들은 야구방망이나 몽둥이를 들고 있었다. 이들은 출정
을 앞둔 병사들처럼 행동 요령을 공유하며 의지를 다졌다. 반인구와 장달
삼은 이들을 보면서 매우 흐뭇해했다.

일전을 위해 그들은 제일교회를 향해 출발했다. 건물 경비원은 이들의
차량을 지켜보며 거수경례를 했다. 그리고 차량들이 멀어지자 주머니에서

핸드폰을 꺼내 누군가에게 연락하기 시작했다.

쾅! 쾅! 쾅!

제일교회에 도착한 반인구 일당은 제일교회의 정문을 발로 세게 걷어찼다. 쇠로 된 정문은 귀에 거슬리는 소리를 냈다. 홍 목사가 깜짝 놀라며 밖으로 나왔다. 반인구와 장달삼인 것을 확인한 그가 문을 여는 순간, 이들 뒤에서 건장한 깡패들이 튀어나와 쇠문을 발길로 걷어차며 안으로 들어왔다.

"반 의원, 이게 뭐 하는 짓이요?"

"목사님께 충분한 시간을 드렸잖아요? 답이 없으시니 이곳에서 교회를 운영하는 것이 목사님의 개인적인 욕구를 채우는 것임을 알려드리기 위해 왔습니다. 교인을 위해서나, 주민을 위해서나 그건 아니지요. 얘들아!"

"네!"

깡패들이 반인구의 신호에 따라 기다렸다는 듯 손에 들었던 방망이를 휘둘렀다. 교회 마당에 있는 예수 조각상과 구석의 작은 성모 마리아상, 그리고 의자, 테이블이 처참하게 부서지고 있었다. 그들은 건물 본당으로 들어가기 위해 문을 열어젖혔다. 그리고 막 들어가려고 하는 찰나, 무언가에 놀란 듯 멈춰 서며 한발 물러섰다.

체구가 작은 할머니가 그들 앞에 서 있었다. 할머니의 손에는 작은 초 하나가 쥐어져 있었고, 촛불이 그녀의 얼굴에 남은 세월의 흔적을 은은하게 비추었다.

"아주머니는 뭐야? 여기서 뭐해? 여기 있으면 다쳐요. 비켜요!"

깡패들 중 한 명이 할머니 앞에 나서서 외쳤다.

"너는 어미, 아비도 없냐? 어따 대고 반말을 섞어 써? 너는 뭐냐? 너 같은 놈이 여기에 왜 왔어? 예배 드리러 왔어?"

"어쭈! 이 아주머니가? 아줌마 눈에는 우리가 안 보여요? 모조리 부서뜨릴 거니까 옆으로 꺼져요! 예배시간도 아닌데 여기서 뭐 하는 거요? 보니까 교인도 아닌 것 같구먼."

"그래 이놈아! 나 교인 아녀."

"근데 안 비키고 여기 왜 계시는 거냐고요! 누구세요?!!"

"나, 재래시장 문순자여!"

"에? 재래시장요? 형님, 여기 재래시장의 뭔 아줌마가 막고 섰는데요?"

뒤에서 듣고 있던 장달삼이 앞으로 나왔다. 그는 할머니가 누구인지 알아차렸다. 자신들이 설득하여 민원을 넣게 했던 상인들 중 한 명이었다. 장달삼은 약간 의아해하면서 아주머니 앞에 나섰다.

"아~ 아주머니, 저 모르세요?"

"그래, 잘 안다."

"아주머니도 이 교회 자리에서 장사를 하면 좋겠다고 하셨잖아요? 나중에 이곳으로 옮겨서 장사를 할 수 있게 해준다고 했는데, 이게 뭐 하는 겁니까?"

"그래, 나도 처음에는 여기서 장사를 하면 더 잘될 거라고 생각했다. 근데 지금은 아니여! 그래서 지금 여기에 온 것이다. 목사님에게 잘못을 고하고 용서를 받으려고! 너희들 같은 악마들에게 내가 속았으니 죗값을 받겠다고! 이것아!"

"아니, 이 아줌마가 뭔 헛소리야? 여기 있으면 다쳐요! 비켜요!"

우연의 자식들

"뭐, 헛소리? 헛소리는 네 놈들이 했지! 우리를 들쑤셔서 장사시켜줄 것처럼 사탕발림 해놓고, 그게 아니라 최고급 주상복합 짓고 우리는 모르는 척할 거라며!"

"우리가 모르는 척을 해요? 누가 그래요? 그런 거짓말이 어디 있어요? 우리는 그런 말 한 적이 없어요! 무슨 소설을 써요?"

아주머니는 장달삼을 무섭게 노려보았다. 장달삼도 그 눈빛에 움찔하고 있었다.

"거짓말은 마귀의 전유물이여, 이것들아! 아니긴 뭐가 아녀? 다 들었어! 네 놈들 악마들의 최고 두목, 저기 서 있는 사탄이 떠든 소리가 여기 다 녹음되어 있다고!!"

아주머니는 손가락으로 반인구를 가리켰다. 그리고 조용히 손을 내려 주머니에 있는 핸드폰을 꺼내 화면 위의 플레이 버튼을 눌렀다. 장달삼이 부정할 수 없는, 반인구의 목소리가 흘러나왔다. 상인들은 교회를 갈아엎는 데만 이용하고, 공사를 시작하면 필요 없는 존재라고 외치는.

놀란 장달삼의 눈이 동그래졌다. 반인구를 돌아보는 그의 표정에 난감함이 가득했다.

"으…, 이놈의 재래시장 상인들… 장 사장!"

반인구가 작은 삼각형의 눈을 반짝이며 양미간을 찌푸리더니 외쳤다.

"네, 형님."

"아줌마도 쓸어버려!"

"네! 형님."

장달삼은 초를 들고 항거하던 할머니를 옆으로 밀쳤다. 할머니는 힘없이 쓰러졌고, 홍 목사가 달려와 할머니를 부축했다.

"목사님, 그동안 죄송했습니다. 저희가 말도 안 되는 일을 했습니다."

눈물이 그렁그렁해진 할머니가 슬픈 목소리로 말했다.

"그런 말씀 마세요. 저희는 괜찮습니다."

홍 목사는 할머니의 손을 조용히 감싸쥐었다.

"저희가 생각이 짧았습니다. 부디 용서를 부탁드립니다."

할머니는 다시 고개를 떨구며 눈물을 보였다. 홍 목사가 할머니의 뺨을 타고 흘러내리는 눈물을 손끝으로 닦아주며 말했다.

"걱정 마세요. 하나님은 용서하십니다. 언제라도, 몇 번이라도."

"이제 교회는 저희가 지키겠습니다."

"예? 할머니가요? 그리고 저희라니요?"

할머니는 손을 들어 교회 본당 정문을 가리켰다. 장달삼과 똘마니들이 본당으로 들어가지 못한 채 정문 앞에서 어정쩡하게 서 있었다. 그들은 뭔가에 질린 듯 굳어진 표정으로 한 걸음, 두 걸음 뒷걸음질쳤다.

의아해하는 홍 목사의 눈에 촛불을 손에 든 또 다른 아주머니가 걸어 나오는 모습이 보였다. 장달삼과 똘마니들은 문순자 할머니처럼 자신들을 향해 걸어 나오고 있는 이 아주머니의 모습에 또 한 번 뒷걸음질쳤다. 그리고 더 이상 뒤로 밀릴 수 없다는 듯 아주머니를 힘껏 밀어젖혔다. 문순자 할머니처럼 그녀도 힘없이 쓰러져야만 했다.

장달삼과 똘마니들은 다시 안으로 들어섰다. 그러자 또 다른 아주머니가 촛불을 들고 그들을 가로막았다. 그렇게 한 사람, 두 사람⋯ 계속해서 장달삼 일행을 시장의 상인들이 가로막았다. 힘없이 쓰러질 수밖에 없었으나 그들은 망설이거나 도망치지 않았다. 오히려 반인구와 장달삼 일행이 기세에 눌리며 얼어붙듯 굳어졌다.

촛불을 든 상인들의 줄이 끊이지 않았다. 그들은 제일교회의 신도가 아닌 사람들이 대부분이었다. 얼마 전까지 반인구에게 속아 교회를 빼앗기 위해 앞장섰던 그 상인들이었다. 이들은 줄줄이 나와 반인구 일당들을 둘러싸기 시작했다. 촛불의 행렬은 멈추지 않을 것처럼 끊이지 않고 계속되었다. 마지막에는 기리와 수지에게 차와 카스텔라를 대접했던 할머니가 깡패들을 째려보며 천천히 나왔다. 깡패들은 진땀을 빼며 이들을 어떻게 해야 할지 몰라 허둥댔다.

"형님, 이 상인들을 어찌해야 할까요? 한두 명도 아니고 모두 노약자들인데요."

당황한 장달삼이 반인구에게 물었다.

"으으으… 이 배신자 노인들도 다 쓸어버려. 오늘 교회를 접수해야 해!"

반인구의 한마디에 깡패들이 폭력을 휘두르기 시작했다. 아주머니와 노인들은 깡패들을 붙잡고 늘어지며 교회로 들어가지 못하게 막아섰다. 사람들의 비명 소리와 깡패들의 욕설이 난무하는 교회 마당은 아수라장이 되었다. 힘은 약해도 시장에서 잔뼈가 굵은 시장 상인들은 결코 깡패들에 뒤지지 않았다. 그들의 기세에 깡패들도 놀랄 정도였다. 그들은 상인들의 방어에 짓눌린 채 본당으로 들어가지 못했다.

그때 갑자기 수지와 유진이가 나타났다. 김 목사의 연락을 받고 부리나케 달려온 것이다.

"목사님, 괜찮으세요? 어디 다치신 곳은 없어요?"

수지가 홍 목사에게 다급히 물었다.

"어, 나는 괜찮다. 나보다도 여기 오신 북산시장 상인들이 다칠까봐 걱정이야."

"김 목사님은 어디 계시나요?"

"어? 조금 전까지 여기 있었는데… 어디 갔지?"

주변을 둘러봐도 김 목사는 보이지 않았다. 홍 목사는 난감해하며 그를 찾았다.

"유진아, 기리 오빠와 상승이한테 연락했니?"

수지가 유진에게 다급하게 물었다.

"어, 근데 전화를 안 받아. 남자들은 진짜 필요할 때 도움이 안 된다니까. 으이그."

유진이 보이지 않는 남자들을 원망하며 투덜거렸다.

이때였다. 스쿠터 한 대가 쏜살같이 전쟁터 같은 교회 마당으로 들어섰다. 스쿠터에는 두 사람이 타고 있었다. 둘은 같은 헬멧에 같은 고글을 쓰고 있었다. 그들은 스쿠터에서 신속히 내린 후 등에 멨던 백팩을 앞으로 돌려 메고는 자신들이 정한 목적지를 향해 번개처럼 내달리며 백팩에서 뭔가 꺼내기 시작했다. 그 모습이 잘 훈련된 요원들 같기도 하면서 입은 옷이나 폼은 어딘가 모르게 동네 총각들 같기도 했다.

특별한 무기 같은 것을 꺼낼 것 같던 그들이 앞으로 돌려 멘 백팩에서 꺼낸 것은 500밀리리터 제로콜라 페트병들이었다. 그들은 깡패들이 막아선 사람들을 처리하느라 애를 먹고 있는 틈을 타, 그들의 옷을 잡아당겨 한 명에 한 페트병씩 집어넣었다. 어떤 놈에게는 목 부분을 통해 배나 등으로,

또 어떤 놈에게는 허리춤을 통해 바지의 앞뒤로 페트병을 밀어넣었다. 특이한 점은 불량배들의 옷 속으로 페트병을 넣을 때 페트병의 위 아래를 뒤집었다는 것이다.

불량배들은 자신의 옷 속에 들어온 콜라 페트병을 꺼내기 위해 버둥거렸다. 그 모습이 우스꽝스러울 만큼 경박했다. 두 요원은 남은 페트병을 들고 반인구와 장달삼에게 접근해 바지 앞쪽에 쑤셔넣었다.

귀신에 홀린 듯 순식간에 일어난 일이었다. 대체 무슨 일이 일어났는지 영문을 몰라 그들이 당황하고 있을 때, 페트병들이 하나씩 폭발하기 시작했다. 500밀리리터 크기의 작은 페트병이 그렇게 큰 폭발을 일으킨다는 것은 아무도 상상하지 못했던 일이었다. 페트병은 내부로부터 생겨난 강한 폭발력으로 프라스틱 표면이 찢어지거나 쪼개졌고 안에 들어 있던 콜라가 쏟아져 나와 온몸을 적셨다. 폭발에 놀란 불량배들은 그 자리에 고꾸라지거나 혼비백산하여 정신을 잃기도 했다. 그들이 겨우 일어서려고 하면 어디선가 그림자 같은 존재가 나타나 한방에 제압했다. 김 목사였다. 그의 움직임이나 스피드는 말로 표현할 수 있는 수준이 아니었다. 조용히, 눈에 띄지 않게, 순간 이동을 하듯이 다시 일어나려는 불량배들을 잠재웠다. 그렇게 쓰러진 불량배들 중에는 반인구와 장달삼도 있었다.

이윽고 상황이 정리되었다고 판단한 두 사람이 헬멧과 고글을 벗었다. 그러자 이들을 지켜보고 있던 수지와 유진, 홍 목사의 눈이 보름달처럼 커졌다. 두 사람은 기리와 상승이었다. 김 목사는 씨익 웃으며 두 사람에게 엄지를 들어 보였다.

값진 승리

때를 맞춘 듯, 멀리서 경찰차 네 대와 호송차 두 대가 들이닥쳤다. 뒤이어 검은색의 대형 세단 한 대도 들어왔다. 차에서 내린 사람들은 변호사와 중개사들이었다. 그들 중 한 명이 반인구와 장달삼에게 다가가 봉투 안에서 서류를 꺼내 보여주며 말했다.

"이제 목사님들을 괴롭히실 필요 없습니다. 이 교회의 주인은 박상득 이사장님이시고, 앞으로 제일교회는 성세대학교 소속 교회가 되어 예전과 변함없이 교회의 의무를 다할 것임과 동시에 성세대학교의 교회로서 채플 시간을 제공할 것입니다. 그리고 장기적으로는 예배당 확장 공사가 진행될 예정입니다. 필요하시면 열람 신청하세요. 제일교회와 성세대학교 간의 포괄 양수도계약서와 부동산등기등록증입니다. 그리고 성세대학교와 재래시장은 재래시장 현대화 경영자문계약을 체결하고 성세대학교에서 주도적으로 재래시장을 개발하여 상인들과 소비자들에게 쾌적한 환경을 조성하기로 약속했습니다. 여기 계약서도 있습니다."

"뭐, 뭐라고?… 성세대학교 소속 제일교회? 으… 이런 쓰레기 같은 것들! 이미 계약이 이루어졌는데 그것도 모르고… 이 멍청한 것들….""

화가 난 반인구는 모든 계획이 수포로 돌아가자 더 이상 할 것이 없다고 생각하고 자신이 타고 온 차를 향해 돌아서며 장달삼을 향해 비난을 퍼부었다.

"어딜 가요. 폭력, 사기, 협박, 교사, 재물손괴 혐의로 여기 폭력배들과 당신을 체포합니다."

경찰이 현장을 피하려던 반인구와 장달삼에게 영장을 보여주며 싸늘한 목소리로 말했다. 촛불을 들어 교회를 지키려던 사람들은 반인구 일당이 은빛 수갑을 찬 채 경찰차와 호송차를 타고 사라지는 것을 보며 비로소 안도했다.

상황이 종료되자 상인들은 그제야 홍 목사 앞으로 다가왔다. 그들은 목사의 손을 잡고 자신들이 저지른 잘못을 뉘우치며 그동안 도움받았던 일들에도 감사의 인사를 전했다.

"목사님, 죄송합니다."

"신경 쓰지 마세요. 모든 것이 이제 다 지나갔습니다."

"지난번 크리스마스 때 우리 애들이 선물도 받았었는데 면목이 없네요."

다른 상인도 감사의 인사말을 전했다.

"그래서 교회를 지키러 오셨잖아요. 저는 오늘만 기억합니다."

홍 목사는 그들에게 진심으로 감사했다. 홀로 외로이 싸웠던 전쟁에서 든든한 아군을 만났으니, 이보다 더 기쁜 일이 없었다.

"작년에 교회에서 주는 식사만 30번은 먹었을 겁니다. 그동안 몹쓸 짓을 했네요."

"저는 작년에 최소 300번은 먹었어요. 하하하."

"지난겨울에 사랑의 연탄을 받고도 제대로 인사도 못 드렸었는데…."

누구 한 사람 빠지지 않고 홍 목사에게 자신들이 받았던 교회의 배려와 도움을 이야기했다. 모두 교회의 봉사활동으로 이루어진 일이었다. 시련이 오히려 믿음을 굳게 만들곤 한다. 지역 주민들은 이번 일을 계기로 교회의 가치에 대해 새로이 깨닫게 되었다.

그렇게 모든 것이 종료되었다. 홍 목사는 동막골 부대원들에게 감사의 인사를 한 뒤 본당으로 들어갔다.

"어떻게 된 거죠? 제일교회가 우리 대학의 교회가 된 거예요?"

유진이가 놀랐다는 듯 물었다.

"그래, 수지 아버님이 교회가 어려운 상황에 처했다는 이야기를 들으시고 선뜻 좋은 일을 하시겠다고 결심하셨지. 최근에 내가 수지 아버님 병문안에서 이런저런 이야기를 나누다가 교회 이야기까지 하게 되었어. 그러다 보니 일이 이렇게까지 왔고, 홍 목사님도 흔쾌히 동의하셨지. 다만 불미스러운 일을 매듭짓기 위해 주변 사람들에게 말을 삼가고 계셨을 뿐이야. 나도 너희들에게 말을 하지 않았던 것이고."

궁금해하는 모두에게 김 목사가 설명했다. 그제야 사람들이 고개를 끄덕였다. 그때 수지가 이야기를 기다렸다는 듯 그동안 아빠와 있었던 일을 털어놓았다.

"아빠가 어느 날 그러시더군요. 어떠한 종교가 되었든 간에, 종교는 우리의 현재와 미래를 올바르게 건설하는 데 도움이 된다고요. 또 신을 경외하지 않으면 나의 삶을 돌아보지 않게 된다고 하시더라고요."

"아버님이 정말 많은 생각을 하셨구나. 맞아. 종교가 없다면, 또 더 좋은 미래를 건설하기 위한 가치들에 대한 믿음이 없다면 반성하지 않는 삶이 될 거야."

김 목사는 흐뭇했다. 종교를 단순한 믿음으로만 보지 않고 삶의 지표로 삼을 수 있는 사람은 그 자체만으로도 훌륭하다고 생각했다.

"네, 그러시면서… 신의 존재 여부가 중요한 것이 아니라, 종교가 없다면 남의 탓만 하면서 살 수 있다고 하셨어요. 이런 삶도 우연, 저런 삶도 우연, 성공해도 환경 탓, 실패해도 환경 탓… 신의 뜻을 헤아려볼 생각을 않고 아무 생각 없이 사는 수동적인 인간이 된다고 하시더라고요. 신의 뜻을 헤아려보다 보면 결국 일의 전, 후, 좌, 우를 살펴보게 되니까 결국 모든 일의 답을 찾을 수 있게 된다고요."

"바로 그거야. 그래서 생각하는 삶을 살아야 해. 그러기 위해서는 신의 뜻을 헤아릴 줄 알아야 하지. 결국 나와 세상을 돌아본다는 의미야."

"아빠가 최근에는 당신의 인생 철학에 종교를 받아들이신 것 같아요. 목사님 덕분이죠."

그때 상승이 김 목사에게 물었다.

"근데 상인들은 촛불까지 들고 어찌 저렇게 많이 오신 거죠?"

"일전에 반 의원이 폭력배들을 데리고 우리 교회에 온 적이 있어. 기리와 수지는 예전에 차와 카스텔라를 대접했던 할머니 알지? 그 할머니가 시장에서 장을 보다 우리 교회에 민원을 제기한 몇몇 상인들과 이야기를 해보고, 그들이 속고 있다는 것을 아셨어. 말로 하면 믿지 않을 수도 있으니까 계획을 세우셨지. 홍 목사님과 반 의원이 만나기로 한 날, 할머니가 상인들과 기도당에 미리 숨어 계셨던 거야. 거기서 반 의원이 하는 말을 다 듣게 되고 내막을 알게 된 거지. 반 의원 사무실이 있는 빌딩의 경비 아저씨도 할머니와 친한 분이셔. 반 의원이 출발했다고 전화를 주셔서 시간에 맞춰 오셨대."

"와아…, 할머니 진짜 대단하시네요."

"상인들도 대단해. 반인구 의원의 말까지 녹음했더라고. 그리고 반 의원 일당이 최후의 일격을 가할 것이라 예상하고 준비를 했는데, 또 그 경비 아저씨로부터 오늘이라는 정보를 듣게 되었지. 촛불은 나도 몰랐어. 우리 교회가 크리스마스 같은 행사를 위해 준비해두었던 초를 가지고 나온 거야. 하하."

상인들의 촛불 행렬에 사태 해결의 비밀이 있었다. 그들 한 사람 한 사람은 나약했어도 모두가 합심한 결과, 거대한 힘 앞에 더 큰 힘이 되었던 것이다. 그때 수지와 유진이가 기리와 상승이를 째려보았다.

"아니, 오빠와 상승이는 뭐예요? 연락도 안 되더니!"

"상승이한테 물어봐. 하하"

기리가 상승이를 가리키며 키득거렸다.

"내가 화학 공부하는 학생으로서 할 수 있는 일이 뭐 있나? 목사님 문자를 받자마자 평소에 내가 잘 만들던 멘토스폭탄을 만들었지."

"그건 또 어떻게 만들었어?"

"아주 쉬워. 500밀리리터짜리 제로콜라를 사서 콜라는 3분의 1 정도만 남기고 마른 잔디 같은 풀을 빽빽하게 넣어줘. 그런 다음에 멘토스 5개 정도를 풀 위에 올려서 콜라랑 닿지 않게 똑바로 세우고 뚜껑을 꽉 막아서 가져온 거야. 몸에 넣기 전에 페트병을 거꾸로 세우면 멘토스가 있는 공간에 콜라가 채워지고 콜라가 들어가자마자 내부에서 팽창이 일어나 강한 폭발을 일으키게 되거든. 우하하하하."

"근데 왜 제로콜라야? 다른 탄산음료는 안 돼?"

"어, 안 될 것은 없는데, 제로콜라나 다이어트콜라는 설탕 같은 천연감미료 대신 아스파탐 같은 인공감미료를 쓰기 때문에 폭발력이 더 세져. 멘토스가 표면장력을 약화시켜 이산화탄소를 급격하게 분출시키거든. 아스파탐이 녹아 있는 물은 설탕물보다 표면장력이 약해."

상승의 재치와 임기응변에 모두들 감탄했다. 듣고 있던 김 목사가 말했다.

"여하튼 똑똑해서 손해날 일은 없는 것 같구나. 대단들 해. 하하하."

한바탕 크게 웃고 그들은 김 목사와 함께 동막골로 향했다. 지독한 전쟁을 승리로 이끈 모두가 하나 되어 기쁨을 누리고 싶었다.

진화의 기획

박상득 이사장의 병세는 호전되지 않
았다. 의사는 조만간 가까운 사람들이 모여 마지막 인사를 나누라고 권했
다. 친인척들과 대학 관계자들이 병실을 다녀갔다. 박 이사장은 이 같은 지
인들의 방문이 자신을 향한 마지막 인사임을 직감했다. 그리고 오늘은 동
막골 부대원들과 김 목사가 그를 찾았다.

"저와 제일 가까운 사람들만 모였네요. 제 몸이 하나님의 축복을 받아
서 회복되었다면 여러분과 더 오래 함께할 수 있었을 텐데, 미안합니다. 먼
저 떠나게 되어서."

박 이사장이 힘겨운 듯 겨우 입을 열어 말을 건넸다.

"무슨 말씀이세요. 이사장님께서는 하나님의 크신 사랑을 받고 계세요."
김 목사가 대답했다.

"하긴, 더 살고 싶다는 것은 제 욕심이죠. 여한은 없습니다. 근데 이렇게

비실비실한 것도 축복을 받은 거라고 할 수 있습니까?"

"송구스럽지만 우리 모두는 정확한 시점에 정확하게 비실비실한 겁니다."

"허허. 목사님을 만나게 해주신⋯ 하나님께⋯ 감사드립니다."

그는 뭔가 더 할 말이 있는 것 같았지만, 말하는 것이 힘들어 보였다. 겨우 김 목사의 손을 잡으며 진심 어린 감사의 말을 전했다.

"하나님께서 저를 짝사랑하고 계셨다면서요. 하나님, 제가 곧 하나님 곁으로 가겠습니다. 목사님, 이제는 믿어요."

손끝에 전해지는 생명 반응이 안타까우리만치 잦아들어 서늘함마저 감돌았다. 이사장은 눈을 감은 채 버거운 듯 숨을 몰아쉬었다. 김 목사가 조용히 그를 위해 기도했다. 이윽고 이사장이 잠에 들자 모두들 병실을 빠져나왔다.

"아까 목사님께서 이사장님께 정확하게 비실비실하다고 말씀하셨는데 무슨 뜻인가요?"

상승이가 김 목사에게 물었다.

"우리는 인간이 단순히 하나님의 형상을 본받은 것으로 알고 있지만, 지능을 추구하기에 가장 적합한 형상으로도 진화되어왔어. 하나님이 우리를 만드셨다는 것은 곧 진화 스케줄을 기획하신 것과 같은 말이야. 만약 지금보다 강하게 기획하셨다면 지금의 인간은 존재하기 힘들어."

"진화의 기획요?"

"응, 지금에서야 인간들은 과학과 기술의 힘으로 특정 유전자의 속성이 발현되거나 발현되지 않게 조절할 수 있다는 사실을 알았어. 유전공학이지. 지금보다 더 빠른 속도로 문명이 100년, 500년 더 발전하면 우리는 어떤 시대에 살고 있을까? 예를 들어 사자의 머리, 곰의 어깨, 상어의 이빨, 독수리의 날개 등을 결합한 엄청나게 강한 동물을 유전공학으로 만들 수 있을까? 또 그 동물이 번식 가능하게 만들어 세상에 뿌리 내리도록 할 수 있을까?"

"글쎄요. 어쩌면 가능한 일이겠죠."

"그럼 이 동물에게 인간의 뇌를 만들어 넣고 몇 만 년 전의 원시림에 던졌다고 가정해보자. 인간처럼 사고할 수 있는 능력을 가진 뇌, 다른 동물과의 싸움에서 지지 않을 힘을 가진 이 강력한 생명체가 번식을 거듭해서 만물의 영장이 되고, 시간이 흘러 오늘에 이르렀다면 세상은 지금보다 더 나았을까?"

"아마도 그런 생명체라면 둘도 없이 강한 종류가 되어 있을 것이고, 지금보다 엄청나게 발전된 세상을 만들어 살고 있을 것 같은데요?"

상승이 당연하다는 듯 말했다. 그러나 김 목사는 고개를 가로저었다.

"아니, 그 반대야. 지금 세상에는 아무 문명도 없을 거야."

그는 단호하게 말했다.

"아무 문명도 없다고요? 인간의 뇌를 가지고 있는, 날아다니는 사자와도 같은 생명체가 지구의 주인인데 아무 문명도 없다고요?"

믿기지 않았다. 인간보다 강한 생명력을 가진 존재에게 문명이 없다는 것은 곧 멸망을 뜻하는 것인데, 이해하기 어려웠다.

"그렇지. 인간은 제일 약한 존재이기 때문에 제일 강한 존재가 된 거야.

우연의 자식들

인간이 아무리 뛰어난 뇌를 가지고 있어도, 육체적으로 적수가 없는 곳에서 왕처럼 살았다면 그 뇌를 쓸 일이 없게 되거든. 근육과 반사신경만 발달하겠지. 무엇보다 집단생활을 할 필요가 없어. 거기에 만일 번식력마저 강해서 먹이에 해당하는 동식물들의 개체수 증가보다 자신들의 개체수 증가가 더 커지면 먹이사슬이 무너지고 더 이상 먹을 것이 없어 동족상잔이 벌어지다가 결국 자기들도 멸망해.”

“그렇겠군요. 위협이 될 존재가 없다면 고민하지 않고 지금의 삶의 방식을 유지하면서 살 거예요. 각 개체가 강하면 강할수록 집단생활의 필요가 줄어들고, 커뮤니케이션의 필요가 줄어들겠죠.”

유진이도 목사의 말에 공감했다.

“맞아. 그 당시 인간은 원숭이 비슷했을 것이고 원숭이는 자신의 체구와 비슷한 크기의 다른 동물들에 비해 약해요. 현재도 인간은 자기 몸무게의 절반 정도 되는 개나 원숭이에게도 상대가 안 될 정도로 약한 존재거든요.”

상승이도 거들었다.

“그렇지. 인간은 너무나도 약한 존재였어. 그래서 모여서 살기 시작한 거야. 살기 위해 집단생활을 시작했고, 살기 위해 커뮤니케이션을 하기 시작했고, 살기 위해 머리를 쓰기 시작한 거야. 머리를 쓰다 보니 도구가 개발된 것이고. 만일 육체만으로도 세상을 지배할 수 있다면 누가 머리를 쓰려고 하겠니? 지금도 인간의 뇌보다 큰 뇌를 가진 동물들도 꽤 있어. 하지만 이 동물들이 문명을 발전시키지는 못했지. 하늘을 나는 사자는 집단생활의 필요성을 못 느끼지.”

“인간이 생존에 성공하여 지금의 경지에 도달한 것도 그냥 그렇겠거니

하고 생각할 문제는 아니었군요. 지금의 인간보다 육체적으로 더 강했어도, 더 약했어도, 지금의 문명은 없었겠군요."

수지가 말했다. 존재를 가능하게 하는 여러 요소들이 새삼 진지하게 다가왔고, 신비롭기까지 했다.

"당연하지. 거기에 더해서 인간의 수명, 번식 능력 같은 것도 정밀한 균형을 이룬 거야. 만일 인간의 수명이 옛날부터 200년, 300년이었다면 어땠을까? 수명은 문명 발전의 속도와 관계가 많거든. 적당히 정해진 시간의 생명 사이클 속에서 부모를 보내고, 자식을 키우고, 그러면서 희로애락의 감정을 느끼고… 그렇게 반복되는 삶을 얼만큼의 길이로 살아야 지금의 문명이 만들어질 수 있을까?"

"인간이 평균적으로 300년씩 살았다면 문명이 더 발전했을까요? 음… 저는 그렇게 생각하지 않아요."

"수명도 옛날에는 짧았고 지금은 점점 길어지고 있으니 금방 알 수 있지. '지식이 쌓이면 수명이 늘어난다'는 명제를 도치시키면 '수명이 늘어나면 지식이 쌓인다'인데 이는 참이 아니야. 오히려 나이 많은 사람들이 많은 수로 사회를 지배한다면 변화와 발전이 느려질 수도 있어. 나이가 들수록 도전과 변화에 대한 저항감이 강해지니까. 지식은 도전하지 않는 사람들의 사회에서는 만들어지지도, 쌓이지도 않지."

"아마 모든 것에 대한 계획과 집행이 더 늦어졌을 거예요. 반대로 지금보다 더 짧았다면? 문명이 더 빠르게 발전되어 현재보다 더 나은 문명이 되어 있을까요? 역사적으로 중요했던 사람들의 인생 말년의 성취들이 없었다고 가정해볼 수 있겠죠. 지식이 집적되기도 전에 삶을 마감했을 테니까요. 평균적으로. 음… 수명이 짧아도 역시 어렵겠네요."

인류학을 공부하고 있는 유진이 흥미롭다는 듯이 추론했다.

"그래서 내가 정밀한 균형이라고 하는 거지. 수명이 짧다고 해서 문명이 더 빨리 발전하기는커녕, 아예 지금의 인간이 동물들처럼 살고 있을 수도 있어. 문명이 쌓일 수 있는 최소한의 양, 즉 문명의 최소 필요량이 만들어 지지 않을 테니까. 지금 이야기된 정도의 짧은 수명이 아니라 그보다도 더 수명이 더 짧았다면? 지금쯤 인류가 종족 보존을 못하고 아예 지구에서 사 라졌을 수도 있어. 인간은 육체적으로 약하니까. 물론 우리의 원숭이 조상 들이 살던 시절의 평균수명은 몇 년 안 되었을 거야."

"수명이 너무 짧아서 뭘 해보지도 못하고 삶을 마감할 것이고, 너무 길어 도 뭔가를 열심히 추구할 것 같지는 않네요."

기리가 말했다.

"맞아. 인간은 너무도 약한 존재였기 때문에 자기에게 주어진 수명을 채 우지 못하고 죽는 경우가 많았지. 그래서 하나님이 주신 선물이 한 가지 있긴 있어."

"선물요? 그게 뭔가요?"

상승이가 물었다.

"번식가능 기간이지. 물론 수명과 상관관계에 있지만 인간의 육체의 힘 은 비슷한 크기의 다른 포유류 동물에 비해 약한데 번식가능 기간은 퍽 길 다고 할 수 있어. 태어날 수 있는 개체수는 적어도."

"그러고 보니 인간은 지금 기준으로는 수십 년에 걸쳐 번식이 가능하네 요. 다른 동물들처럼 발정기가 따로 정해져 있는 것도 아니고요. 그럼 번식력조차 약했다면 지금의 인류는 없을 수도 있었겠네요."

수지가 말했다.

"그렇지. 어느 정도 도구 등을 통해 스스로를 지켜나갈 수 있는 존재가 되기 전에는 수명과 번식력이 인류의 생존을 가능케 한 유일한 변수라고 할 수 있지. 육체의 크기나 힘은 이미 약한 존재로 고정되어 있으니까. 그래서 지금의 인류는 수명이 적절히 유한한 것, 그리고 육체가 다른 동물들에 비해 약한 것을 하나님께 감사해야 하지. 이사장님 병문안에 와서 이런 소리를 해서 미안하지만."

"번식력이 강해지도록 하나님이 인간에게만 해주신 일이 있나요?"

이번에는 기리가 물었다.

"있지. 인간이 다른 동물과 다른 큰 특징 중 하나지. 다른 각도로 보면 인간을 인간답게 만들기 위해 뭔가 일이 시작되었지. 나중에 기회가 되면 이야기해줄게."

병원 카페에서 이야기하던 그들은 두고 온 소지품을 가져오기 위해 다시 병실로 향했다. 엘리베이터에서 내려 병실로 이동하는 사이 의료진이 대기하고 있는 데스크에 이사장의 담당 간호사가 있었다. 기리는 그녀를 향해 뭔가 의미 있는 눈빛을 보냈다. 그 모습을 보지 못한 일행은 병실로 들어가서 불을 켰고, 잠들었던 이사장이 깨어났다.

"죄송합니다. 우리 때문에 깨셨네요. 이제 저희는 돌아갈게요."

"네."

이사장이 힘들게 대답하는 순간, 간호사 한 명이 주사기가 담긴 쟁반을 들고 들어왔다. 조금 전 기리의 신호를 받았던 간호사였다. 간호사는 김 목사와 동막골 대원들을 지나 이사장 침대 바로 옆까지 왔다.

"얼마 남지 않은 저에게 이렇게 큰 주사를 놓을 일이 남았나요? 무섭네요. 허허허. 콜록콜록"

이사장이 간호사가 들고 있는 은색 쟁반에 담긴 큰 주사기를 보고 힘없이 웃으며 말했다. 간호사는 그의 말에 미소만 짓고 있었다. 그녀는 쟁반을 천천히 이사장에게 내밀었다.

쟁반에는 주사만 있는 것이 아니었다. 꽤 큰 약봉지가 주사기 옆에 있었다. 간호사는 미소를 띠며 이사장의 눈을 계속 쳐다보았고, 이사장은 간호사의 얼굴을 보다가 그제야 주사기 옆의 약봉지를 발견했다.

약봉지에는 큰 글씨가 한 줄로 적혀 있었고, 내용물도 약이 아닌 다른 것이 들어 있었다. 간호사가 약봉지를 들어 이사장 눈앞에 가까이 가져갔고, 이사장은 눈을 가늘게 뜨며 거기에 쓰인 한 줄의 글을 보았다.

'수지를 사랑합니다. 결혼하고 싶습니다. 허락해주시겠습니까? - 이기리 올림'

이사장의 얼굴에 따뜻한 미소가 번졌다. 그리고 다정하게 이기리를 불렀다.

"지난번에 자네를 보자마자 우리 딸 수지를 좋아하느냐고 물은 것을 기억하나?"

"네."

"그리고 내가 왜 자네를 부추겼는지 이제 알겠나?

기리는 곰곰 생각해보았다. 이사장이 자신을 놀리는 듯 말했었기에 그의 생각이 무엇인지 알 수 없었지만 지금은 감이 왔다. 이사장은 기리의 감을 확인이나 해주듯 말했다.

"내가 떠날 날이 얼마 안 남았네. 그렇다 보니 마음이 급해지더구면. 다른 건 몰라도 혼자 남겨질 수지가 걱정이야. 그런데 자네처럼 멋진 남자가 옆에 있어 얼마나 다행인지 모르네. 내가 가기 전에 수지 신랑감을 볼 수 있다면 좋겠다고 생각했어. 하나님이 내 마지막 기도를 들어주신 것 같아. 고마워. 자네와 내 딸의 결혼을 허락하네."

이사장의 말에 수지와 동막골 대원들, 김 목사의 눈시울이 붉어졌다. 이사장의 마지막 기도가 무엇인지 알게 된 기리는 수지 앞에 무릎을 꿇었다. 그리고 약봉지를 찢고 그 안에 있는 반지를 꺼냈다.

"나와 결혼해줘."

수지의 얼굴이 발갛게 달아올랐다. 그녀는 기리가 내민 반지를 소중히 받아들었다.

"오빠, 오빠는 아빠가 허락한 유일한 남자야. 청혼을 받아줄게."

수지는 행복한 표정으로 기리의 청혼을 받아들였다. 박 이사장의 얼굴에도 기쁨의 꽃이 피었다. 평화로우면서도 흐뭇한 표정을 지은 그는 그대로 눈을 감았다. 수지는 아빠의 손을 잡고 눈물을 흘렸다. 기쁨의 눈물이자 슬픔의 눈물이었다.

링크라는 이름의 축복

어느 시인의 말처럼, 박 이사장이 이 세상에서의 마지막 소풍을 끝내고 떠났다. 기리의 청혼이 있던 날 조용히 눈을 감은 뒤 얼마 후 의식을 잃고 호흡기에 의지한 채 사흘을 보낸 다음이었다. 많은 학교 관계자들이 그의 죽음을 슬퍼했고, 제일교회 교인들과 북산 시장 사람들도 줄을 이어 찾아왔다.

이사장의 발인은 경기도 인근의 학교 부지 내 호수 근처에서 김 목사가 주도했다. 장례가 끝나자 석양이 지며 붉은 노을이 펼쳐졌다. 모두들 돌아가고, 동막골 대원들과 김 목사만 남아 호숫가 저편의 지평선을 바라보고 있었다. 호수를 넘어온 잔잔한 바람에 머리카락이 너풀거렸다.

"이제 이사장님을 편히 보내드리자. 주님 옆으로 가셨어."

노을빛을 받아 발그레해진 얼굴의 김 목사가 입을 열었다.

"네, 목사님. 아버지 마지막 가시는 길을 지켜주셔서 너무 감사해요."

수지가 김 목사에게 말했다.

"우리 교회를 돌봐주신 이사장님께 내가 감사하지."

"여쭤보고 싶은 것이 있어요."

"그래, 뭐니?"

"아버지가 전에 병실에서 목사님께 말씀하셨던 '이제 믿는다'는 말씀이 무슨 의미인가요?"

"아마 우리가 혼자가 아니라는 것을 믿으시는 것 같다."

"우리요?"

"사람은 본래 위기를 맞거나 임종을 앞두고 세상은 혼자 왔다가 외로이 혼자 떠나는 것이라고 생각하기 쉬워. 아빠도 그러셨을 거야. 그러다가 우리를 만나 이야기를 나누면서 죽음이 외롭거나 두려운 것이 아니라는 걸 깨달으신 것 같아. 생의 끝에 서 있는 사람에겐 정말 중요한 깨달음 아닐까?"

김 목사의 이야기에 모두들 숙연해졌다. 특히 수지는 아버지의 죽음을 통해 어느 경우에도 외롭지 않을 수 있다는 것을 알았다. 남겨진 자의 행복과 안녕, 그것이 보장된다면 떠나는 자도 행복할 수 있으므로.

잠시 생각에 잠겼던 김 목사는 다시 이야기를 이어나갔다.

"그리고 본인이 이 세상에 나오기 전에 선대의 조상들이 계셨고, 후대로 수지를 남겼다는 것과, 수지가 기리와 결혼해서 자손을 남길 거라는 사실을 기쁘게 생각하셨어. 이렇게 삶이 지속되는 거잖아? 그래서 사람은 비록 떠나지만 혼자가 아니고 외롭지도 않은 거야. 아버님도 그걸 깨달으셨고,

자신은 위와 아래를 연결하는 링크라는 것을 믿으신 게 분명해.”

“링크군요. 그래서인지 떠날 것을 아시면서도 전에 없이 행복해 보이셨어요. 근데 목사님께 믿는다고 하실 때는 그 이상이었던 것 같아요.”

“그래, 이사장님은 자신을 향한 신의 사랑을 믿게 되었어. 링크라는 것이 그냥 하늘에서 나에게 떨어지는 역할이 아니거든. 살다 보니 그냥 조상과 후손 사이에 내가 끼어 있게 된 것이 아니라는 말이지. 내가 링크라는 사실 자체가 하나님의 축복이야.”

“하나님의 축복요?”

유진이가 물었다.

“어.”

“지난번 창세기와 관련된 지구와 달의 탄생 이야기 말고 이사장님께 다른 이야기도 하셨나요?”

이번에는 상승이가 물었다.

“많지. 인간을 위한 하나님의 사랑.”

“자신의 아들, 예수님을 이 땅에 보내셔서 우리 인간들을 구원하신 사랑이요?”

“응.”

“근데 우리는 예수님이 태어난 것과 어른이 되어 하신 일만 알고 어떻게 성장했는지는 정말 모르는 것 같아요. 어디서 들어본 적도 없고.”

유진이가 말했다.

“당연하지.”

“역사의 부재가 당연한 것이라고요? 그럼 기록이 없는 것이 아니라 쓸

거리가 없었다는 말이네요?"

"당연하지."

"왜 그것도 당연하죠?"

유진이가 다시 물었다. 모두들 믿을 수 없다는 표정이었다.

"특별히 하신 일이 없었으니까."

"훌륭한 사람들은 어릴 때부터 다르던데요? 지금으로 치면 머리가 좋은 학생이 무슨 시험에서 전국 1등을 했다던가, 운동을 잘하면 어릴 때부터 무슨 대회에서 상을 휩쓸었다던가, 음악 같으면 무슨 콩쿠르에서 우승했다든가…."

"예수님의 어린 시절은 아마 우리들 시선으로 평가하자면 거의 바보였어."

"헉, 바!보! 진짜요?"

"어, 별로 주목할 필요가 없는 바보. 태어나고 자라면서 아이들 사이에서 특별한 경쟁심도 없었고, 거짓말도 못했지. 그저 남들이 뭐라고 하면 잘 웃고, 남들에게 잘 속아 넘어가고, 욕심도 하나 없는, 그런 성장기를 보내셨거든."

"하지만 가끔씩 보통 인간들이 할 수 없는 일들, 예를 들어 예수님이 성인이 되어서 보이신 기적들 중 일부라도 보이셨을 수도 있었지 않나요? 기록만 없을 뿐이지. 능력자인데요?"

기리가 물었다.

"그랬다면 어떠했겠니? 피지배 민족에게서 어떤 어린아이가 인간의 힘으로 할 수 없는 일들을 하고 다닌다? 로마인들이 가만히 놔두었을까? 아니면 다른 경쟁 집단에서 이 아이를 가만히 놔두었을까? 사이비 종교가 성행하던 시절에? 오히려 악마의 자식이라고 불구덩이에 집어 던지지 않았을까?"

"다른 경쟁 집단 누구요?"

"인접한 민족들, 이야기 팔아먹고 사는 각종 사이비 종교 신봉자들과 그 우두머리들, 그리고 또 모르지. 인간이 모르는 존재들이 있었는지도."

"인간이 모르는 그런 존재도 있었을까요?"

유진이가 끼어들었다.

"그럴 수도 있다는 이야기야. 천사도 인간은 아니잖아. 하나님은 분명히 인간은 아니셔. 악마도 인간은 아니겠지."

"와하하, 진짜 인간이 아닌 존재들이 등장하긴 했네요. 알면서 자각하지 못하고 있었다니 그것도 이상하네."

"뭐… 따지자면, 예수님의 탄생이 우리가 알고 있는 상식적인 탄생은 아니잖아? 예수님의 유전자 속에 우리에게 없는 유전자가 있을 수도 있고."

김 목사가 눈빛을 야릇하게 반짝이며 말했다. 마치 밝힐 수 없는 비밀을 꽁꽁 감춘 것처럼.

"농담이야, 하하하. 어쨌든 예전에는 동화나 전설이었던 것이 지금은 과학이 발달하면서 사실로 드러나거나 실현 가능한 이야기가 되고 있잖아. 아기가 엄마의 뱃속에서만 잉태되는 줄 알았는데, 이제 시험관을 통해서도 나올 수 있는 것처럼. 또 엄마나 아빠가 없어도 나올 수 있고, 심지어 엄마 아빠가 사망했어도 나올 수 있는 세상이잖니?"

"그건 그렇지요. 옛날에는 누가 지구 반대편의 사람과 대화할 수 있는 스마트폰 같은 물건이 생길 거라고 예측했겠어요? 심지어 얼굴까지 보면 서요."

상승이 재미있다는 듯 말했다.

"예수님은 조용히 자라셨어. 눈에 뜨이지 않게. 한두 마디 하신 것은 기록에 있지만 사람들이 주변에 모이고 그를 칭송할 수 있는 그런 정도는 아니었지. 조용히 어떤 시점을 기다리신 거지. 또는 그렇게 자라도록 교육받으셨지. 그것이 인간적인 아버지 요셉의 역할이었지. 때가 될 때까지 능력을 숨기라는 아버지 요셉의 가정교육 말이야. 조용하게 지내신 것도 공짜가 아니야. 누군가의 교육이고 누군가의 희생이었지."

모두가 조용해졌다. 그러더니 수지가 다시 말을 꺼냈다.

"목사님이 조금 전에 그러한 예수님 말고 하나님이 인간을 사랑하신 경우가 또 있었다고 하셨는데 뭔가요? 기록에는 없는 뭔가가 있었나요?"

"사랑하는 자식을 위해 설마 한 번만 개입하셨을까? 하하."

"구약에 나오는 이야기들이나 예수님이 오신 것 말고 다른 기적들이 있었다는 말씀이신가요?"

"그렇지. 많은 것을 다 이야기해드릴 수는 없었고 지난번에 이야기한 창세기 1장 중 다른 부분에 대한 이야기를 해드렸지."

"저희에게도 해주세요."

"음, 시간이 걸리는 이야기이지만 짧게 해주지. 선선한 바람도 불고 분위기도 좋으니 우리 모두 호숫가에 앉도록 할까?"

일행은 돗자리를 폈다. 그리고 호숫가에 앉아 김 목사의 이야기에 귀를 기울였다. 김 목사는 한 사람, 한 사람의 눈을 보았다. 예수님께서 제자들을 바라볼 때 그러하셨을 것이다. 동막골 부대원들을 바라보는 김 목사의 눈빛에도 따뜻한 사랑과 은혜로움이 충만했다.

하늘은 이제 해가 완전히 저물어 아름다운 황금빛 석양도 사라졌다. 대신 별들이 하나 둘 꽃처럼 피어나 빛나기 시작했다.

마
지
막
대
화

호숫가에 도란도란 앉은 동막골 부대
원들은 남은 막걸리를 서로 나누어 마셨다. 이사장의 죽음이 슬프고, 아직
수지의 가슴을 아프게 하고 있었지만, 그래도 빨리 딛고 일어나자며 명복
을 빌고 건배도 했다. 김 목사가 다시 이야기를 시작했다.

"먼저 긴히 해줄 이야기가 있어."

"그게 뭔데요?"

상승이 막걸리 때문에 딸국질이 나오는 것을 참으며 물었다.

"너희들과 만나는 것도 오늘이 마지막이 될 것 같아."

"네?!!!!!!!"

약속이라도 한 것처럼 동막골 부대원들이 놀라 외쳤다.

"그게 무슨 날벼락 같은 말씀이세요?"

가장 놀란 사람은 수지였다. 아버지와의 이별 후 이제 자신의 곁에 의지

할 수 있는 어른은 김 목사뿐이라는 생각을 했었다. 그녀는 김 목사가 떠난다고 말하자 암울해졌다.

"이제 나는 제일교회를 떠나. 다른 하나님의 집에서 봉사하게 되었어."

"왜요? 그럼 이제 우리와는 못 보는 건가요?"

수지는 금방 눈시울이 붉어진 채 울음이라도 터뜨릴 것 같았다.

"그럼 우리 주례도 못 봐주시는 거예요?"

기리는 자신의 결혼식을 생각하며 난감해했다. 주례야 누구에게라도 부탁하면 되지만, 인생의 가장 중요한 순간에 그와 꼭 함께하고 싶다는 생각이었다.

"그래, 그렇게 됐구나. 미안하다. 우리 교회 홍 목사님께 부탁을 해보렴. 살짝 여쭈어보았는데 본인은 얼마든지 해주시겠다고 하셨어."

"네에, 그래도 서운하네요."

그 마음을 이해한다는 듯 김 목사가 기리의 어깨를 다독였다.

"무슨 일이라도 있으세요? 왜 갑자기?"

이번에는 유진이가 매달리듯 김 목사의 팔을 붙잡으며 물었다.

"아니, 특별한 일이 있는 건 아니야. 처음부터 제일교회에서 계속 있을 예정으로 온 것은 아니었어. 제일교회에서 나를 필요로 할 것 같아서 와 있었던 거지."

"하긴, 목사님이 계셔서 제일교회가 커다란 변화의 시기를 무사히 건널 수 있었지요. 근데 목사님은 그것을 예견하셨다는 말씀이신가요?"

"하하하. 내가 무슨 선지자라도 되니? 그냥 하나님의 목소리를 따라오다

보니 제일교회에 오게 된 거지.”

“너무 슬퍼요.”

수지는 갑자기 김 목사가 떠난다는 것이 믿기지 않았다.

“슬퍼하지 마. 나는 너희들과 계속 함께할 거야.”

“네, 부디 그렇게 해주세요. 그리고 계속 우리를 축복해주세요.”

기리가 말했다.

“기리도 이제 신자가 다 된 것 같네. 축복이라는 말이 금방 나오고. 하하하.”

“그런가요? 하하하. 뭐랄까… 그냥 제 자신에게 많은 질문을 던져봤어요. 믿음이 필요한지, 필요하다면 무엇을 믿어야 할지, 신은 존재하는지, 신이 보여주신 기적이란 있는지, 그 판단은 언제 누가 하는 것인지, 나는 그것을 판단할 자격이 되는지 등등 많죠? 모두 목사님 덕분입니다.”

“고맙구나. 일차적으로 내가 원하는 게 그거야. 신이 없다고 생각한다면 너희들이 생각한 대로 신이 존재하지 않음을 증명하도록 해. 있다고 생각하면 증거를 밝히며 살아가면 되고. 신이 없다고 믿는 것도 믿음이고 신이 있다고 믿는 것도 믿음이야. 믿음을 가지고 살아. 내가 두려워하는 것은 아무 믿음도, 아무 생각도, 아무 고민도, 아무 연구도, 아무 검증도, 아무 진리 탐구도 하지 않고 사는 무의미한 삶이야. 신자들도 비신자들이 볼 때 그냥 자신들이 믿고 싶은 것을 믿는 집단으로 보이지 않고 신의 존재를 설득할 수 있는 사람들이라는 말을 들을 수 있도록 해야겠지.”

“우리 모두 목사님 덕에 많은 것을 배우고 많은 것을 생각할 수 있었어요. 중요한 것은 지금 무엇을 아는지 모르는지가 아닌 것 같아요. 그보다는 알고 있는 것이 진짜 맞는 것인지, 모르고 있는 것은 무엇인지, 왜 모르고 있는지를 생각하는 거죠."

아쉬움이 가득한 표정으로 유진이 말했다.

"좋아, 좋아. 거기서부터 시작이야. 자신을 돌아보고 생각하는 것, 그게 진정한 인간의 모습이지."

"목사님의 이야기를 들으면 나누고 싶은 이야기가 너무 많아요. 어디로 가시든지 꼭 저희와 연락처를 공유하시고 종종 저희랑 밥도 먹고 말씀도 해주셔야 해요."

수지가 아쉽다는 듯 말했다.

"걱정 말라니까. 허허. 핸드폰 없이도, 연락처 없이도, 우주 저 멀리 있어도 나는 너희들이 어디서 무엇을 하고 있는지 다 알 수 있어."

"에이~ 우주 멀리서요? 어떻게 다 아실 수가 있어요?"

"진짜야. 우리는 시간과 공간을 초월할 수 있어. 우리는 하나야."

"하나요?"

"기리가 빅뱅에서 설명해주었잖아. 우리는 모두 하나에서 시작했지. 단 하나의 점. 그래서 우리 우주의 삼라만상은 모두 얽혀 있어. 시간과 공간을 넘어서."

"시간과 공간을 넘어서요?"

"그렇지. 기리가 지난번에 말한 것처럼, 온 우주를 구성하고 우리의 몸까지 구성하고 있는 모든 물질은 모두 하나에서 출발했고, 서로가 서로를 죽이는 동족상잔의 시대를 지나 살아남은 물질이 우리를 만들고 있는 거야. 물질과 반물질의 전투에서 살아남은 물질들이지. 어떻게 살아남았든, 상대

를 죽여서 살아남았든, 숫적으로 우세해서 살아남았든, 아니면 서로 조화
하고 융합하여 살아남았든 이 물질들은 모두 같은 날 태어난 쌍둥이 형제
자매들이야. 서로 운명적으로 얽혀 있어. 시간과 공간을 넘어선다는 의미
를 요즘 많이 이야기되고 있는 양자의 얽힘 현상(Quantum Entanglement)
에 빗대어 설명해줄까?"

"네."

"A라는 별과 B라는 별이 100광년 떨어져 있어. B별은 A별보다 문명이
앞서 있어서 양자를 마음대로 다루는 것에 비해 A별은 거의 농경사회라고
하자. A별 사람들이 하늘을 보며 매일 B별을 저주하자 B별이 A별을 파괴
하려고 미사일을 쏘았어. 미사일은 빛의 속도로 날아가. 아직까지 우리에
게 빛의 속도보다 빠른 시간은 없기에 A별 사람들의 종말은 정해진 미래
라고 봐야겠지. 단, 미사일은 빛의 속도로 날아오니까 종말은 100년 후야.
근데 A별 사람들이 100년 동안 문명이 발달하면서 자신들의 잘못을 뉘우
치고 오히려 B별에게 진심으로 감사하며 감사의 기도를 올리기 시작했어.
그때가 미사일 발사 후로부터 99년 364일째 되는 날이었어. 다시 말해 하
루만 더 있으면 A별은 우주에서 사라지지. 그렇다면 A별 사람들의 깨달음
과 의지 같은 것은 우주 공간에서 전혀 의미가 없는 정신적 영역일까? 아
니야. B별 사람들은 양자를 이용해서 A별에서 이루어지고 있는 상황을 실
시간으로 알지. 빛의 속도로 정보를 교류하면 100년 걸릴 것을 양자를 이
용해서 실시간으로 아는 거야. A별 사람들의 마음을 이해하는 데도 시간
이 걸리지 않아. 그리고 빛의 속도로 날아가는 미사일 내부에는 자신들의
기지와 양자의 얽힘 현상을 이용한 통신시스템이 들어 있지. B별 사람들

은 99년 364일을 빛의 속도로 날아간 미사일의 날개를 조절하여 A별에서 빗나가게 하고 폭발력을 잃도록 명령을 내려. 명령의 전달에도 시간이 걸리지 않아. 양자의 얽힘은 공간을 넘어 동시에 이루어지게 되어 있으니까. 즉, A별 사람들에게나 B별 사람들에게나 시간과 공간은 중요한 것이 아니야. 언제 무엇을 결심하느냐만 중요할 뿐이지. 우리 인간들도 그동안 어떻게 살아왔느냐가 중요한 것이 아니야. 지금, 이순간, 나의 마음이 어떤 결정을 내리느냐에 따라 나에게는 다른 미래가 열리게 되어 있어. 나는 그런 식으로 너희와 함께 할 거야. 허허허."

약속이라도 한 듯 모두들 일어나 김 목사를 향해 다가갔다. 김 목사는 따뜻하게 그들을 안아주었고, 동막골 부대원들은 그를 에워쌌다.

"자, 여기 있는 막걸리와 빵을 나누어 먹자."

김 목사가 긴 포옹을 풀며 모두에게 말했다.

"목사님, 잘 알겠어요. 예전부터 우리의 철학에도 음양설이 있었고 풍수지리에서도 그런 것들이 존재함을 이야기했었는데 모두 무시했거든요. 목사님이 양자의 얽힘 현상으로 저희의 관계를 설명해주시니 우주 삼라만상이 참으로 알아야 할 것이 많네요. 사뭇 겸손해지게 되네요."

기리가 말했다.

"하하, 교수님이 되면서 오히려 겸손해하는 모습을 보이니 기분이 좋네. 옛것을 모조리 무시하면 안 돼. 우리 선조들이 바보라서 증명을 못한 게 아니야. 과학이라는 수단이 없었을 뿐이야. 우리는 단지 과학이라는 수단이 존재하는 후대에 태어났을 뿐이고. 너희들이 언제 어느 시대에 태어나게 해달라고 부탁한 적이 있어? 너희들에게 그냥 주어진 거지. 이 시기에,

이곳에서 태어나 과학의 혜택을 누리며 살고 있는 것도 누군가에게는 감사할 일이야."

"이제 저희 아버지에게 해주셨다는 말씀이 무엇인지 말씀해주세요."

막걸리잔을 받아 내려놓으며 수지가 말했다. 술보다는 아버지에 대한 김 목사의 이야기가 궁금했다. 이제 김 목사로부터 듣는 이야기도 오늘이 마지막이란 생각으로 모두들 눈을 반짝이며 김 목사의 이야기에 귀를 기울였다.

•
창
조
적 파
괴

　　"창세기에 보면 하나님이 창조를 시작하신 이래 세 번째 날에 처음으로 생명체를 언급하셔. 1장 11절인데, '하나님이 가라사대 땅은 풀과 씨 맺는 채소와 각기 종류대로 씨 가진 열매 맺는 과목을 내라 하시매 그대로 되어 땅이 풀과 각기 종류대로 씨 맺는 채소와 각기 종류대로 씨 가진 열매 맺는 나무를 내니 하나님이 보시기에 좋았더라.' 이것이 하나님의 셋째 날 작업이야."

　"넷째 날은요?"

　유진이가 흥미를 보이며 물었다.

　"넷째 날에는 생명체에 대한 말씀이 없으셔. 그리고 다섯째 날부터는 생명체의 진화에만 온 힘을 쓰시지. 그만큼 생명체의 진화는 어려운 일이었고, 인간이 나오기까지 엄청난 창조와 창조적 파괴가 연속했던 것이지."

　"그러네요. 그럼 다섯째 날에는 무엇을 하셨는데요?"

이번에는 수지가 물었다.

"다섯째 날에는 '하나님이 가라사대 물들은 생물로 번성케 하라 땅 위의 하늘의 궁창에는 새가 날으라 하시고 하나님이 큰 물고기와 물에서 번성하여 움직이는 모든 생물을 그 종류대로, 날개 있는 모든 새를 그 종류대로 창조하시니 하나님이 보시기에 좋았더라. 하나님이 그들에게 복을 주어 가라사대 생육하고 번성하여 여러 바다 물에 충만하라 새들도 땅에 번성하라 하시니라.' 즉, 다섯째 날부터는 지구상의 생명체의 진화에 힘을 기울이신 거야."

"그럼 일곱째 날은 지금으로 말하면 일요일이니까 쉬셨을 테고 일하시는 마지막 날, 즉 여섯째 날에 인간을 만드셨겠네요."

유진이가 물었다.

"그렇지. 여섯째 날에는 이런 일을 하셨어. '하나님이 가라사대 땅은 생물을 그 종류대로 내되 육축과 기는 것과 땅의 짐승을 종류대로 내라 하시고 하나님이 땅의 짐승을 그 종류대로, 육축을 그 종류대로, 땅에 기는 모든 것을 그 종류대로 만드시니 하나님이 보시기에 좋았더라. 하나님이 가라사대 우리의 형상을 따라 우리의 모양대로 우리가 사람을 만들고 그들로 바다의 고기와 공중의 새와 육축과 온 땅과 땅에 기는 모든 것을 다스리게 하자 하시고 하나님이 자기 형상 곧 하나님의 형상대로 사람을 창조하시되 남자와 여자를 창조하시고 하나님이 그들에게 복을 주시며 그들에게 이르시되 생육하고 번성하여 땅에 충만하라, 땅을 정복하라, 바다의 고기와 공중의 새와 땅에 움직이는 모든 생물을 다스리라 하시니라. 하나님이 가라사대 내가 온 지면의 씨 맺는 모든 채소와 씨 가진 열매 맺는 모든 나무를 너희에게 주노니 너희 식물이 되리라. 또 땅의 모든 짐승과 공중의 모든 새와 생명이 있어 땅에 기는 모든 것에게는 내가 모든 푸른 풀을 식물로 주노라 하시니 그대로 되니라. 하나님이 그 지으신 모든 것을 보시니 보시기에 심히 좋았더라.' 휴~ 이번엔 좀 기네."

"결국 인간이 하나님의 마지막 창조물이네요."

기리가 말했다.

"그렇지. 기리의 말대로 창조물. 창조물이라는 말은 진화의 산물이 아니라는 말이야. 자연 진화와 같이 보이지만 그 안에 어떤 작은, 그러나 아주 중요한, 빅뱅과 같은, 모든 결과의 시작점이 되는 신의 섭리가 있을까? 이것을 알아내는 것이 너희들에게 주어진 숙제야. 너희들이 못 풀면 너희들의 자식들이 풀면 돼. 어쨌든 인간 이후에 인간보다 하나님에 더 가까운 것은 창조하지 않으셨고 앞으로도 그러실 거야."

"하나님이 인간을 만드시고 이제는 비로소 쉬시겠네요. 그동안 뭔가를 만들다가 지치셨겠어요."

"하나님이 세상을 쓸어버린 적도 있어. 물론 제2, 제3의 업그레이드를 위한 파괴였으니 창조적 파괴라고 말할 수 있지."

"슘페터의 창조적 파괴군요."

상승이가 말했다.

"하나님의 창조적 파괴지. 스케일이 다르잖아. 창조를 위한 파괴. 새로운 탄생을 위해 기존의 것들을 파괴하는 것이지."

"그런 것은 창세기에 없다는 말씀이지요?"

"굳이 말하시지 않은 거지. 파괴를 따로 말할 필요가 있겠어? 파괴도 창조의 일부였으니까. 파괴로 뭔가를 진짜 없애버리려 하셨다면 교훈의 의미로 창세기 말고 다른 곳에 존재하셨겠지. 하지만 인간이 태어나기 전에, 인간을 만드시기 위해 옛것을 파괴했으니 창조활동의 일환이라고 볼 수 있지. 지구의 역사가 45억 년 정도라고 해도 지금을 사는 생명체의 진화는 1억 년에 몰려 있잖아? 45억 년 중 35억 년 정도는 지금의 생명체가 활동할 수 있는 환경을 만드는 데 시간이 지나갔고. 제대로 된 동물들의 진화는 5천만 년 정도에 일어난 것이고. 그리고 5천만 년 정도에 생명체가 번식하고 진화하는데, 그 진화가 우리가 알고 있는 것처럼 연속선상으로 이루어진 것이 아니야."

"왜요? 동물들의 역사가 최근 5천만 년의 기록이라고 해도, 계속 진화하면서 지금까지 이어진 거 아닌가요? 연속성이 없다면 그냥 하늘에서 뚝 떨어진 거라는 말일 수도 있잖아요."

상승이 물었다.

"하하, 세상살이가 그렇듯이 하나의 선이 하나의 기울기를 가진 것처럼 완만하게 진화를 해온 게 아니야. 명인이 도자기가 마음에 들지 않으면 그때까지 만들었던 도자기를 들어서 깨버려야 새로운 출발점에서 새로운 작품이 이루어지듯이 하나님도 진화가 마음에 들지 않으실 때는 그때까지 진화해서 번성했던 생명체들을 한순간에 없애버리셨지. 뭔지 알겠지?"

"아아… 멸종!! 알 것 같아요! 이제 무슨 말씀인지 알아요!

"이제 알겠지? 쓰라린 마음을 뒤로하고. 더 나은 미래 피조물을 위해서, 또는 결과만 연결시켜 이분법적으로 표현한다면, 인간의 탄생을 위해서 그렇게 하신 거지."

우연의 자식들

"생명체를 그렇게 사랑하시는 하나님이 한순간에 없애버리다니요? 선뜻 이해가 가지 않아요. 무서운 분인 것 같기도 하고요."

유진이 물었다.

"인간이 모든 생명체와 생명체의 역사 위에 만들어진 최후의 피조물이라는 말이고, 인간이 나오기 전까지 희생되었던 생명체들에게 감사할 줄알아야 한다는 뜻이야. 예를 들어 먼 옛날 공룡에게도 감사해야 한다는 뜻이야. 하하."

"알고 있는 일이긴 한데, 너무 먼 역사라 그냥 흥미거리였지 깊게 생각해보진 않았던 것 같아요."

이번에는 상승이가 말했다.

"맞아. 예를 들어 지구에는 크고 작은 빙하기들이 계속 있었잖아. 지금보다 훨씬 더한 온난화도 있었고. 예를 들어 2억 5천만 년 전 페름기의 대멸종 시기만 봐도 그때까지 번창했던 척추동물, 양서류, 곤충, 원겉씨식물, 나무 등 지구 전체 생물종의 80%가 사라져. 종의 80%가 사라졌으니 개체수로 보면 거의 모두 죽었다고 봐야지."

"그야말로 그때의 생명체들에게는 종말이었네요."

"그런 셈이지."

"맞아요. 그래서 지금은 화석으로만 볼 수 있죠."

유진이 공감했다.

"그 외에도 생명체의 진화가 거의 리셋된 것 같은 새로운 출발점들이 몇차례 있었어. 진화론에서는 모두 우연이라고 하겠지. 이러한 리셋들이 없었다면 단언컨대 지금의 인간은 없어. 리셋이 뭐야? 그야말로 처음부터 다시 한다는 의미잖아? 그러니까 이렇게 리셋된 후에 완전히 다른 종류의 생명체들이 또 완전히 다른 방식으로 진화를 시작하게 되면서 종족의 보존과 번영이 이루어진 것이거든. 생긴 것도, 움직이는 것도, 몸의 크기도 모두 완전히 다른 생명체들. 그러다 결국 인간이 탄생하게 된 거야."

"헤아릴 수도 없을 만큼 아주 먼 옛날에 있었던 멸종이라고만 생각했었는데, 리셋이라는 다른 시각으로 바라보니 신기해요. 말씀처럼 리셋은 진화론으로 설명되지 않는 이야기라 어떻게 받아들여야 할지 혼란스럽기도 하고요. 우연히 그 시점에 멸종이 일어났다고 할 수도 없고요."

"그럴 거야. 그렇다고 내가 하나님의 계획대로 딱 그 시점에 종말 같은 리셋을 실행했다고 말하는 것은 아냐. 그 시점에 어떤 절차를 밟아 왜 일어났는지 알려는 노력이 있어야 해. 그 리셋들을 연구하고 고민해야 한다는 뜻이고. 그렇게 해서 리셋들에 대한 메커니즘을 알게 되면 인간은 리셋도 진화의 영역으로 가져올 수 있게 되겠지."

"듣고 보니 유전적으로도 리셋이 아니면 말이 안 돼요. 세포의 증식과정에서 복제는 말 그대로 똑같은 형태로 실수 없이 이루어져야 하거든요. 환경을 아무리 바꿔도 금방 닭이 독수리가 되지는 못하는 것과 같아요. 시간이 거의 무한정 주어졌다면 모르겠지만요. 시간에 여유가 없다면 리셋이 아니고는 불가능하다고 봐야죠. 그러니 멸종이 일어나고 전혀 새로운 생명체가 등장하지 않았다면, 지금 같은 포유류들의 세상이 탄생하지 못했을 겁니다."

"맞아. 포유류는 부모가 자식을 젖을 먹여 키우고, 독립할 때까지 함께하며 포식자로부터 지켜주지. 물론 임신 기간도 길고. 생명체 중에 부모와 자식 간의 사랑과 희생이 가장 크다는 말이야. 그에 비해 파충류나 양서류 등은 알을 낳으면 알아서 부화하잖아? 새끼들의 독립이 빨리 이루어지지. 그러니 세대 간 사랑이 포유류보다 약할 수밖에 없어. 훨씬 자기중심적이지. 게다가 포유류보다 몸도 크고 빠른 데다 살상력이 어마어마하지. 공룡들을 봐도. 이런 세상에 포유류의 시대가 올 수 있겠어?"

"갑자기 공룡들에게 존경심이 생기네요. 그들이 멸종이라는 희생을 해준 덕분에 인간이 탄생될 수 있었다니….”

상승이 말했다.

"창세기에 나와 있는 창조의 7일 중, 여섯째 날에 인간이 창조되었다는 말 속에는 바로 이러한 거대 이벤트들이 숨어 있어. 행간에 숨어 있는 의미를 발견하려고 노력하는 것도 우리의 숙제야.”

"근데 목사님이 창세기 구절을 읽으실 때 ‘우리의 형상을 따라 우리의 모양대로 우리가 사람을 만들고’라고 하셨잖아요? 왜 우리라고 하셨어요? 하나님은 한 분이시잖아요?"

"하하하. 좋아. 그런 호기심이 계속 나와줘야 해. 그것은 앞으로 상승이의 숙제야. 성경에 나오는 하나님이 한 사람일지, 사람이 아니고 다른 존재일지, 아니면 아예 여러 존재들의 집합체일지를 상승이가 알아내야지. 하하하.”

"목사님의 말씀이 사실인지 아닌지 아직은 잘 모르겠어요. 하지만 앞으로 죽을 때까지 생각을 해보면서 살 필요가 있을 것 같아요.”

"괜찮아. 그리고 고마워. 마음의 문, 가능성의 문을 열기란 어려운 일인데 상승이는 열어보려고 생각하는 것만 봐도 하나님이 복을 내리실 거야.

나는 상승이의 눈빛만 봐도 상승이가 믿고 있다는 것을 알아.”

　“헤헤. 저의 눈빛만 봐도 아신다고요?”

•

지
혜
의

과
일

"나는 눈빛만 봐도 알아. 내게 그런 기술이 있지. 하하."

"무슨 기술요?"

"눈빛만 보고 상대의 생각을 알아내는 기술이라고 할까? 하하."

"관심법 같은 거요?"

"그래. 관심법이야. 오늘날의 인류는 별을 보면 그 별이 어떤 별인지 알아. 지금은 우리와 별 간의 거리, 크기는 물론 어떤 성분으로 이루어져 있는지, 대기는 어떻게 구성되어 있는지, 나이는 얼마인지 등도 알 수 있어. 그 별이 우리 눈에 보인다는 것은 그 별에 반사된 빛이 우리 눈으로 들어온다는 말인데, 그 별빛만 분석해도 그 별을 알 수 있어. 흔히 지문이나 홍채는 그 소유자를 다른 사람들과 구별할 수 있는 고유의 징표라고 하잖아. DNA도 그 생명체가 무슨 생명체이고 육체가 어떻게 구성되어 있는지까지 알려주지. 거대한 설계도면이야. 빛도 그래. 별에서 반사되어 나오는 빛만 분석해도 많은 부분을 알 수 있어. 모두가 과학기술 덕분이지.”

“그런 기술들이 어디까지 발전할 수 있을까요?”

“앞으로는 인간의 눈에서 반사되어 나오는 빛, 즉 눈빛을 보면 그 사람이 어떤 사람이고 어떤 생각을 하는지 뇌의 작용까지 알게 되지 않을까? 눈빛만 봐도 알 수 있다는 말을 하듯이, 사람의 뇌에서 일어나는 작용이 눈빛에 나타나잖아. 홍채에 반영이 되니까. 그 홍채에서 반사되어 나오는 빛을 분석하면 그 사람의 세포, DNA, 뇌의 작용, 나아가 그 사람의 역사, 부모, 조상, 유전적 건강 상태, 지금의 환경 등을 알 수 있게 될 거야.”

“앞으로도 많은 시간이 필요하겠지만 지금의 기술로도 홍채는 인간의 고유 징표로 활용하고 있지요. 하지만 목사님은 어떻게 그런 것들을 다 아세요? 대단하세요. 지금의 말씀은 인류의 미래에 대한 건데, 설마 우리의 눈빛을 분석해서 어떤 생각을 하는지 들여다보고 계신 건 아니죠?”

“하하하. 현재 연습 중이야. 관심법 연습. 상대의 눈만 보고 상대의 의도를 파악하기 위한 연습. 하하하.”

김 목사가 장난스레 웃으며 말했다. 그제야 상승이도 웃을 수 있었다. 누가 자신의 생각을 들여다보고 있다고 생각하면, 상대가 누구라 해도 기분이 좋을 것 같지는 않았다.

“휴~, 아빠가 무슨 생각으로 어떤 결정을 내리신 것인지 이제 조금 알겠어요. 그래도 제가 아빠의 유일한 자식인데 자식이 아빠의 뜻을 몰라서는 곤란하죠. 목사님의 말씀을 들으니 아빠가 마지막에 걸었던 생각의 길을 함께 걷는 기분이 들어요. 생명의 고리와 인류의 탄생, 이런 큰 그림들을 그리고 깊이 생각해보신 것 같아요."

"아빠는 너를 너무 사랑하셨고, 앞으로도 사랑하실 거야. 하나님이 인간을 사랑하셨던 것처럼."

"네, 저도 아빠를 사랑해요. 지금 곁에 계시지 않은 게 슬프지만요."

"힘내서 슬픔은 빨리 잊고, 아빠가 육체적으로만 계시지 않는다는 변화를 받아들여. 나를 둘러싼 눈에 보이는 공간뿐만 아니고, 과거에 이 공간이 만들어지고 변해갔을 그 흐름과 앞으로 변해갈 흐름까지 이해하고 받아들여야 해. 또 지금 이 순간 내가 하고 있는 변화의 노력이 미래에 어떤 결과로 나올지 인식하고 살아가야 해. 링크를 이해한다는 말은 조금이라도 더 4차원에 가까운 사고를 할 수 있다는 말이야. 같은 공간이라 할지라도 시간의 흐름에 따라 공간에 대한 정의가 달라지니까. 다이아몬드를 이루는 격자의 반복되는 구조도 시간에 따라 변할 수 있다는 '타임 크리스털'처럼."

"어렵네요. 주어진 공간과 환경에 순응하며 진화해야 할 운명이 아니고 주어진 환경마저 바꿔 생육하며 번성해야 할 책임이 인간에게 있다는 말씀이시군요. 그 선악과가 운명을 갈랐군요. 백설공주가 사과 먹고 잠이 든 것처럼, 그놈의 사과가."

숙제가 너무 많다는 듯 유진이가 투덜거리며 말했다.

"하하하. 지혜의 과일이 정말 사과일까? 사과가 아니야."

"예? 옛날부터 사과라고 해서 다 사과인 줄 아는데요? 그럼 대체 뭐예요?"

"오히려 바나나에 가깝지. 황금빛을 띠고 있는 노란 바나나."

"예? 바나나요? 원숭이들이 좋아하는 그 바나나요?"

상승이가 물었다.

"하하, 그렇지. 소화 잘되고, 당분 풍부하고, 원숭이의 후손인 너희들이 좋아하는."

갑자기 유진이의 눈이 동그랗게 커졌다. 김 목사의 말이 항상 소설같이 들리지만 그렇다고 모두 근거 없는 이야기는 아니었기 때문이다.

"잠깐! 아무래도 뭔가 있어! 인류의 옛 조상은 원숭이 맞잖아. 인간의 운명을 결정짓게 한 그 선악과가 존재했다면, 그때가 언제일지 생각해봤어?"

"와아! 아담과 이브가 설마…. 그리고 선악과가 바나나?"

상승이 깜짝 놀라며 맞장구쳤다. 그도 뭔가 떠오른 것 같았다.

"그렇지? 그러니까 성경의 내용처럼 선악과가 존재했고 아담과 이브가 그걸 먹었다면…. 과학적인 시각에서 진화론으로 거슬러 올라가 본다면 거의 원숭이의 모습을 띠고 있었던 시절일 수도 있겠는데? 어쨌든 아담과 이브는 최초의 인간이었고 최초의 인간이라는 말은 지금까지의 지식으로는 고릴라나 원숭이에서 갈라진 최초의 인간 조상이라고 이야기할 수 있으니까."

"게다가 바나나는 부드러워서 아이들 이유식으로 먹이기도 하잖아. 강한 턱 근육도 필요 없고. 턱 근육이 필요 없으니 지금의 인류처럼 턱의 크기가 줄어들었을 것이고. 무엇보다도 바나나엔 뇌가 발달하는 데 중요한 영양소인 당분이 많아. 뇌의 활동을 활발하게 하는 데 도움을 주는 거지. 그럼 인류의 조상이 다른 동물들과 달라지는 그 시작점, 다시 말해 뇌의 사고 능력이 증대되기 시작하는 시점에는 바나나가 그 역할을 했을 수도 있겠는데?"

"역시! 인류학을 공부하는 유진이가 유추 능력이 뛰어나군. 상승이도 그렇고. 허허허. 내가 너희들과 함께했던 시간들에 더 큰 보람이 느껴지는구나. 허허. 나는 더 이상 이야기하지 않으마. 이제 너희들이 직접 알아보렴. 말했지? 너희 세대의 숙제라고. 중요한 것은, 이 과일을 먹으면서 인간이 옷으로 몸을 가리기 시작했다고 성경에서 말하고 있다는 거야. 이 말은 원숭이에게 '이성' 유전자가 생겼다는 뜻이지. 이성(異性)과 이성(理性)이 모두 생겼어. 그런데 이성(異性)의 존재에 대한 인식이 이성(理性)의 시작이 될 수 있을까? 이것도 너희들의 숙제야. 특히 인류학 전공인 유진이 숙제. 하하하."

"그럼 에덴동산은 무엇인가요? 바나나가 에덴동산 가운데에 있었다고 했잖아요?"

"에덴동산은 지금으로 말하면 일종의 동물원 같은 곳이지."

"예?!!! 없는 것이 없다는, 그래서 지상낙원이라는 그 에덴동산이 동물원이라고요?"

"하하하. 하나님이 인간을 만드신 것은 좋았는데, 유감스럽게도 인간은 너무도 약했어. 그런 인간이 밀림 속에서 다른 동물들과 살 수 있었을까? 손톱이 강하니? 아니면 발톱이 날카롭니? 날개가 있니? 아니면 빠르게 달릴 수 있니? 아니면 독을 만들어내서 자신을 지킬 수 있니? 알고 보면 인간은 너무 약해. 하지만 전에 말했듯이 약해야 이성이 발달하기 시작해. 그래서 일단은 바깥 세계와 단절된 곳에 인간을 놓고 지켜보신 거야. 나가면 무조건 죽으니까. 즉, 멸종하니까."

"그래도 동물원은 좀….."

"내가 동물원이라고 표현한 것은 이유가 있어. 그곳이 부족함 없이 편하게 지낼 수 있는 곳이잖아. 그리고 동물원은 바깥 세계에 적응할 기회를 갖지 못하고 태어난 새끼들이나, 부모가 돌보지 않는 동물들을 포육해줘. 그런 곳이 없다면 성체가 되기 전에 다른 동물들의 공격을 받겠지. 살아남을 수 있을까? 마찬가지야. 하나님이 인간을 공격할 외부의 존재로부터 어떤 시스템을 통해 보호하셨던 거지. 내 말은 그런 뜻이었어."

"아아, 저는 단순히 동물원이라는 의미만 보았네요. 근데 그럼 감사해야지 왜 하나님 앞에 숨게 되었을까요? 그렇게 포육해준 동물들도 자신을 돌봐준 사육사를 알아본다는데…."

"자신의 잘못 때문에 하나님 앞에서 숨게 된 거지. 그리고 옷으로 몸, 특히 성기를 가리기 시작했어. 또 자식을 낳아서 함께 사는 집단생활을 하게 됐지. 그 말뜻은 인간이 지성이 생기면서 위험으로부터 대처할 줄 알게 되고, 후손을 남기는 것을 최우선으로 생각하게 되었다는 의미야. 한마디로 만물의 영장이 될 준비가 되었다는 것이지."

"옷으로 성기를 가리기 시작했다는 것이 인간이 인간되게 하는 데 무슨 큰 의미가 있나요? 벌거벗고 다녀도 인간은 인간 아닌가요? '창피함을 알게 되어서, 달리 말해서 수오지심(羞惡之心)이 인간을 인간답게 만들기 시작했'라는 말은 성기가 창피한 것임을 인지한 후에나 가능한 것인데, 그건 후천적인 교육에 의한 거잖아요. 갓 태어난 아기들은 성기를 드러내도 전혀 부끄러운 줄 모르고, 실제로 그런 교육을 받지 않은 아프리카 어느 원주민들은 성인도 알몸으로 성기를 드러낸 채 살기도 하죠. 설마 벗고 다니기 시작하면 다시 원숭이가 되는 것인가요? 부끄러워하지 않으면 미개인이라는 소리잖아요. 인간의 탄생에 기여하니 굉장히 신성하다고도 볼 수 있는 건데…. 인격 모독 같다고나 할까요?"

불만에 찬 유진의 질문이 계속되었다.

"하하하. 좋아 좋아. 유진이 말이 맞아. 하지만 내가 말했지? 행간을 잘 읽고 생각할 줄 알아야 한다고. 성경에서 말하는 '가리기 시작한 것'은 단순히 옷으로 성기를 가리기 시작했다는 말이 아니야. 그것은 여성이 배란을 가리기 시작했다는 뜻이야."

"예? 그럼 왜 벌거벗은 몸이 창피한 것을 알게 되어 가리기 시작했다는 표현을 했나요? 성경에서는 진짜 수오지심, 특히 옷으로 가리지 않은 자기 몸에 대한 창피함이 인간됨의 근원이 된 것처럼 이야기하는 것 같던데요?"

"선악과, 즉 지혜의 과일을 먹으면서 이미 인간의 뇌에는 이성의 씨앗이 뿌려졌어. 에덴동산에서 나올 때 몸을 가리기 시작했다는 말은 여성이, 몸의 일부, 특히 성기만을 콕 집어서 창피해서 가렸다는 의미가 아니고, 배란을 가리기 시작했다는 말이야. 그때부터 지금까지 오랜 세월 동안 배란을 가리는 것이 진화에 유리하다는 결과를 얻었고, 지금은 모든 여성의 배란이 가려져 있지."

"배란이 가려진다는 것이 무슨 뜻인지 모르겠어요."

상승이가 말했다.

"전에 내가 인간은 다른 동물과 비교해서 그 육체의 파워에 비해 번식력은 나쁘지 않다고 했지? 바로 이것이 하나님의 선물이야. 발정기라고 들어봤지? 동물 수컷은 암컷을 찾고 암컷은 수컷을 찾는 일정한 시기야. 사람으로 치자면 가임기에 해당하지. 동물들은 배란이 일어나는 가임기가 인간보다 짧고 간헐적이야. 암컷도 냄새나 외모의 변화를 통해, 직접적인 구애 행위를 통해 수컷에게 발정기임을 알리지."

"그렇게 가임기를 감추고, 알리고 하는 게 무슨 소용이 있는지 모르겠어요. 요즘 시도 때도 없이 덤비는 수컷들이 워낙 많아서 말이죠. 그런 놈들 때문에 성폭력근절운동을 더 확실하게 해야 했는데!"

유진이 눈을 부라렸다. 성욕이라는 본능에 충실(?)한 남자들을 비난하는 표정이었다.

"하하, 그런 놈들은 천벌을 받아 마땅하지. 그렇지만 그것 때문에라도 발정기가 따로 있는 것이 훨씬 더 효율적이야. 내가 말했듯이 자신의 짝을 찾는 것, 성행위를 하는 것 등이 공짜가 아니야. 목숨 걸고 짝을 찾고 짝짓기 행위를 하는 동물들이 많아. 암컷을 차지하기 위해 수컷들이 경쟁하고 희생당하기도 하잖니. 심지어 교미 후에 수컷을 잡아먹는 사마귀도 있어. 사실 암컷은 임신하게 되면 더 많은 위험에 노출이 돼. 더 많이 먹어야 하니까 사냥도 더 많이 해야 하고, 잠도 더 많이 자야 하고, 몸무게도 늘어나고, 움직임도 둔해지지. 이런 위험한 행위를 늘 할 수는 없잖니. 정해진 시간에 정해진 행위를 통해 번식을 하는 것이 개체들에게는 효율적이지. 근데 일부 원숭이에게까지도 있는 이러한 발정기, 특히 암컷의 배란기가 인간에게는 숨겨져 있어. 여성은 자신의 신체적인 변화를 알 수 있지만, 남성들은 상대 여성이 배란기인지 알 수가 없지. 이 점은 인간이 원숭이와 다른, 인간을 인간되게 하는 특성이야."

"배란기가 숨겨져 있는 것이 왜 번식에 도움이 되고 인간이 인간되게 한다는 말씀이죠?"

"먼저 암컷의 입장에서 볼 때 기본적으로 이해해야 할 것이 있어. 암컷이 항상 임신하기를 원하는 것도 아니고, 아무 새끼나 갖고 싶은 것도 아니라는 거. 어린 암컷이 임신 능력이 생기자마자 아기를 갖고 무거워진 몸을 이끌고 다니면 자기 자신도 위험에 노출되잖아. 당연히 일정 시기까지는 아기를 갖고 싶지 않겠지."

"원치 않는 임신은 고통이죠. 준비가 안 된 사람들은 그런 경우에 심각한 고민에 빠지죠."

"동물도 마찬가지야. 사람에게는 죽고 사는 문제가 아닐 수 있지만 동물에겐 생존이 달린 문제니까. 물론 암컷도 수컷들을 보면서 우월한 유전자를 받아 우월한 자식을 낳고 싶은 욕망이 있지. 근데 배란기가 밖으로 드러나면, 즉 특정한 행동을 한다든지, 특별한 냄새가 몸에서 난다든지 하여 자신의 의도와 관계없이 주변 수컷들에게 자신의 가임 신호가 전달되고, 수컷들이 교미를 시도하고, 또 실제로 이루어진다면 암컷도 불행해질 거야."

"생각하기도 싫은 일이에요. 하물며 동물도 그러한데, 만약 우리 여자들에게 그런 일이 일어난다면 끔찍할 거예요. 아기가 태어난다고 해도 덜 사랑하겠지요. 미워하지 않으면 다행이죠. 심지어 그런 아기에게 해서는 안될 일을 저지른 엄마들이 뉴스에 나오기도 하죠. 여자나 아기 모두에게 감당하기 힘든 불행이라고 생각해요."

수지가 어두운 얼굴로 말했다. 같은 여자인 유진이도 시무룩한 얼굴이 되었다.

"그렇지. 동물이든 사람이든 슬픈 일이겠지. 그러나 배란기를 숨길 수 있다면, 그리고 자신이 원하는 수컷에게만 시그널을 줄 수 있다면 어떨까? 아무 수컷들이나 막 덤벼드는 일이 줄어들 것이고 배란기의 암컷을 차지하려는 수컷들끼리의 위험한 다툼도 줄어들겠지? 암컷은 자신이 원하는 수컷을 선택할 수 있고, 수컷은 암컷을 오랫동안 지켜주면서 지속적으로 성행위를 하게 될 거야. 자신의 새끼를 낳기 위해 다른 암컷을 찾아 다니는 수고를 할 필요가 없으니까. 암컷도 자신을 보호해주는 수컷을 더 좋아하게 되지. 일부일처사상은 배란의 은폐에서 시작된 거야. 그리고 마지막으로 배란 은폐의 혜택은 자손들이 입게 돼. 암컷은 자신이 원하는 아기를 원하는 때에 가질 수 있고, 수컷은 자신의 암컷이 낳은 아기가 자신의 자식이라는 확신이 생기면서 동물 중에서 제일 큰 사랑을 베풀지. 이는 가족의 결집력으로 이어지고 가족은 모든 집단생활의 근본이 돼. 다른 집단은 가족에서 발전된 거야. 이제 인간은 가족을 이루면서 비로소 복잡한 집단생활을 시작할 수 있는 준비를 마치는 거지."

"꼭 가족을 이루어야만 집단생활이 시작되나요? 가족 없이도 가능하지 않나요? 예를 들어 복제를 통해 인간이 100명쯤 태어난다면 가족 없이 이 100명이 집단생활을 잘할 수 있지 않을까요?"

"사랑은 문명이 발전할수록 더 필요해. 오래 사랑해야 오래 투자되고, 오래 투자되어야 뭔가가 쌓여. 그러한 사랑 중 가장 크고 가장 오래된 사랑이 인간에 대한 하나님의 사랑이지. 하나님의 사랑에 그나마 비견될 수 있는 사랑은 자식에 대한 부모의 사랑이야. 그러므로 하나님은 자신의 큰 사랑을 인간으로 하여금 알게 하고 인간의 감사 인사를 받으시기 위해 인간을 만물 중 가장 큰 사랑을 주고받을 수 있는 존재로 만드셨지. 그러한 사랑을 깨닫고 실천하는 것의 뿌리가 바로 부모와 자식 간의 사랑이야. 지구에서 생명체들의 진화는 바로 이 사랑을 더 크게 실천할 수 있는 상태로 이루어져온 거야. 전에 내가 말한 것처럼 파충류의 지구에서 포유류의 지구로 리셋하신 것은 완전히 다른 차원의 깊은 사랑을 부모가 자식에게 주는 세상으로 바꾸신 거야."

"포유류들이 새끼를 갖고, 낳고, 키우는 과정은 사랑으로 이루어지죠. 그러면 인간의 사랑이 다른 포유류들의 사랑과 다른 점이 있나요?"

"인간의 사랑은 다른 동물들의 사랑과 달라."

"달라요?"

"인간만이 부모의 사랑을 받고 자식이 그 사랑의 일부를 다시 부모에게 전달해."

"네? 그럼 동물의 세계에서는 효도라는 것이 없다는 말씀이세요?"

"있어? 있으면 알려줘. 하하하. 하나님은 인간이 자신의 사랑을 깨달았으면 자신을 칭송하기를 바라셔. 꼭 칭송받아서 기분 좋겠다는 의미보다 그렇게 사랑을 받고 그다음에는 그 사랑을 주는 것, 특히 자기 자식을 넘어서 다른 존재에게 사랑을 줄 줄 아는 것, 그래서 사랑이 돌고 도는 것이 집단생활의 핵심 요소라고 말씀하시는 거야. 부모가 자식을 사랑하는 것은 정신적인 영역이 아니고 거의 육체적 영역이야. 유전자에 새겨져 있어. 그에 비해 자식이 부모를 공경하는 것은 정신적 영역이지. 그래서 부모를 공경하는 것이 실천하는 사랑의 기초야. 사랑을 경험해보지 않은 복제인간 100명이 집단생활을 시작한다면 아마 룰이나 정책에 따른 집단생활을 시작할 거야. 그러나 부모의 사랑을 경험하지 않았던 이들이 서로를 사랑할 수 있을까? 룰이나 정책이 없는 새로운 문제들을 어떤 식으로 접하고 어떤 식으로 해결하며 살아갈지, 도덕심이나 신뢰의 결여로 서로가 서로를 시기, 질투하지는 않을지 걱정돼. 자식을 낳고 사랑해보지 않은 사람이 자식에 대한 부모의 사랑이나 희생을 이해할 수 있을까? 이해한다 해도 실천할 수 있을까? 사람도 어려운 일인데 복제인간에게 가능할까? 하나님은 더 나아가 일반적인 부모와 자식 간의 사랑이 아니라 더 특별한 관계, 즉 유일한 자식을 통해 우리 인간에게 사랑을 보여주셨지. 그분이 예수님이고, 우리는 예수님을 통해 하나님의 사랑을 알게 된 거야. 케리그마(Kerygma)라고 하지."

"그렇군요. 그렇다면 아까 배란의 가림으로 돌아와서, 성경은 왜 그렇게 부끄러움을 알게 된 것으로 기술하고 있을까요?"

"배란의 가림을 손짓 발짓으로 설명한다는 것이 성기를 가리는 행동으로 나타난 거지. 이걸 지식 수준이 낮은 고대인들에게 설명하려면 그냥 창피해서 옷을 입기 시작했다고 말을 하는 것이 낫겠지. 옷에 대한 최초의 수요는 보온이나 피부 보호에 있었기 때문에 설명이 길어지면 고대인들이 이해하기 어려워. 그 당시 거의 원숭이였던 우리 조상에게 창피한 것이 있었겠어? 성기를 직접적으로 가렸다는 의미가 아니고 성기와 관련된 중요한 무엇인가가 가려졌다는 말인데, 설명이 복잡하니까 고대인들에게 그렇게 표현한 거지."

"그렇군요. 결국 인간이 에덴동산에서 내려오면서 원숭이와 다른 삶을 살게 되었다는 말씀인 거죠? 어떻게 보면 에덴동산이 실제로 있었는지 파악하는 것도 중요하지만 그것과 별도로 존재의 의미가 무엇이었는지 아는 것도 중요할 것 같네요."

"그래, 그리고 지금도 존재하고 있어."

"예? 지금도요?"

"어."

"에덴동산요? 어디인데요?"

"여기야."

"여기요?"

"지금 대한민국, 이곳에요?"

"어, 대한민국뿐만 아니고 이 지구야."

"예? 지구 전체가 에덴동산이라고요?"

"어, 우주로 한번 나가봐. 지구와 같은 곳이 있나."

"인간이 살 수 있는 곳은 없죠. 지금도 찾아 다니고 있지만."

"겨우 물의 흔적을 찾은 것만으로도 시끌벅적하잖아? 어떤 별은 태양 같은 열원이나 광원에 해당하는 별이 주변에 없어. 태양의 의미는 이루 말할 수 없지. 태양 같은 광원이 없으면 기온이 영하 수백, 수천 도야. 그리고 어떤 별은 크기가 너무 커서 중력이 너무 세. 생명체가 찌그러들어 움직이기조차 불가능하지. 또 어떤 별은 크기가 너무 작아서 중력이 너무 약해. 대기가 형성되지 않고 우주로 흩어져버려. 필요한 온실효과도 없지. 대기가 있어도 어떤 별은 산소나 이산화탄소가 아니라 황과 암모니아 가스로 가득 차 있어. 그런 환경에서도 생명체는 있겠지만 고등생물이 번성하기에는 어렵지. 그뿐 아니야. 어떤 별은 물이 없어. 있어도 지구처럼 많지 않아서 지표의 온도 변화가 수백, 수천 도씩 이루어져. 어떤 별은 자기장이나 밴

앨런대 같은 것이 없어서 우주로부터 방사성물질이 그대로 쏟아져. 또 어떤 별은 달과 같은 페이스 메이커가 없어. 인간에게 삶의 터전인 지구는 우주의 에덴동산이야. 아담과 이브가 에덴동산에서 나와서 바깥 세상의 영장이 되었듯이 그 후손인 우리는 이제 지구를 벗어나 멀리 나아가야 해. 저 멀리, 하늘 넘어, 우주로."

"그러네요. 지구처럼 완벽한 곳이 없네요. 집을 떠나야 집이 좋은 줄을 알듯이 지구를 떠나면 지구가 에덴동산이었음을 알겠네요. 음…, 에덴동산에서 바나나를 먹고 인간이 다른 동물보다 똑똑한 지혜의 동물이 되었다니…."

상승이가 바나나를 떠올리며 혼잣말처럼 말하자 모두가 웃었다.

"하하하. 그렇게까지 단순화하지는 말고. 우리가 진리에 가까워졌다고 생각할 때쯤이면 항상 다른 진리가 저 멀찌감치 있지. 진리는 우리를 자유롭게 한다는 말이 있듯이, 아는 만큼 자유로운 거야. 단순하고 성급하게 결론 내리지 말고 더 생각해봐야 해. 자유로워질 거야."

"그럼 진리를 찾을 필요가 없겠네요. 진리는 항상 손에 넣을 수 없으니까요. 뭔가를 찾으면 그보다 더 근원적인 진리가 발견되고, 그 진리가 발견된 후에는 연구를 통해 또 다른 진리가 발견되는 반복적인 사이클 속에 갇히게 되니까요."

유진이 말했다.

"하하하, 아니지. 인류 진화에서 가장 중요한 변화 중의 하나가 직립보행이잖아. 그래서 우리는 다른 동물과 다른 존재가 될 수 있었어. 우리는 걸어야 해. 우리는 목표를 향해 걷는 존재야. 목표도 우리가 설정해야 하고,

그 목표가 정확하다고 확신하면 그곳까지 걸어야 해. 목표는 결과지? 그렇다면 걷는 동안은 과정이야. 다시 말해 인간은 과정이 중요한 존재야. 과정에 최선을 다해야 해. 수학처럼 풀이에 최선을 다하면 답은 나오게 되어 있어. 결과는 하나님이 주시는 거야.”

“과정은 진화론적 의미가 중요한 개념 아닌가요?”

기리가 물었다.

“물론 그렇지. 진화도 똑같이 중요하다고 내가 그랬잖아. 우리는 과학을 이용해서 창조론의 영역에 있는 것을 진화론으로 가져오도록 노력해야 한다고. 그러나 그러한 진화 속에서도 하나님의 터치가 느껴질 거야. 단 하나의 터치라도 없었으면 오늘날 우리가 있을 수 없을 만큼 중요한 터치들. 터치가 보이지 않으면 모든 것은 100% 우연이지.”

“하나님의 터치가 느껴지지 않는다고 해도 그냥 원숭이가 오랜 기간 바나나를 먹고 두 발로 걷게 되면 자연히 인간이 되는 것 아닌가요?”

유진이 물었다.

“다른 요소들이 있어. 특히 진화상으로 원숭이에서 인간이 갈라져 나오는 순간, 즉 인류 최초의 조상, 그 한 마리의 원숭이에는 지금의 인류를 원숭이와 다르게 만든 뭔가가 있지 않았을까? 예를 들어 인류가 탄생하게 된 배경으로 흔히 이야기되고 있는 집단생활이라든가, 다섯 개의 손가락과 평평한 손바닥을 가진 손의 존재라든가, 고개를 들고 앞을 보며 걸을 수 있다든가, 바나나를 많이 먹어서라든가 하는 것들은 원숭이나 고릴라에게서도 찾을 수 있잖아. 심지어 외계인도래설을 주장하는 사람들은 오래전 지구의 원숭이들 중 일부가 외계에서 지구를 찾아온 선진 문명의 소유자들을 보고 머릿속에서 어떤 계몽이 일어나 다른 원숭이들과 달라졌고 그 달라진 후손들이 후에 인류가 되었다고 주장하는데, 그렇다면 현재에도 밀림이나 동물원 또는 애완용으로 인간과 함께 살고 있는 원숭이들이 자신들보다 한참 문명이 앞서 있는 인간들을 보고 깜짝 놀라서 인간을 따라 하려는 노력을 기울여야 하지 않을까? 또는 그렇게 노력을 기울이는 모습을 우리가 목격해야 하지 않을까?"

"인류의 조상, 그 한 마리의 원숭이라고요? 음⋯."

"두 마리일 수도 있고."

"두 마리요?"

"어쨌든 인류의 조상이 되는 최초의 원숭이는 다른 원숭이들과는 다른 '인간'을 후손으로 갖게 되는데, 그 최초의 원숭이에게는 다른 원숭이들에게 없는 뭔가가 있었다는 말이야. 그리고 그 뭔가가 훼손되지 않고 후대에 잘 전달되기 위해 감수분열을 일으킬, 그 뭔가의 또 다른 반쪽도 일반 원숭이가 아닌 특별한 원숭이였지 않았을까?"

"음⋯, 목사님은 지금 아담과 이브를 말씀하시는군요. 육체는 원숭이의 계보를 잇고 있더라도 갑자기 인간으로 분기될 때의 그 시작점, 인류의 빅뱅이자 싱귤래러티, 진화가 아닐 수 있는 그 시작점을요."

"하하, 난 몰라. 너희들의 숙제야."

"그리고 선악과는 현재의 인류 앞에도 있어."

"지금도요?"

"어."

"그럼 지금 시대의 선악과는 뭐예요?"

"지구라는 에덴동산에서 사는 우리 앞에 놓여 있는 선악과는 유전자야."

"유전자요?"

"응, 선악과를 따먹어 에덴동산에서 나와야 했듯이, 유전자를 건드리면 그에 대한 책임을 져야 해. 지금의 인류는 유전자를 조작, 조정, 조절할 수 있는 과학기술이 있고 앞으로 더 발전시킬 거야. 그렇게 해서는 안 된다는 종교계의 목소리가 있는데, 하나님이 선악과를 따먹지 말라는 명령과 비슷하지 않니? 이제 인간은 어떻게 할 것인가? 유전자를 건드릴 것인가 아니면 유전자만은 건드리지 않을 것인가? 어떻게 하고 싶어?"

"목사님은 어떻게 해야 한다고 생각하세요?"

"우리의 조상은 선악과를 따셨지. 우리도 유전자를 건드리고 지식을 발전시켜야겠지. 단, 그에 대한 책임을 질 마음의 준비를 단단히 하고 유전자를 둘러싼 도덕, 정책이나 원칙을 정확히 확립해야겠지."

"왜 목사님은 유전자를 선악과처럼 뭔가 아주 중요한 이벤트로 생각하세요? 유전자공학에 무슨 큰 의미가 있나요?"

"어, 인간이 중간창조주가 되었다고 말하는 것과 일맥상통해. 인간은 이제 유전자공학을 통해 이 세상에 없었던 생명체를 만들어낼 수 있어. 복제를 통해 기존의 생명체를 또 만들어낸다고 해도 자연 진화를 통해 만들어낸 생명체가 아니라 인간이 만들어낸 생명체이지. 이는 거대한 위험을 내포하고 있어. 진화 속에서는 부모나 조상들의 희망, 바람 같은 정신작용들이 유전자에 새겨지게 되어 있어. 그 메커니즘에 대해서는 너희들의 후손이 미래에 밝혀줄 거야. 어쨌든 아빠와 엄마 사이에서 사랑이 이루어지면 아빠의 정자들은 엄마의 자궁 속에서 때로는 경쟁하고 때로는 협동하면서 그중 가장 강한 놈이 난자를 만나게 되지. 엄마의 난자도 가만히 있지 않고 자기가 원하는 정자가 오도록 정자를 활성화시켜줘. 아빠의 정자들이 뛰는 마라톤 코스 자체도 이미 엄마가 설계해놓은 코스야. 그러니 자식이 부모나 조상들이 바라는 모습에 조금이라도 더 가깝게 태어날 수 있는 거야. 근데 생명체 복제를 하거나 몇 대에 걸쳐 인공수정, 체외수정 등을 한다면 유전자 속에 희망, 소망, 바람과 같은 정신적 요소가 빠질 가능성이 있지."

"음… 유전자 속에 희망이나 바람 같은 정신적 요소가 새겨져 있다고요? 어떻게 보면 유전자공학이 무시무시한 과학이네요. 인간이 어떠한 종을 새로 만들 수도 있지만 죽일 수도 있잖아요."

"그것이 바로 다른 한쪽의 위험이야. 예를 들어 불임유전자를 강하게 만들어 어느 종의 생명체에 투입하면 이 종의 후손들은 이 불임유전자를 유전하게 되고 그렇게 몇 세대가 지나면 이 생명체는 지구상에서 멸종하게 되지."

"인간이 다른 종을 새로 창조하거나 멸종시키는 것 외에 유전자 때문에 인간들 자신들도 영향을 받을까요?"

"내가 예전에 지구상의 모든 동식물은 유전자를 남기기 위해 살고, 인간이 다른 생명체와 다른 이유는 유전자뿐이 아니고 지식을 남기고 싶어 하기 때문이라고 했지? 이제까지 이 원칙에 변화는 없었어. 45억 년 지구의 역사 동안. 지금 처음 변화가 일어나는 거야."

"45억 년 만에 처음 생기는 일이라고요? 유전자공학 때문에요?"

"어, 모든 생명체들은 자기의 후손을 남기려고 애써. 동물의 경우는 거의 자기 목숨을 바쳐서 짝을 짓고 자식을 키우는 경우가 많지. 모두 자기의 유전자를 남기기 위해서야. 인간도 이제까지는 다른 생명체들과 똑같았어. 근데 이제 유전자공학이 발전하게 되면서 번식에 대한 중요성이 감소하기 시작해. 복제를 할 수 있기 때문이지. 과학과 기술이 발전하면서 인공수정이나 유전자 복제 및 그 생명체의 복제가 아주 쉬워질 거야. 자식의 가치는 상대적으로 줄어들고 지식의 가치는 상대적으로 커지지. 더욱이 의학이 발전하면서 사망률은 낮아지고 수명은 길어질 거야. 그러면서 인류의 개체수는 줄게 될 거고. 어차피 60억 인류가 모두 우주로 나가기도 힘들겠지만 최근의 사회 트렌드는 여러 각도에서 인구를 줄게 만들고 있어.”

“번식의 중요성이 줄어든다고 해도 유전자공학이 발달하면서 복제가 쉬워진다면 누구나 자신의 복제 생명체를 많이 만들려는 욕구가 생기지 않을까요?”

“그렇겠지. 특히 경제적인 여유가 있는 사람들은. 그래서 미래의 인류는 생명체 복제와 관련한 강력한 룰을 만들 거야. 마구 양산되지 못하게.”

“강력한 룰을 만드는 이유는 왜죠? 인구가 많아진다고 해도 과학과 기술의 발달로 식량도 많아질 텐데.”

“인간이 살아가는 데 식량이 전부일까? 어쨌든 식량, 거주환경 등이 모든 인간에게 똑같이 주어지지는 않을 거야. 그리고 복제는 정말로 필요한 부분에 한해서 필요한 만큼만 이루어져야 해. 복제는 에러도 복제하니까. 설사 에러 부분을 제거하고 복제한다 해도 제2, 제3의 문제를 일으킬 수 있으니까 정자와 난자를 이용해서 감수분열을 통해 새로운 생명을 탄생시키는 것이 복제보다는 바람직하지.”

“하하. 좀 우습지만, 정자들이 한 개의 난자를 쟁취하기 위해 경쟁할 일은 과학이 발달하면서 앞으로 줄어들겠는데요?"

"맞아. 그게 좀 문제야. 경쟁을 통해 강한 정자가 난자를 선택해야 후손들이 강해지는 경쟁의 궁정적 측면이 있는데. 이울러 우리가 잊지 말아야 할 것이 있어. 우주는 무한하지 않다는 것, 특히 시간이 무한하지 않다는 거야. 자원 중에서 가장 중요한 것이 시간 아니겠어? 결국 시간의 효율성을 극대화하지 않고는 기술이 아무리 발전해도 살아나갈 수 없어. 우주도 나이를 먹어. 우리에게 주어진 시간이 무한하지 않다는 소리야. 그러니 소중히 다루어야 해."

긴 이야기 끝에 동막골 부대원들은 자신들의 임무와 그에 대한 책임이 가볍지 않다는 것을 알았다. 잠시 말을 잊은 채 김 목사와의 대화 속에서 특별히 느꼈던 부분들을 떠올리며 생각에 잠겼다.

"아이고, 많이 늦었네. 이제 떠나기 전에 마지막으로 이 이야기를 너희들에게 보여주어야겠다."

"이야기를 보여줘요? 들려주는 것이 아니고요?"

상승이 물었다.

"하하하. 그래 보여줄게. 그리고 너희들을 빛보다 빠른 속도로 여행시켜줄게."

"빛보다 빠른 속도요? 물리학에 그런 것은 없는데요?"

기리가 기겁했다.

•
3 0 0 만 년 전

(상)

김 목사는 동막골 부대원들에게 모두 일어나 옆쪽의 바닥이 평평한 곳으로 자리를 옮기자고 말했다. 그리고 부대원들에게 손에 손을 맞잡고 서서 서로 얼굴을 마주 보며 원을 만들도록 했다. 그는 어디서 얇은 나뭇가지를 들고 와서는 부대원들에게 흔들어 보인 다음 부대원들 뒤로 돌아가며 땅바닥에 원을 그렸다. 그러자 땅바닥에 그려진 원주에서 빛이 올라왔다. 그 빛은 부대원들 등 뒤로 계속 올라오더니 머리 위에서 만나 막을 형성했다. 부대원들이 빛으로 만든 캡슐 또는 로켓처럼 생긴 빛의 내부에서 손을 잡고 서 있는 모습이 어떤 영적인 기운을 느끼게 했다. 곧이어 소리가 나며 땅이 흔들리기 시작했다. 로켓이 발사될 때처럼 섬광이 번쩍이더니 빛의 막이 어두워졌다. 부대원들은 자신들이 로켓을 타고 어딘가로 여행을 떠나는 것이라고 생각했다.

부대원들이 만든 원 안에서 탁구공만 한 빛의 방울이 생겼다. 비눗방울처럼 점점 커지는가 싶더니 이제는 부대원들이 손을 잡고 서 있는 내부 공간보다 더 커져 부대원들이 잡은 손을 놓고 서 있던 자리에서 뒷걸음을 쳐야 했다. 등 뒤의 어두워진 빛의 막도 함께 뒤로 물러나며 더 커졌다. 비눗방울 같은 빛의 방울은 지름이 약 7m 정도가 되자 팽창을 멈추었다.

"우리는 로켓을 타고 떠나는 거야. 가운데 빛의 방울은 로켓 안에서 밖을 쳐다보았을 때 보이는 이미지들을 보여줄 거야."

기리가 말했다. 부대원들은 온몸에 전율을 느끼며 빛의 방울이 보여주는 영상에 눈을 고정한 채 아무 말도 하지 않았다. 전기도, 차도 없는 호숫가 대자연의 품 안에서 기적처럼 떠오른 빛에 빠져들었다.

비눗방울처럼 생긴 거대한 빛의 방울 안에는 흙과 돌, 약간의 풀 등이 있었다. 막의 빛 덕분에 내부가 환하고 선명하게 보였다. 유진의 바로 앞쪽에서 줄지어 한 방향을 향해 걸어가는 작은 개미들이 보였다. 수지 앞에는 호숫가 바람에 흔들리는 억새풀이 보였고, 상승이 앞에는 군데군데 억새풀보다 작은 풀들이 살짝 바람에 흔들리는 모습이 보였다.

"어?"

유진이 소리쳤다.

"왜?"

기리가 물었다.

"개미들이 천천히 움직여."

"개미들이?"

"어?"

이번에는 수지가 말했다.

"왜?"

"억새풀들이 천천히 움직여. 마 이부이 어새풀들은 바람에 따라 흔들리는데 막 내부의 억새풀들은 점점 천천히 움직이네?"

유진이와 수지만 특이 현상을 발견한 것이 아니었다. 모두들 자기 앞에 나타난 현상을 눈을 크게 뜨고 쳐다보기 시작했다. 빛의 막 내부는 막 외부와 다른 속도로 움직이고 있었다.

"어? 이제는 개미들이 움직임을 멈추고 모두 그 자리에 섰네!"

"여기 억새풀들도 모두 굳어버린 것처럼 가만히 있어!"

"작은 풀들도 그러네!"

유진, 수지, 상승이 연달아 눈앞의 특이 현상을 보며 말했다.

"어? 개미들이 뒤로 걷기 시작했어!"

유진이 외쳤다. 수지와 상승이도 자기 앞에서 움직임을 멈춘 풀들이 막 외부의 풀들과 전혀 다르게 다시 천천히 흔들리기 시작하는 모습을 지켜보았다.

"빛보다 빨리 움직이기 시작했다!"

놀란 기리가 무엇인가를 깨달았다는 듯 말했다.

"무슨 말이야?"

모두가 기리에게 설명을 부탁했다.

"목사님이 우리에게 빛보다 빠른 여행을 시켜준다고 하셨잖아? 개미나 풀 들이 천천히 움직이기 시작한 것은 우리의 로켓이 점점 빛의 속도에 가까운 스피드로 이곳으로부터 멀리 달아나고 있다는 것을 의미해. 우리는 어떤 힘에 의해 빛의 막 내부 모습을 가만히 보고 있지만 우리 몸을 실은 이 로켓은 우주로 멀리 날아가는 중이야. 로켓이 점점 속도를 높여 빛의 속도와 같아지면 이곳의 이미지는 우리 눈에 그대로 굳어. 지금의 모습이 사진처럼 되는 거지. 빛이 개미에게 반사되어 어디론가 날아가는데 우리도 그 빛의 속도와 똑같이 날아가기 때문에 우리 눈에는 정지영상만 보이는 거야. 그러다가 우리가 빛보다 더 빠른 속도로 도망가면 그 순간부터 정지영상이 아니고 그전의 모습이 보이기 시작해. 1광년 떨어진 별에서 지금 보게 되는 지구는 지구의 1년 전 모습이고, 1억 광년 떨어진 곳에서 지금 보는 지구는 1억 년 전의 지구 모습이야.”

갑자기 빛의 막 내부 모습이 홀로그램과 같이 변하기 시작하더니 돌, 풀, 개미 등의 모습이 홀로그래픽 영상으로 바뀌었다. 이제는 영상이 다른 여러 가지 모습들을 보여주며 진짜 3D 영화를 관람하는 듯한 느낌이 들게 만들었다. 사람이 나오고, 건물도 나오고, 전쟁터도 나오며 굵직굵직한 역사적 장면들이 보이기 시작했다. 재미있는 점은 모두가 거꾸로 움직인다는 것이다. 사람들은 뒤로 걸었고, 쏟아지는 비는 하늘로 거슬러 올라갔고, 새는 뒤로 날았다. 기리를 제외한 동막골 부대원들은 그제야 자신들이 빛보다 빨리 지구에서 멀어져 가고 있으나 눈은 항상 지구를 보고 있기 때문에 영상 속에서 시간이 거꾸로 흐르고 있다는 사실을 깨달았다.

그들 눈에 50년 전, 100년 전 모습들이 보였다. 포연이 산하를 뒤덮었던 전쟁 시절이 보이고, 길게 땋은 머리에 흰 저고리를 입은 사람들이 지나가는 조선시대도 보였다. 시간은 계속 거꾸로 흘러 고려시대를 지나 삼국시대, 그리고 고조선으로 향했다. 그리고 더, 더, 더 시간이 앞당겨져 동막골 부대원들의 눈에 짐승의 털가죽을 뒤집어쓴 인간의 모습이 나타났다. 어느 시대인지는 가늠할 수도 없었다.

시간은 멈추지 않고 계속해서 뒤로 돌아갔다. 부대원들은 자신들의 시야가 점점 높아지고 있다는 것을 알았다. 이제는 푸르른 지구의 모습이 보이기 시작했다. 시간을 거스르고 있는 지구는 원래의 자전 방향과 반대로 회전하고 있었다. 지구 밖의 어둠, 우주가 보였다. 부대원들 앞에 떠 있는 홀로그래픽의 우주 모습은 경이롭기 그지없었다.

그 즈음, 현기증을 느낄 만큼 빠르게 반대로 자전하던 지구가 속도를 늦추기 시작했다. 지구는 점점 천천히 돌더니 회전을 멈춘 후 다시 정상 회전을 회복했고, 거대한 돋보기로 보여주듯 한 지역을 확대했다. 빛의 속도보다 빠르게 날아가던 가상의 로켓이 이제는 멈추었다는 뜻이었다. 300만 광년쯤 떨어진 곳인 듯했다. 그렇다면 빛이 300만 년 걸려서 도달하는 거리를 빛의 로켓이 단 5분 만에 날아왔다는 것이고, 막의 내부에서 보여지는 이미지는 300만 년 전 지구의 모습이라는 것이다.

그곳은 아프리카 북부 지역이었다. 시간도 이제는 정상적인 흐름을 보였고, 동막골 부대원들의 몸을 빨아들이는 듯 아프리카 북부 지역이 점점 확대되더니 울창한 숲을 비추었다. 여러 생물이 조화를 이루며 살고 있는 정글이었다. 낯설지 않은 동물들, 그런데 자세히 보니 그 동물들은 지금의 동물들과 조금씩 달랐다. 맹수들의 송곳니는 입 밖의 아래로 길게 내려와 있었고, 멧돼지처럼 생긴 동물, 커다란 뱀과 전갈, 하늘에는 꼬리가 매우 긴 새가 날아다녔다. 잠자리처럼 생긴 곤충, 모기를 닮은 곤충도 있었는데 하나같이 지금의 그것들보다 몸체가 컸다. 드디어 나타난 코끼리도 지금의 코끼리가 아닌, 그림에서 보던 매머드급이었다. 전체적으로는 팽팽한 약육강식의 세계에서 균형을 이루고 있는 모습이었고, 모든 생명체가 자신의 생존 방식을 체득하고 있다는 듯 날카로운 눈빛을 소유하고 있었다.

저 멀리서 자그마한 육체에 동그란 눈을 가진 동물이 앉았다 섰다를 반복하는 모습이 눈에 들어왔다. 곧 이 동물이 클로즈업되었는데, 원숭이였다. 고릴라 같기도 했고 오랑우탄 같기도 했지만 원숭이 종류인 것은 확실했다.

영상은 다시 이 원숭이를 확대하며 따라갔다. 다다른 곳은 좁은 평지가 비밀처럼 감춰진 숲이었다. 그곳에는 네다섯 마리의 원숭이가 모여 있었는데, 조금 떨어진 곳에 여러 마리의 또 다른 무리가 보였다.

평화로운 듯 보였던 이들 원숭이들은 갑자기 특유의 소리를 내더니 몇 마리가 쏜살같이 나무를 타고 위로 올라갔다. 원숭이들의 괴성은 끊이지 않았고, 이를 들은 나머지 원숭이들도 나무 위로 올라갔다. 원숭이 괴성들만 울리는 허공과 달리 땅 위는 어떠한 움직임도 없었다.

어둠 속에서 맹수가 한 마리가 나타났다. 온몸이 검정색이고 송곳니가 턱밑으로 길게 뻗어 나와 사납게 보였다. 재규어와 비슷한 모습이었지만 몸집이 훨씬 더 크고 송곳니도 아래로 길게 내려와 있었다. 사냥을 나온 그놈에게서 예사롭지 않은 콧바람이 새어나왔지만 사냥감이 없다는 것을 알았는지 조용히 떠나갔다.

맹수가 사라지자 원숭이들이 다시 땅으로 내려왔다. 그러나 얼마 되지 않아 부리나케 다시 나무 위로 올라가야 했다. 이번에는 아나콘다처럼 생긴 커다란 뱀이 나타났다. 뱀의 몸통이 스모 선수의 배 둘레 정도는 되었다. 원숭이들이 다시 땅으로 내려온 것은 이 뱀이 사라진 뒤였다. 그들은 이 정글에서 가장 약한 존재처럼 보였다. 과연 이 살벌한 정글에서 살아남을 수 있을까? 약자는 멸종될 수도 있다는 위기감이 동막골 부대원들의 가슴을 서늘하게 했다.

고개를 돌리자 몹시 지쳐 보이는 원숭이 한 마리가 눈에 들어 왔다. 나무에 몸을 기대고 누워 있는 그 원숭이는 다른 원숭이들보다 가슴과 골반이 컸다. 암컷 원숭이였다. 그런데 무슨 일인지 한 곳을 물끄러미 응시하기도 하고 다른 원숭이들처럼 빨리빨리 움직이지 않았다.

잠시 후 이 원숭이 앞에서 초자연적인 힘이라고 볼 수밖에 없는 신비한 현상이 일어났다. 비정형의 모습으로 아른거리는 붉은 빛이 원숭이로부터 조금 떨어진 곳에서 아지랑이처럼 피어올랐다. 원숭이가 놀란 눈으로 붉은빛을 쳐다보는데 기쁨과 슬픔, 경이로움이 하나된 오묘한 눈빛이었다.

시간이 얼마나 흘렀을까. 원숭이는 나무에 몸을 기대고는 잠에 빠졌고 붉은 빛도 서서히 잦아들며 사라졌다. 언제 무슨 일이 있었느냐는 듯 정글은 다시 여러 동물의 소리로 가득 찼다. 원숭이도 잠에서 깨어나 한참을 멍하게 있더니 아무 일도 없었던 듯 다시 무리로 돌아갔다.

●
3
0
0
만
년
전

(중)

원숭이의 배가 불러왔다. 아빠가 누구
인지는 몰랐다. 몇 개월이 지나 원숭이 새끼가 태어났다. 새끼는 다른 원숭
이 새끼들과 잘 어울려 놀았지만 다른 점이 있었다. 다른 녀석들에 비해 움
직임이 느렸다. 느릿느릿한 이 원숭이가 과연 자기 수명을 채울 수나 있을
지 걱정이 될 정도였다.

이 원숭이가 자라 이제는 어엿한 어른 원숭이의 모습을 갖추게 되었다.
그런데 조금 특이한 행동을 하는 경우가 종종 있었다.

원숭이들은 짓궂은 행동을 할 때가 있다. 그날도 젊은 수컷 원숭이 몇 마
리가 젊은 암컷 원숭이 한 마리를 쫓아가며 희롱하고 있었다. 암컷 원숭이
는 계속 도망가다가 지쳐 쓰러지듯 땅바닥에 앉아 숨을 헐떡였다. 수컷 원
숭이들이 괴성을 지르며 암컷 원숭이를 툭툭 쳤다. 순간 이 느린 원숭이가
순간이동을 하듯 휙 튀어나와 암컷 원숭이를 보호하듯 가로막았다. 그러

자 쫓아왔던 수컷 원숭이들이 더 큰 소리로 괴성을 지르며 이빨을 드러냈다. 느릿하고 바보 같은 원숭이가 몸을 돌려 암컷 원숭이의 얼굴을 조용히 쓰다듬었다. 다친 곳은 없는지 염려하는 얼굴이었다. 그러자 수컷 원숭이들이 이 바보 원숭이의 뒤에서 슬며시 움직이기 시작했다.

그때 영상이 갑자기 흑백으로 변해 색이 구분되지 않았는데, 위협을 가하던 원숭이들이 바보 원숭이의 등 뒤에서 공격하려고 접근하다가 흠칫 멈춰 섰다. 앞에서 벌어진 놀라운 광경 때문이었다. 바보 원숭이가 뒤로 돌아서더니 천천히 상체를 일으켜 두 발로 섰다. 직립한 원숭이는 다른 수컷 원숭이들을 아래로 내려다보게 되었다. 수컷 원숭이들은 갑자기 공포심을 느낀 듯 어쩔 줄 몰라 했다.

바보 원숭이의 눈에서 한 번도 보지 못한 빛이 나왔다. 아예 눈동자도 보이지 않았다. 밝은 무색의 광채에서 신비한 강렬함이 느껴졌다. 흡사 자동차 헤드라이트처럼 공간을 꿰뚫으며 뿜어져 나오는 것 같았다.

잠시 후 눈의 광채가 사라지고 바보 원숭이의 눈이 정상으로 돌아왔다. 그러나 이제는 바보의 눈빛이 아니었다. 형용하기 어려운 카리스마가 느껴지는 눈빛이었다.

엄청난 공포심에 휩싸인 원숭이들 중에서 한 원숭이가 갑자기 무릎을 꿇었다. 그러자 다른 원숭이들도 모두 무릎을 꿇었다. 바보 원숭이는 한 마리씩 차례로 이들의 머리 위에 손을 올렸다가 내려놓았다. 마치 세례를 거행하는 모습이었다. 그들은 감히 일어설 줄 몰랐다. 바보 원숭이를 향한 그들의 경외심이 동막골 부대원들에게조차 느껴질 정도였다. 눈빛도 눈빛이지만 두 발로 서서 이리저리 걷는 바보 원숭이가 다른 원숭이들에게는 평생 처음 보는, 아니 원숭이 역사상 처음 있는 모습이었기 때문이다.

더욱 놀라운 것은 머리를 숙이고 있는 원숭이들과 두려움에 떨고 있었던 암컷 원숭이의 눈에서 흐르는 눈물이었다. 그것은 육체적 고통의 눈물이 아니라 뭔가 정신적인 회한이나 감사의 눈물 같은 것이었다. 자신들의 잘못을 이해하고 용서하는 것이 감사하다는 것일까? 바보 원숭이와의 만남 자체가 감사함으로 느껴지는 것일까? 이런 고차원적 사고도 원숭이에게 가능한 일일까?

영상은 다시 천천히 자연의 색으로 돌아왔다. 하늘이 밝아오고 바보 원숭이의 강한 눈빛도 예전의 선하고 순수하고 인자한 눈빛으로 돌아왔다. 수컷 원숭이들이 고개를 들고 다시 바보 원숭이를 바라보았다. 그러고는 한 마리씩 바보 원숭이의 손을 들어 자기 머리에 올리더니 휙 다른 곳으로 뛰어갔다. 이윽고 수컷 원숭이들이 모두 사라지자 바보 원숭이는 다시 자기 무리가 있는 곳을 향했다. 암컷 원숭이는 바보 원숭이 뒤를 따라갔다.

영상이 일정 시간이 지난 시점을 가리켰다. 바보 원숭이는 성인 원숭이가 되어 있었다. 그가 서 있는 곳은 원숭이들이 거주하는 숲에서 조금 떨어진 평지였다. 옆에는 하천이 흘렀고, 가까운 숲에는 손에 닿을 것처럼 꽃과 열매가 가득했다. 바보 원숭이가 걸어가자 예전의 그 무리들이 그의 뒤를 따랐다. 마치 바보 원숭이의 부하들이나 제자들 같았다. 바보 원숭이가 구해준 암컷 원숭이도 있었는데, 그 곁에서 아기 원숭이 둘이 함께 걷고 있었다. 바보 원숭이와 암컷 원숭이의 새끼들이었다. 이따금씩 일부 원숭이가 바보 원숭이를 따라 두 발로 서서 한두 걸음 걷는 모습도 보였다.

모든 원숭이들이 바보 원숭이를 중심으로 원을 그리듯 에워싸며 자리에 앉았다. 바보 원숭이는 한 마리씩 시선을 맞추고 오른팔을 비스듬히 45도의 각도로 들어올렸다. 손바닥은 지면을 향해 있었다. 그가 손바닥을 뒤집어 하늘을 향하도록 휙 돌리자 다른 원숭이들도 그의 동작을 따라 했다. 바보 원숭이가 다시 오른손 엄지를 접었다가 폈다를 반복하니 다른 원숭이들도 똑같이 해보려고 했다. 그러나 바보 원숭이처럼 엄지만 접었다 폈다 하는 원숭이는 없었다. 아무리 안간힘을 쓴다 해도 그들에게는 불가능한 일처럼 보였다.

마음먹은 대로 되지 않자 원숭이들의 숨이 가빠졌다. 하늘을 올려다보며 고성을 지르고 숨을 몰아 쉬며 격렬하게 머리를 흔들기도 했다. 그들은 괴로워하고 있었다. 바보 원숭이는 그 모습을 재미있다는 듯 쳐다보며 웃음을 지었다.

다시 시간이 흐르고, 똑같은 장소에 똑같은 원숭이들이 모였다. 그들은 예전처럼 손가락을 접었다 펴는 연습을 반복하고 있었다. 그중 일부가 엄지손가락을 살짝 움직이는 듯 보였는데, 움직였다기보다는 손가락이 부르르 떨리는 정도였다. 어떤 신호가 뇌에서 엄지손가락으로 전달되는 듯한 모습이었다.

이 모습을 지켜보던 동막골 부대원들은 이해했다. 자신들도 새끼손가락만 접었다 폈다 하는 일은 어려웠기 때문이다.

무리를 지켜보던 바보 원숭이가 오른손을 들어 손바닥이 앞을 향하도록 세웠다. 더 이상 접근하지 말라는 의미로 보내는 수신호와 비슷했다. 그리고 주먹을 쥐듯 손가락들을 가운데로 모아 동그랗게 말더니 갑자기 집게손가락과 가운데손가락을 하늘을 향해 치켜올리며 V자를 그렸다.

그 모습을 보고 있던 원숭이들이 놀랍다는 듯 괴성을 지르기 시작했다. 바보 원숭이는 웃으며 V자의 손 모양을 원숭이들의 얼굴에 가깝게 들이댔다. 보고 있던 원숭이들의 눈이 휘둥그레졌다. 엄지손가락만 따로 움직이는 것도 안 되는데 바보 원숭이는 모든 손가락을 자유롭게 움직이고 있는 것이었다.

바보 원숭이는 다시 한 발자국 뒤로 물러나 V자를 만들었던 검지와 중지를 천천히 교차시켜 X자를 만들었다. 다른 원숭이들이 또다시 괴성을 질러대며 경중경중 뛰어올랐다. 극도의 놀라움과 흥분에서 나오는 행동이었다.

이날 바보 원숭이는 X자 모양의 손가락을 보여주려고 모임을 가진 것이 아니었다. 그는 물가로 가서 가느다란 나뭇가지 2개를 가지고 왔다. 나무 젓가락 두세 개를 합친 정도의 두께였다. 바보 원숭이는 오케스트라의 지휘자처럼 나뭇가지 2개를 양손에 나눠 쥐었다. 원숭이들은 손가락 끝으로 나뭇가지를 잡은 그를 보고 또다시 놀라고 말았다. 손가락을 따로 쓰지 못하는 그들에게는 기적 같은 일이었다.

사위는 이미 땅거미가 지고 있었다. 바보 원숭이는 원숭이들에게 2개의 나뭇가지로 십자가를 만들어 보였다. 그러고는 가로로 놓인 있는 나뭇가지를 잡고 세로로 놓인 나뭇가지 위에서 좌우로 문지르기 시작했다. 다른 원숭이들은 그가 무엇을 하려는 건지 전혀 알지 못한 채 멍하니 보고만 있었다. 바보 원숭이의 손놀림이 점점 더 빨라지기 시작했고, 얼마 되지 않아 나뭇가지가 교차되는 부위에서 연기가 나기 시작했다. 다른 원숭이들의 눈이 또 한 번 휘둥그레졌고, 급기야 연기가 나던 곳에서 불꽃이 피어올랐다. 바보 원숭이가 나뭇가지를 하늘을 향해 들어올리자 어둠이 물러가며 주변이 환해졌다.

원숭이들에게 불은 이용의 수단이 아니라 공포의 대상이었다. 그들에게 불이란 화산이 폭발하거나, 벼락에 의해 나무에 불이 붙거나, 원인 모를 산불로 죽음을 부르는 공포의 존재였다. 모든 것을 휩쓸어가는 불을 바보 원숭이가 손으로 들고 있다는 것은 그들로서는 상상조차 하기 힘든 기적이자 마술이었으리라.

모두들 두려움에 떨며 나무 뒤로 허둥지둥 숨어버렸다. 바보 원숭이가 나뭇가지를 냇가에 던져 불이 꺼진 후에도 그들은 나올 줄 몰랐다. 한동안 바보 원숭이를 놀라운 눈빛으로 쳐다보며 경계를 늦추지 않았다. 그들은 이렇게 역사상 처음으로 손가락을 이용하는 모습과 불을 만드는 광경을 마주하게 되었다.

·
3
0
0
만
년
전
(하)

        시간이 흘렀다. 원숭이 집단은 여전히 같은 곳에서 생활하고 있었고, 바보 원숭이는 우두머리 원숭이의 무리에 속해 있었다. 우두머리 원숭이는 그 자리를 노리는 원숭이들로부터 도전을 받기 마련이다. 바보 원숭이를 가장 잘 따라다니던 원숭이 중 한 마리가 원기왕성해지면서 암컷들을 거느린 우두머리에게 도전장을 내밀었다.

    도전자가 암컷 원숭이들 주변을 어슬렁거리고 있었다. 암컷 원숭이들보다 더 놀란 것은 주변에 있던 다른 원숭이들이었다. 곧 큰 싸움이 벌어질 것 같은 느낌 때문이었다. 물론 한쪽이 먼저 꼬리를 내리고 승부가 결정나는 경우도 적지 않았다.

    주변이 술렁거리자 우두머리 원숭이가 내려왔다. 도전자 원숭이가 물러서지 않고 이빨을 드러내며 우두머리 원숭이 앞에 섰다. 둘 사이에 모두를 숨죽이게 하는 긴장감이 감돌았다.

주변의 원숭이들이 모두 모여 일촉즉발의 모양새를 취하는 두 마리의 원숭이에게 집중했다. 서로의 눈빛을 주시하며 경계하던 우두머리와 도전자는 일정한 간격으로 빙빙 돌다가 누가 먼저랄 것도 없이 싸움을 시작했다. 힘이 좋은 도전자가 처음에는 이기는 듯 보였으나 관록의 우두머리는 기술이 좋았다. 우두머리는 도전자의 한쪽 팔을 잡고 원심력을 이용하여 거칠게 내돌리며 뿌리쳤다. 중심을 잃고 멀리 나가떨어진 도전자가 나무에 몸을 부딪히며 충격을 받은 나머지 한동안 정신을 차리지 못했다. 비틀거리며 도전자는 일어서려 하는데, 우두머리가 재빨리 도전자의 뒤쪽으로 돌아가 어깻죽지를 잡아 뺄 듯이 팔을 낚아챘다. 한쪽 팔이 망가진 도전자가 고통으로 신음했다.

바보 원숭이는 마음이 아팠다. 처음 인연은 아름답지 않았으나 바보 원숭이를 누구보다 따르며 모든 기적의 현장에 함께있던 이가 도전자였다. 그가 지금 눈앞에서 바닥에 쓰러진 채 거친 숨과 신음을 토해내고 있었다.

바보 원숭이는 다른 원숭이들 몰래 큼직한 나뭇가지에 불을 지펴 도전자에게 건네주었다. 믿음의 눈으로 바보 원숭이를 응시하던 도전자는 재빨리 일어나 우두머리에게 달려들었고 불이 붙은 나뭇가지로 있는 힘껏 찔렀다. 나뭇가지가 우두머리의 눈을 짓이기며 타들어갔고 우두머리 눈에서 피가 흘러내렸다. 공포감에 놀란 원숭이들이 질러대는 소리가 정글에 가득했다.

한쪽 눈이 타버린 우두머리가 고통으로 신음하며 뒤로 넘겨졌다. 도전자가 다시 그의 얼굴에 불을 들이대며 휘둘렀고 불의 위세에 짓눌린 우두머리는 결국 얼굴을 돌려 더 이상 싸우고 싶지 않다는 뜻을 표시했다. 그리고 천천히 도전자를 돌아보며 고개를 떨구었다. 자신의 패배를 인정한 것이다. 그만큼 불은 우두머리에게도 공포의 대상이었다.

승리한 도전자가 손에 불을 치켜들고 당당히 일어섰다. 그 모습은 원숭이 세계만이 아니라 정글 내 모든 동물들의 왕으로 즉위한 순간과 다르지 않았다. 이 세상 모든 것을 가진 듯 충만한 자신감의 도전자는 이제 만물의 영장이 된 것 같았다. 그는 이제 패배자인 우두머리에게 최후의 일격을 날릴 준비를 했다. 불 붙은 나뭇가지를 우두머리의 가슴에 내리꽂으려는 찰나였다. 바로 그때 하늘이 두 조각으로 갈라진 것처럼 귀를 찢을 듯한 천둥소리가 났다. 겁을 먹은 원숭이들이 일제히 하늘을 향해 고개를 들자 열대성 소나기가 내려 퍼붓기 시작했다. 도전자가 들고 있던 불도 힘없이 꺼져버렸다. 그걸 본 우두머리가 천천히 일어나 도전자를 노려보며 가까이 접근했다. 도전자가 뒤로 물러서며 멈칫거리자 우두머리가 참았던 분노를 폭발시키듯 도전자를 막무가내로 공격하기 시작했다. 매섭고 치명적인 공격이었다. 도전자의 비명이 들리고 일순간 주변이 조용해졌다. 순식간 일어난 일에 모두가 숨을 죽이고 있었고, 도전자는 바보 원숭이를 바라보며 겨우 마지막 숨을 쉬고 영원히 잠들었다.

우두머리는 그래도 분이 식지 않은 듯 도전자 편의 무리를 돌아보았다. 눈에 살기가 가득했다. 큰 소리를 내며 그들을 향해 달려든 우두머리가 세차게 팔을 휘둘렀다. 혼비백산한 원숭이들이 너나 할 것 없이 이곳저곳으로 달아나기 시작했다. 무리가 흩어지자 우두머리의 시선이 바보 원숭이를 향했다. 바보 원숭이는 도망갈 생각이 없는 듯했다. 모든 것을 감수하겠다는 태도였다. 우두머리는 평소 바보 원숭이에게 나쁜 감정이 없었지만 오늘만큼은 아니었다. 그가 도전자에게 건네준 불 때문에 한쪽 눈을 잃었을 뿐만 아니라 하마터면 목숨을 잃을 뻔했기 때문이다.

우두머리는 바보 원숭이를 움켜쥐는가 싶더니 순식간에 번쩍 들어올려 저 멀리 던져버렸다. 땅에 떨어지며 큰 충격을 받은 바보 원숭이는 하반신이 마비된 듯 움직이기 힘들었다. 우두머리는 틈을 주지 않겠다는 듯 한걸음에 달려와 아픈 허리를 잡고 있는 바보 원숭이의 등에 가혹한 매질을 가했다. 바보 원숭이의 등은 피투성이가 되었고 살점이 떨어져 나갔다. 이때 갑자기 우두머리를 향해 돌진하는 원숭이가 있었다. 예상치 못한 공격에 우두머리의 뺨에서 피가 났다. 하지만 그 정도로 쓰러질 우두머리가 아니었다. 바로 몸을 돌려 자신을 공격한 원숭이를 향해 두 팔을 들어 내리치려고 했다. 하지만 멈추어야 했다. 원숭이가 울부짖으며 자신을 쏘아보고 있었기 때문이다. 바보 원숭이의 어미였다.

바보 원숭이의 이마에서 피가 흘러내려 얼굴을 적셨다. 엄마 원숭이는 피범벅이 된 채 생을 마친 아들을 끌어안았다. 우두머리도 더 이상 싸움을 하고 싶은 생각이 없어졌다. 지치기도 했지만 더 이상 다른 원숭이들을 죽이는 일이 무의미하게 여겨졌다.

우두머리는 원숭이 무리 앞을 지나며 한쪽 눈으로 그들을 바라보았다. 아무도 자신을 거부하거나 공격하려는 빛이 없었다. 모두가 그의 위세에 눌려 감히 똑바로 쳐다보지도 못했다. 그는 여전히 무리의 리더였고 최고 권력자였다.

우두머리가 거주지로 돌아가고 있는데 자신의 눈을 망가뜨린 나뭇가지가 발에 채였다. 소나기에 불이 꺼진 채였지만 그것은 보는 것만으로도 분노를 폭발시키는 물건이었다. 나뭇가지에서 작은 연기가 올라오고 있었다. 참았던 분노가 다시 치밀어 오른 우두머리는 두 손으로 가슴을 세게 두드리며 하늘을 향해 울부짖고는 나뭇가지를 집어 들고 어미의 품에서 죽어가는 바보 원숭이에게로 쏜살같이 달려갔다. 나뭇가지가 바보 원숭이의 옆구리에 쿡 박혔다. 넋을 놓고 있던 엄마 원숭이가 놀라 우두머리에게 괴성을 지르며 덤벼들었지만 우두머리를 당할 수는 없었다. 우두머리는 엄마 원숭이를 밀쳐내고는 이제는 정말 모든 것이 끝났다는 듯 그 자리를 떠났다.

비는 멈추지 않고 계속 쏟아졌다. 구경하던 원숭이들도 하나 둘 자리를 뜨기 시작했다. 엄마 원숭이는 시체가 되어 축 처진 아들 원숭이를 들어 품 안에 꼬옥 안았다. 그 모습은 영락없는 미켈란젤로의 피에타였다. 엄마도 울고 하늘도 울었다. 영상을 보고 있던 동막골 부대원들의 눈에서도 하염없는 눈물이 흘렀다. 영상이 어두워지고 원숭이도, 정글도 모두 어둠에 잠겼다.

모두 사라지고 아들을 끌어안은 엄마 원숭이만 남았다. 홀연 엄마 원숭이의 뒤쪽 공중에서 백색의 불빛이 희미하게 피어나기 시작하더니 오묘한 빛을 뿜어냈다. 엄마 원숭이가 바보 원숭이를 잉태할 때 보았던 붉은색의 광채 비슷한 모양이었다.

어둠 속에 있던 영상이 다시 정글을 비추었다. 갑자기 모든 것이 빠른 속도로 움직이기 시작했다. 비극의 현장을 비추던 영상이 점점 하늘로 올라가 정글 전체를 보여주는 듯하더니 장면이 빨리빨리 지나갔다. 동막골 부대원들을 태운 로켓이 아까와는 정반대로 지구를 향해 빛의 속도보다 빨리 날아가는 중이었다. 그러다가 잠시 이동을 멈추었다. 얼마를 지나왔는지는 가늠할 수 없다.

이제 영상은 원숭이들이 살았던 일대 전체를 비추었다. 아름다운 정글이었고 짐승들도 여전히 똑같았다. 아무런 변화도, 어떤 문명의 진보도 없는 자연 그대로의 정글이었다. 영상이 다시 멀어지며 정글을 포함한 더 넓은 지역을 보여주었다. 산들이 나타나고 흐르는 강이 실오라기처럼 보였다. 그 넓디넓은 대자연 속에서 희뿌연 무언가가 대기를 향해 피어오르고 있었다. 하얀 연기였다. 누군가가 불을 피우고 있었던 것이다.

동막골 부대원들은 바보 원숭이의 죽음이 헛되지 않았다는 것을 깨달았다. 그는 직립보행을 보이고 불의 사용법을 남기고 떠났다. 그가 떠난 후 원숭이들은 손가락을 사용하기 시작했고, 나뭇가지로 불을 피울 줄도 알게 되었다. 도구를 만들어 사용하고 화식(火食)을 하게 되었다. 그와 더불어 턱의 크기가 점점 줄어들게 되었다.

원숭이들은 턱이 작아지면서 상대적으로 뇌가 커져갔고 전보다 더 큰 집단을 형성하여 생활하기 시작했다. 그러면서 서로 소통할 수 있는 수단을 강구하게 되었고 동굴 벽에 그림을 그려 자신들의 모습을 남길 줄도 알게 되었다. 돌로 무기를 만들어 짐승을 사냥하거나 적과 싸우는 방법도 익혔다. 영상은 그렇게 원숭이들이 네안데르탈인이 되고, 호모사피엔스가 되고, 결국 지금의 인간이 되는 모습을 연이어 동막골 부대원들에게 보여주었다.

비눗방울 같은 공간 속 영상 한가운데에 김 목사가 나타났다. 그는 동막골 부대원들을 향해 온화한 미소를 지어 보였다. 부대원들도 김 목사에게 미소로 화답했다.

영상은 계속되었다. 넓은 아프리카에서 더 높은 곳으로 향하더니 우주 밖으로 시점이 멀어졌다. 우주 밖에서 지구를 내려다보는 영상 속에서 김 목사가 부대원들을 향해 손을 흔들고 있었다.

부대원들은 이제 김 목사가 누구인지 분명히 알 것 같았다. 인사를 마친 김 목사가 뒤돌아 서서 천천히 걷기 시작하니 부대원들을 에워싸고 있던 로켓 모양의 어두운 막도 사라졌다. 큰 비눗방울 같은 입체 영상도 점점 작아져 핸드볼공 같은 모양이 되어 김 목사의 왼쪽 손바닥 위로 올라갔다. 김 목사는 그것을 들고 등을 보인 채 멀어져갔다.

밤하늘 높은 곳에서 타원형의 하얀 원반이 내려왔다. UFO처럼 생긴 그것은 김 목사의 머리 위 100m까지 내려와 소리 없이 움직였다. 김 목사가 오른손으로 먼 허공을 가리키자 원반이 그곳을 향해 올라가 멈춰 섰다.

김 목사가 다시 동막골 부대원들을 뒤돌아보며 오른손을 들어올렸는데, 바보 원숭이가 취했던 것처럼 둘째손가락과 셋째손가락을 X자로 크로스시킨 모양이었다. 왼손에는 영상이 축소된 구를 들고, 오른손으로는 손가락을 크로스시킨 모습이 레오나르도 다빈치의 '구원자(Salvatore Mundi)' 속 예수를 떠올리게 했다.

그들의 눈에 김 목사가 호수를 향해 걷는 것이 보였다. 그는 호숫가에 도착해서도 걸음을 멈추지 않았다. 그대로 호숫가에서 호수 한복판으로 천천히 계속해서 걸어갔다.

부대원들의 가슴이 형언할 수 없는 감정으로 터질 듯이 부풀어오르며 눈물이 뺨을 타고 흘러내렸다. 원숭이들이 바보 원숭이에게 눈물로 경배했을 때처럼 그들은 감사와 기쁨의 표정으로 물 위의 김 목사를 하염없이 바라보았다.

호수 한가운데 도착한 김 목사는 걸음을 멈추더니 하얀 빛으로 변하며 사람 형상으로 남았다. 다시 그는 빛이 반사된 수면 위의 아지랑이처럼 비정형의 모습으로 어른거리더니 대기하고 있던 원반 속으로 직선이 되어 날아 들어갔다. 하얀 원반은 동막골 부대원들이 있는 곳을 천천히 선회하고는 눈 깜짝 사이에 우주를 향해 날아갔다.

동막골 부대원들은 시선을 거둘 수 없었다. 아무 말 없이 김 목사가 사라진 하늘을 올려다보았다.

수많은 별이 빛나고 있는 밤하늘을 올려다보고 있던 기리가 이상한 느낌을 받았다. 누가 자신의 왼손을 들어올리는 것 같았다. 왼쪽으로 고개를 돌려 보니 홀로그램 같은 사람의 형상이 있었다. 그는 기리와 같은 방향을 쳐다보고 있다가 자신의 오른손으로 기리의 왼손을 들고는 고개를 돌려 기리를 쳐다보았다. 순간 기리의 눈이 반가움과 안식, 평화, 희망의 기운으로 가득했다. 기리의 엄마였다. 엄마 역시 세상에서 가장 평화로운 눈빛으로 기리를 보고 있었다. 엄마 옆에는 엄마의 손을 잡고 있는 이가 있었는데 기리의 외할머니였다. 그렇게 기리의 조상들은 홀로그램 형상으로 끝없이 이어져 있었다.

그 기다란 줄의 조상들이 가까운 곳에서 먼 곳의 순서로 고개를 내밀어 기리에게 인사를 했다. 그때마다 기리 앞에 홀로그램으로 나타났다가 다시 자기 자리로 돌아갔는데, 그 행렬이 조선시대와 고려시대, 삼국시대의 조상들까지 이어졌다. 사람들이 입은 옷이 점차 간소해지고 외모가 변하더니 급기야 원숭이의 형상이 나타났고, 마침내 바보 원숭이가 등장했다. 둘은 서로 웃으며 시공을 넘어선 정을 나누었다. 바보 원숭이가 자리로 돌아가고 한참을 거슬러 올라가자 마지막 존재가 나타나 기리에게 인사했다. 거의 600만 년 전쯤의 존재인 것 같았다. 하도 여위어서 갈비뼈가 그대로 드러나 보일 정도였고, 바보 원숭이와 달리 침팬지의 모습을 하고 있었다. 생명체의 시초 또는 적어도 포유류의 시초를 만날 수 있겠다고 예상한 기리는 놀라지 않을 수 없었다.

기리와 태초의 조상이 서로의 눈을 응시하며 한동안 기나긴 시간을 뛰어넘는 눈빛을 교환했다. 침팬지가 기리의 손을 잡아 자신의 가슴에 갖다 댔다. 기리의 손끝에서 인류 최초의 조상이 내는 심장박동이 느껴졌다. 표현하기 힘든 벅찬 무엇이 전해지는 느낌이었다.

침팬지의 가슴에서 떨어지며 내려온 기리의 손에 갈비뼈들이 만져졌다. 여윈 가슴으로 드러난 갈비뼈들이 어떤 악기의 현 같기도 했는데, 위에서 7번째 갈비뼈는 느껴지지 않았다. 그렇게 인사를 하고 인류 최초의 조상도 자기 자리로 돌아갔다.

잠시 후 누군가가 기리의 오른손을 들었다. 고개를 돌리니 초등학교 1학년생 정도로 보이는 자그마한 키의 아이가 있었다. 가만히 보니 자신과 닮은 듯했다. 아이의 눈을 보고 기리는 아이가 자신의 아들임을 직감했다. 그 순간 아이가 갑자기 커지며 성인의 모습이 되었고, 아들 옆으로 홀로그램 형상의 사람들이 손에 손을 잡고 늘어서 있었다.

기리는 앞을 보았다. 수지의 등이 보이고 왼손엔 아버지 박상득 이사장의 손을, 오른손엔 아들과 똑같은 형상의 아이의 손을 잡고 있었다. 그렇게 수지의 왼편과 오른편도 조상들과 후손들로 줄을 지었다.

이번엔 하늘을 보았다. 김 목사를 태우고 사라진 하얀 원반이 별처럼 빛을 내며 우주 공간에서 아래를 지켜보고 있었다. 손을 맞잡고 있는 사람들이 모두 밝게 빛나는 가운데, 기리의 줄과 수지의 줄이 거대한 거대한 DNA 모양을 띠었다. 그것은 하나의 개체를 형성하는 DNA가 아니라 지구라는 공간 전체를 구성하는 DNA, 과거와 미래의 시간을 구성하는 DNA, 창조와 진화를 이루는 DNA였다. 기리는 이 위대한 DNA를 연결하는 링크와 같은 존재였다.

우주 공간 멀리서 빛나던 하얀 원반은 스스로 홀로그램처럼 변해 수증기가 증발하듯 그 자리에서 사라졌다. 하얀 수면도 사라졌다. 하얀 빛이 모두 사라진 그 자리에 고대 투사처럼 보이는 붉은 빛의 천사 13명이 차례로 나타났다. 그들은 서로 눈빛을 교환하고는 각자의 미션을 이미 알고 있다는 듯 지구를 향해 수면을 미끄러지듯 날아갔다.